QUAND TOUT S'ÉCROULE

Du même auteur :

Des yeux comme les miens, Lattès, 2018.

www.editions-jclattes.fr

Sheena Kamal

QUAND TOUT S'ÉCROULE

Roman

Traduit de l'anglais (Canada)
par Claire Breton

JC Lattès

Titre de l'édition originale
IT ALL FALLS DOWN
publiée par HarperCollins Publisher

Cet ouvrage est une œuvre de fiction. Tous les noms, personnages, lieux et circonstances sont le fruit de l'imagination de l'auteur ou d'une utilisation fictionnelle et ne doivent pas être interprétés comme réels. Toute ressemblance avec des événements, lieux, organisations ou personnes vivantes ou mortes n'est que pure coïncidence.

Maquette de couverture : Florine Synoradzki
Photo © Jill Ferry / Trevillion Images

ISBN : 978-2-7096-5687-0

Première édition juin 2022.

À ma mère

I

1.

Quand ils ont dressé leurs premières tentes pour soigner les toxicos qui entraient et sortaient comme des cadavres ambulants, je me suis dit : Ben tiens.

Quand les journaux se sont mis à enchaîner les articles sur la dépendance aux opioïdes qui ravageait la ville, j'ai plutôt pensé : Sans déc. Rien ne vous échappe, les gars.

Quand les services psychiatriques sont devenus obsédés par les zombis, là, j'ai été obligée de protester.

Cause toujours, tu m'intéresses.

Avec tous ces gens accros aux camés, vers qui on est censés se tourner, nous, les humbles assassins, pour notre soutien psychologique ? Je vous le demande. On en est réduits à se lamenter sur la situation lors de nos réunions hebdomadaires. Non qu'il existe des groupes de soutien pour homicides anonymes à Vancouver. N'allez pas vous faire des idées. Les lieux d'expression pour les meurtriers du coin font cruellement défaut. Un psy privé peut coûter un œil et un bras (si j'ose dire), et il n'y a pas franchement de groupes de parole dédiés non plus. Ce que j'ai trouvé de plus approchant, c'est un truc pour les troubles alimentaires, seulement je ne m'attends pas à ce que des gens qui ont malmené leur appétit comprennent que j'ai tué une personne ou deux l'an dernier. En légitime défense, certes, mais quand même.

Quand vient mon tour de parler, je me borne à raconter à mes camarades siphonnés que je me sens pourchassée par mes démons, et ils opinent du chef en signe de compréhension. Nous sommes des étrangers au courant de nos secrets les plus intimes, unis dans le cercle sacré d'une salle pisseuse du Downtown Eastside de Vancouver. À la fin, ils remuent leurs bras anémiques pour applaudir poliment puis on s'égaille. Nous voilà enfin redevenus de parfaits inconnus.

L'impression d'être observée me poursuit depuis le miséreux Downtown Eastside que j'arpente jusqu'à la luxueuse maison de ville de Kitsilano dans laquelle j'occupe désormais un peu de place. Je roule vitres fermées parce que l'air est chargé de fumée. Des incendies de forêt ravagent la côte un peu plus au nord et leurs nuées âcres ont dérivé jusqu'ici pour s'installer sur la ville. Comme si ça ne suffisait pas, le mois d'octobre a oublié qu'il est censé y avoir un automne et il fait une chaleur presque insupportable pour la saison.

Tout en roulant, je suis tracassée par une autre mort. Une mort qui n'est pas encore arrivée. Mais qui viendra.

Bientôt.

2.

Lorsque j'arrive à la maison, Sebastian Crow, mon ancien boss et nouveau coloc, est endormi sur le canapé. Je tends la main pour le toucher, mais recule avant que mes doigts lui aient effleuré la tempe. Je ne veux pas le réveiller. Je veux qu'il dorme comme ça pour toujours. Paisible. Détendu. Hors d'atteinte du grand C. Chaque jour, il semble se ratatiner un peu plus, et son esprit grandit pour compenser le rétrécissement de son enveloppe charnelle. Il est malade et je ne peux rien y faire parce qu'il est en phase terminale. Avec Whisper, ma chienne, on s'est installées ici pour lui tenir compagnie et s'assurer qu'il ne tombe pas dans l'escalier sous notre surveillance mais, au-delà de ça, c'est sans espoir. Il paraît comme embrasé de l'intérieur, désormais. Son corps s'est retourné contre lui, seulement sa tête refuse de lâcher prise.

Pas avant que le bouquin soit terminé.

Quand il m'a demandé de l'aide pour structurer le texte et vérifier la véracité des faits exposés, je n'ai pas pu dire non. Pas à Sebastian Crow, l'éminent journaliste qui rédige ses mémoires à l'approche de sa fin. Des mémoires sur fond de déclaration d'amour à sa défunte mère et de lettre d'excuses au fils qu'il ne voit plus. Et aussi d'explication à l'amoureux qu'il a abandonné. Ce que j'en ai lu est magnifique, seulement ça signifie qu'il vit ses derniers jours dans le passé. Parce qu'il n'a plus d'avenir.

Whisper me donne un coup de museau sur la main. Elle est agitée. À cran. Elle sent tout ça, elle aussi.

Je lui mets sa laisse, car je me méfie de son humeur, et je l'emmène se promener au parc de l'autre côté de la rue. Là-bas, je repère un bonhomme qui essaie toujours de la caresser, alors on file à l'opposé, pour ménager les jambes du type. Au fond du parc, il y a un sentier qui longe la côte. La fumée des incendies stagne jusqu'ici, même la brise marine ne parvient pas à la dissiper. On marche, toutes les deux mal à l'aise, jusqu'à décrire une boucle complète. Je m'assieds sur un banc en tirant Whisper près de moi.

L'individu qui m'épie depuis un moment passe devant nous.

— Belle soirée pour une petite séance de traque, dis-je. Vous ne trouvez pas ?

Le mec s'arrête. Me regarde. Ouvre la bouche, peut-être avec l'idée de mentir, puis se ravise. Le réverbère blafard qui éclaire cette partie du parc se dresse juste derrière moi. Si Whisper et moi ne sommes que des ombres aux yeux du type, lui est en pleine lumière. Sous sa veste ouverte, une longue bande de peau marbrée court de sa mâchoire à sa clavicule. On dirait qu'elle a jadis tenté de se régénérer avant de renoncer. C'est un homme d'un certain âge, mais j'ai du mal à le situer. En tout cas, il a profité de ses années pour apprendre à bien s'habiller. Chemise chic, chaussures élégantes. Ça ne colle pas. Un mec qui prend soin de son apparence et qui suit les nanas pendant qu'elles promènent leur chien le soir dans un parc ?

Un silence pesant s'installe. Whisper bâille et passe sa langue sur ses canines acérées afin d'accélérer le mouvement. Le type prend ça pour une menace, ce que c'était assurément.

— C'est votre sœur qui m'a dit où vous trouver, déclare-t-il enfin.

S'il croit que c'est censé me rassurer, il se fourre le doigt dans l'œil. Lorelei ne m'a pas adressé la parole depuis l'an dernier, lorsque j'ai piqué le 4 × 4 de son mari pour l'envoyer dans un ravin.

Je décide de jouer le jeu quand même.

— Qu'est-ce que vous voulez ?

— J'en sais trop rien, répond-il avec un sourire triste. Disons que je revisite mon passé.

— Quel rapport avec moi ?

— J'ai connu votre père, dans le temps.

Heureusement que sa voix est douce. Rien qu'un ton plus haut, ces mots m'auraient mise sur le cul, si je n'avais pas déjà été assise.

— Je peux ? lance-t-il en montrant le banc.

Il y a un truc bizarre dans son élocution. Elle est trop posée pour un type confronté à un animal imprévisible. Je me demande si la marque sur son cou est pour quelque chose dans son attitude décontractée. Si c'est un de ces hommes qui ont tellement l'habitude du danger que ça leur glisse dessus.

— Non. Connu mon père où ?

Il s'immobilise et considère les crocs de Whisper.

— Au Liban. Vous savez qu'il a servi dans les marines là-bas.

Je ne relève pas. Je l'ignorais mais ce ne sont pas ses oignons.

— Ça n'explique pas pourquoi vous me suivez.

Il se passe une main sur le visage, s'attarde sur sa peau tavelée. Il remarque mon coup d'œil vers sa cicatrice.

— Ça date du Liban, précise-t-il. Une explosion.

Il choisit soigneusement ses mots avant de continuer :

— Je lui avais promis que je prendrais de vos nouvelles s'il lui arrivait quelque chose.

Je rigole.

— Vous avez plusieurs décennies de retard.

— Je pèche un peu, comme ami. Écoutez, je suis à la retraite, maintenant, et il fallait que je vienne au Canada. J'ai pensé vous rendre une petite visite. Je m'étais renseigné sur votre sort, à l'époque, quand j'ai appris qu'il était mort, mais vous viviez avec votre tante et ça avait l'air d'aller. Il y a quelques jours, j'ai réussi à localiser votre sœur. Elle ne s'est pas montrée très causante à votre sujet…

— Forcément.

Lorelei et moi, on ne s'est pas quittées en bons termes. Vu qu'elle a gardé son nom de jeune fille après son mariage et qu'elle dispose d'un solide profil en ligne, elle ne doit pas être bien difficile à repérer.

— Je lui ai dit qu'on était de vieux copains. Elle n'a pas été facile à convaincre. Elle a quand même fini par m'indiquer que je pourrais vous trouver par l'intermédiaire de Sebastian Crow. Et me voilà.

— Et pourquoi ?

Il devient nerveux, sort une cigarette de sa poche, l'allume. Son regard s'appesantit sur la petite flamme du briquet.

— Ça vous est déjà arrivé, de manquer à une promesse ? J'ai commis beaucoup d'erreurs dans ma vie, mais ce qui s'est passé avec votre père, à la fin… Ça m'a toujours paru terriblement injuste. Je savais qu'il avait du mal à se remettre des histoires au Liban. Bon Dieu… quel gâchis…

Il contemple mon poing, tellement serré sur la laisse de Whisper que la marque de mes ongles s'incruste dans ma paume.

— Je ne sais pas ce que je fiche ici, conclut-il, impuissant.

Il n'a pas encore tiré sur sa cigarette, et n'a apparemment aucune intention de la fumer.

J'ai failli me noyer, l'an dernier. Je ne me souviens pas de grand-chose, seulement que j'ai dû m'évanouir à un moment.

N'importe quel apnéiste ou amateur de plongée vous dira qu'au dernier stade de la narcose à l'azote, l'hypoxie progressive atteint le cerveau. Ça peut entraîner des lésions neurologiques. Les capacités de jugement et de raisonnement sont altérées, du moins sur le moment. Mais ça peut aussi produire un sentiment de bien-être, ce manque d'oxygène. De chaleur. De sécurité, même.

Ça peut faire dérailler.

Je me demande si je ne subis pas des séquelles à retardement de ma presque noyade. Avant, j'étais capable de repérer les mensonges de manière quasi certaine. Aujourd'hui, je n'en suis plus si sûre. Depuis les événements de l'an dernier, lorsque ma fille a disparu – l'enfant que j'ai abandonnée à la naissance sans hésitation –, je regarde les gens autrement. Peut-être que c'est mon instinct maternel poussif qui se réveille et détraque ma boussole. Ou alors, j'ai perdu mon fluide. Parce que quand il dit qu'il ne sait pas ce qu'il fiche ici, je le crois. On fait parfois des choses qui n'ont pas de sens. Même pour nous.

Il est aussi possible que je me laisse prendre à mes propres hallucinations.

Je suis tellement désemparée que je ne réponds rien. L'ancien militaire a l'air aussi dérouté que moi. Je le fixe jusqu'à ce qu'il s'éloigne en direction de l'océan et disparaisse dans la nuit dense. Je me frotte les mains pour les désengourdir. C'est la pagaille dans ma tête, mais une idée finit par se détacher.

Ce qui m'a surprise, ce n'est pas seulement que quelqu'un vienne me trouver au bout de tant d'années. Ce n'est même pas qu'il ait éprouvé le besoin de m'espionner pour savoir comment je m'en sortais. C'est plus profond que ça, et ça tient à ce que j'ignore à propos de mon père. Des histoires au Liban. Avec lui.

Mon père a eu des histoires au Liban et ensuite, quelques années plus tard, il s'est tiré une balle.

3.

Loin dans l'espace, une étoile appelée KIC 8462852 a des sautes de brillance pour une raison inconnue, tandis que sur Terre, un ex-flic, ex-agent de sécurité, ex-mari et ex-amateur de bowling grimace en avalant un verre de jus d'épinards et espère que ses organes se rendent compte des efforts qu'il fait pour eux.

Cette étoile déconcerte les scientifiques du monde entier par ses fluctuations d'intensité lumineuse, tandis que Jon Brazuca ne déconcerte que lui-même après sa récente décision de ménager son corps. Il ne s'estime guère, héritage d'une mère veule et d'un père poltron qui ont tous les deux traversé la vie puis pris leur retraite en s'excusant.

Sauf que pour Brazuca, c'est terminé. Ce cycle avilissant de « Je suis désolé » et « Je vous demande pardon » s'arrêtera avec lui.

Il prend un nouveau départ, qu'il mixe en smoothie.

Le soleil se couche à l'horizon et Brazuca est gorgé de chlorophylle et de satisfaction. Il a toujours été plus éveillé le soir, plus vivant, et à présent il s'est tourné vers l'astronomie pour combler les vides. Ce n'est pas un homme de science, pourtant il aurait bien aimé. Un jour, encore enfant, sa mère l'a emmené en Espagne, aux Canaries. Ensemble, ils ont contemplé les étoiles qui se reflétaient dans les flaques de la plage en contrebas des falaises de Famara.

En y repensant, il éprouve la nostalgie d'un temps plus simple, un temps où les dames qu'il honorait généreusement ne l'abandonnaient pas drogué et ligoté sur un lit pour être découvert par des femmes de chambre médusées. Situation qui lui est arrivée il y a environ un an. Nora Watts, la nana qu'il avait côtoyée aux Alcooliques Anonymes, la nana qui avait trouvé le moyen de perdre une fille dont elle ne voulait même pas, la nana qu'il se sentait obligé d'aider pour des raisons absurdes auxquelles il ne comprenait rien, Nora Watts, donc, l'avait laissé en plan – et pas n'importe comment : après l'avoir forcé à ingurgiter un cocktail d'alcool et de sédatifs qui l'avait assommé tout en donnant à son corps le petit shoot qu'il attendait depuis si longtemps.

Il lui a fallu des mois pour redécrocher.

Debout sur le balcon de son appartement d'East Vancouver, Brazuca plisse les yeux dans la direction de l'étoile fluctuante dont il a entendu parler dans un magazine. L'espace d'un instant, il ressent une sorte d'affinité avec l'univers. Il termine son jus d'épinards et rote de contentement.

Son ami Bernard Lam lui a demandé de passer le voir et, pour la première fois de sa vie, il a envie de traîner avec un milliardaire.

— Brazuca, dit Lam à la porte de sa fastueuse résidence de Point Grey.

S'il y a une crise du logement à Vancouver, c'est peut-être à cause de tout l'espace accaparé par cette seule propriété. La demeure compte une aile est et une aile ouest, avec une vingtaine de chambres entre les deux. À l'extérieur, on trouve des terrains pour chaque sport, plus un parcours de minigolf histoire de varier les plaisirs. Si vous êtes las de la piscine d'eau de mer, il y a un bassin d'eau douce à l'autre bout du domaine.

Bernard Lam, le fils play-boy d'un homme d'affaires fortuné et philanthrope, fait signe à Brazuca de le suivre à l'intérieur. Aujourd'hui, aucune trace de son charme légendaire. L'air grave et hésitant, il entraîne Brazuca le long d'un couloir aux murs couverts de portraits de famille et de photos, plus récentes, de lui avec sa jeune épouse, jusqu'à un bureau.

— Qu'est-ce qui se passe ? demande Brazuca sitôt la porte refermée.

— Attends.

Lam se poste devant son ordinateur portable. Il y a une bouteille de whisky à côté, et quasiment aucune photo dans la pièce. C'est une zone hors famille. Lam tourne son écran vers Brazuca.

À bord d'un yacht, une jeune femme brune en robe bain de soleil rit à l'objectif. Elle est grande et voluptueuse, le regard vif, les cheveux brillants.

— Elle est très belle, dit Brazuca.

— Elle s'appelait Clementine. C'était l'amour de ma vie.

Tous les jus d'épinards du monde ne sauraient retenir la migraine qui pointe aux tempes de Brazuca quand il entend Lam s'exprimer au passé. La jeune femme du bateau n'est pas celle des cadres accrochés dans le couloir. « L'amour de sa vie » n'était donc pas sa toute nouvelle épouse.

— Quand ?

— On l'a retrouvée chez elle la semaine dernière. Overdose. Elle est… elle était enceinte de quatre mois.

— De toi ? demande Brazuca, en prenant soin de garder un ton égal.

Lam arque un sourcil, comme si toute autre éventualité était impossible.

Brazuca préfère ne pas insister.

— Alors, qu'est-ce que tu veux ?

— Tu bosses toujours pour ta petite agence de détectives privés ? Ils te laissent un peu de temps ?

— Je prends les contrats que je veux. Ils sont flexibles.

Ses nouveaux employeurs ne sont pas très regardants sur les missions qu'il choisit, pourvu qu'il les soulage d'une part de travail. Ils lui ont même proposé de l'intégrer comme associé de manière plus officielle, mais il a refusé. Il ne tient pas à officialiser.

— Tant mieux. Ça tombe bien. Je veux que tu m'identifies son dealer.

— Bernard…

— Évidemment, tu seras grassement rémunéré.

— C'est pas une question d'argent.

— Alors fais-le pour un ami. Fais-le pour moi. Ma poupée et mon bébé sont morts. Je veux connaître le responsable.

Brazuca se demande si Lam se rend compte qu'avec le mot « poupée », il les a tous les deux dépeints de la couleur de l'innocence.

— Tu ne vas pas aimer ce qui en ressortira, répond-il calmement. Ça ne t'apportera aucune paix.

Une mort par overdose, c'est compliqué à gérer. Les culpabilités sont difficiles à cerner.

— Qui a dit que je voulais la paix ?

Lam se sert un doigt de whisky qu'il avale cul sec.

— Je te passe son dossier et ses contacts. Ils n'ont rien trouvé sur son téléphone. La drogue qu'elle a prise…

Il se détourne, rassemble ses esprits.

— C'était de la cocaïne mélangée à un nouvel opiacé de synthèse qui arrive en force. Un dérivé du fentanyl, plus puissant que ce qu'on connaissait jusqu'ici et plus fort que le fentanyl lui-même. Ça s'appelle le YLD Ten.

— Le Wild Ten ? J'en ai entendu parler. Pas beaucoup, mais je sais que ça circule.

C'est ce nom idiot qui l'a marqué. Facile à retenir quand on passe commande à son gentil dealer de quartier.

— Alors tu sais à quel point c'est dangereux. Elle n'avait que vingt-cinq ans. Elle avait toute la vie devant elle, Jon, et elle aurait dû la passer avec moi. J'ai besoin de savoir. Je t'en prie.

— OK, lâche Brazuca au bout d'une minute.

Il n'est pas du genre à pouvoir repousser un appel de détresse. Son nouveau départ n'est peut-être pas si nouveau que ça, finalement.

— Je m'en occupe. Tu as la clé de son appartement ?

Lam hoche la tête.

— Ben oui. C'est moi le proprio.

— Évidemment… murmure Brazuca. Je m'y mets tout de suite.

Il n'a pas besoin d'ajouter « chef », parce que c'est implicite. Bernard Lam, à qui il a sauvé la vie il y a plusieurs années, ne relève pas.

4.

Me revoilà devant la maison de ma sœur à East Vancouver. On est samedi, et il faut regarder l'heure pour savoir que c'est l'après-midi. La fumée a un peu faibli, pourtant elle est toujours là – à voiler la lumière du soleil et susciter des visions terrifiantes de poumons tabagiques aux forcenés de l'hygiène de vie, lesquels refusent de cesser de marcher ou de pédaler dans ces conditions mais n'arrêtent pas de râler. Il paraît qu'un autre incendie de forêt s'est déclaré sur la Sunshine Coast et que les vents poussent la nuée vers nous.

Si Vancouver n'est pas en flammes, c'est vraiment tout comme.

J'ai attendu que Lorelei soit partie en voiture pour m'approcher de la porte étroite menant à l'arrière du pavillon. Son mari, David, est assis sur la petite terrasse, d'où il contemple son jardin pourri. Quelques plantes aromatiques tentent de tenir bon. Elles ne sont pas de taille face à la menthe qui pousse comme du chiendent, même dans cette atmosphère post-apocalyptique. Il a l'air de s'efforcer de rester positif, sans y parvenir. J'ai de la peine pour les mecs comme David, les mecs bien, les bosseurs de ce monde. Ils ont beau essayer, ils semblent toujours dépassés par les choses les plus simples. Il n'arrive même pas à faire sortir un truc mangeable de terre.

Il sirote une bière allégée et ne prend pas la peine de se lever en me voyant débarquer. Lors de notre dernière rencontre, il m'a balancé du fric en me demandant d'oublier Lorelei. Je lui ai rendu son pognon, mais je me suis tenue à l'écart jusqu'ici. Il ne paraît pas surpris que j'aie enfreint notre accord. Et puis il découvre Whisper et un sourire ravi lui fend le visage. Si je l'ai emmenée, c'est en partie parce que les cynophiles sont faciles à manipuler. Whisper comprend assez son rôle pour trotter jusqu'à lui et saluer son entrejambe d'un coup de truffe. Pof. Enchantée.

— Salut, toi, ronronne-t-il en se penchant pour la grattouiller derrière les oreilles. Eh oui, c'est qui, la gentille fille, hein ?

Là, il me regarde et son sourire disparaît. J'essaie de ne pas me vexer. De toute façon, c'est très surfait, les gentilles filles.

— La boîte jaune, dis-je.

Pas la peine de tourner autour du pot. Il réfléchit un instant, puis prend une décision.

— À l'étage, dans le placard de la chambre d'amis. Étagère du haut.

Je file à l'intérieur. D'habitude, mes visites chez ma sœur sont plutôt clandestines, alors je ne sais pas trop comment procéder. Suis-je censée me mouvoir différemment, maintenant que j'ai l'autorisation ?

La maison de Lorelei ressemble beaucoup à sa personnalité. Dépouillée, ordonnée, un peu écœurante dans sa fadeur. Aucune surprise possible. La boîte à chaussures se trouve exactement à l'endroit indiqué. Quand je ressors avec le carton jaune sous le bras, je constate que la situation a pas mal évolué du côté de Whisper. Elle se délecte d'être caressée par un mec. La voilà vautrée sur le dos, le ventre offert pour une bonne séance de papouilles. La nympho.

— Merci, David, je lance quand il relève les yeux.

Il opine du chef.

— Tu comptes lui dire que je suis passée ?

— Non, sauf si elle s'aperçoit que la boîte a disparu. Vu qu'elle ne l'a pas ouverte depuis des années, il n'y a pas trop à s'inquiéter.

J'acquiesce à mon tour et on se retrouve tous les deux à se frotter la nuque pour tenter de dissiper la gêne. On a un pacte, maintenant. Un secret. Le mari de ma sœur et moi, on est convenus qu'elle n'a pas besoin de savoir que je suis venue et que je lui ai pris quelque chose. Ce n'est pas moi qui lui en parlerai, puisqu'elle ne m'adresse plus la parole. Quant à lui, s'il préfère se taire, c'est sans doute parce qu'il culpabilise de notre relation tendue. Même s'il n'y est pour rien. Comme c'est un brave type, il ne peut pas m'interdire l'accès aux seules reliques qu'il me reste de mon père, toutes commodément regroupées dans une boîte qui a jadis accueilli une paire d'escarpins rosés de Lorelei, taille 38.

Je resserre un peu les cuisses. La pression ne monte pas assez vite à mon goût. Moins vite que d'habitude. Et puis ça y est, après une éternité insoutenable, c'est terminé. Je ne ressens pas de honte, ce qui doit être une forme de progrès, sauf que je ne ressens pas grand-chose d'autre non plus.

J'ai toujours l'impression d'être observée, mais sous un angle totalement improbable.

En retirant mes genoux de part et d'autre de la tête de l'inconnu, je m'interroge : est-ce que ça valait le déplacement ? Je n'ai pas la réponse, ne l'ai toujours pas quand je renfile mon jean, ni quand je lui détache les poignets des montants du lit et que je quitte la chambre. Comme le cliché que je suis devenue, j'ai déposé l'argent dans une enveloppe sur la commode.

La réponse me vient à mi-chemin du parking du motel.

Je m'assiérai sur votre visage, dit l'annonce que j'ai postée en ligne, *et vous aurez les mains liées. Quand ce sera fini, je m'en irai. Rencontre sans suite. Pas d'embrouille. Pas de triche-rie. Je mords plus fort que vous.*

Ensuite, j'indique un tarif raisonnable que je suis prête à payer.

Tout bien considéré, c'est insultant, comme annonce. J'en suis au stade où je me déteste encore plus que les pauvres abrutis esseulés qui y répondent, pourtant je n'arrive pas à me décider à la supprimer. Je viens, puis je m'en vais, et tout se passait très bien au début.

Ma vieille Corolla met une minute à se faire à l'idée qu'elle est censée s'activer, et pendant que je patiente, je suis bien obligée de me confronter à cette réponse troublante. Ça ne me suffit plus. Peu importe le nombre d'inconnus dont j'essaie d'effacer les traits sous mes cuisses.

Une heure plus tard, je me gare à côté du restaurant du parc de Burnaby Mountain et me dirige vers un point à peu près au milieu de la pelouse. Sur ces hauteurs, l'air est plus dégagé, et la vue imprenable sur les superbes totems japonais dressés en contrebas et l'immensité de la ville de Vancouver à l'ouest ne gâte rien. Je suis là parce que mon ami journaliste Mike Starling adorait venir réfléchir ici, du moins si on en croit sa nécro publiée l'an dernier, après qu'il a été retrouvé mort dans sa baignoire, les poignets tranchés. Pour moi, Starling n'était pas du genre à aller s'asseoir sur des montagnes pour méditer sur la vie, mais je reconnais que ma mémoire laisse à désirer. Ce que je me rappelle surtout, c'est son mépris pour les buveurs de café polysyllabique et son cadavre plongé dans une baignoire ensanglantée.

Mes camarades du groupe de soutien m'assurent que je n'ai rien à me reprocher puisque ce n'est pas moi qui l'ai tué, mais qu'est-ce qu'ils en savent, hein ? Ce ne sont pas vraiment des modèles de discernement. Et puis, ce qu'ils ignorent (pour la bonne raison que je ne le leur ai pas dit), c'est qu'il est quand même mort à cause de moi. Il a été assassiné parce que de dangereux individus me recherchaient et qu'il a choisi de me protéger. Si ça se trouve, c'est ici qu'il a cogité à tout ça, conclu que ma vie méritait qu'on se batte pour elle et décidé d'enquêter pour découvrir qui m'avait collé une cible sur le dos.

Je bois une gorgée du café – tétrasyllabique – que j'ai apporté, puis j'en verse une rasade par terre en son honneur. Histoire qu'il sache que la femme pour qui il s'est sacrifié conserve encore un peu d'humour. Peut-être qu'il aimait réellement venir dans ce parc, peut-être même qu'un peu de lui flotte encore dans l'air, parce qu'il me semble que Mike Starling ne pouvait pas laisser un mystère irrésolu.

De toute évidence, moi non plus.

5.

Il est tard. Avachie par terre, je contemple le contenu de la boîte à chaussures étalé sur la table basse. Il n'y a pas grand-chose. Une lettre d'amour. Un ruban de soie bleue froissé. Cinq cartes postales envoyées d'une adresse à Detroit. Quelques photos décolorées. L'une d'elles montre une femme alitée qui tient un bébé contre elle. L'image a été déchirée au niveau de sa tête, volontairement peut-être : il ne reste que ses bras hâlés portant un nourrisson tout fripé. La date inscrite au dos m'indique que ce nourrisson endormi, c'est moi.

Je mets le cliché de côté.

Les deux autres sont des photos de mon père, Lorelei et moi. Celles-là ne sont pas datées, mais on est tous radicalement différents entre la première et la seconde. Lorelei et moi, on pousse à la vitesse propre aux enfants, c'est normal. En revanche, chez mon père, le coup de vieux est impressionnant. Il a toujours les mêmes cheveux noirs et raides, les mêmes yeux noirs. Ce qui le transforme, ce sont les rides de plus en plus marquées. Sur la première photo, il a l'air d'un père fatigué mais heureux. Sur la seconde, c'est un homme hanté qui a déjà un pied dans la tombe. Élever des enfants, ce n'est pas à la portée de tout le monde.

— Qu'est-ce que tu fais ? lance Seb sur le pas de la porte.

Mon spectre à moi a décidé de faire une apparition furtive, le visage hâve.

— Tu as faim ? je lui demande.

Je désigne le carton de pad thaï que j'ai rapporté de son resto préféré, au coin de la rue. J'en achète tous les deux ou trois jours, au cas où il aurait envie d'une bonne grosse dose de sodium et de glucides. À chaque fois, je me retrouve à manger sa part le lendemain. Il m'assure qu'il s'alimente, mais je ne le vois quasiment jamais faire. Moi, par contre, j'ai pris cinq kilos depuis que j'ai emménagé avec lui. S'il y a une chose que je ne supporte pas, c'est gaspiller la nourriture. Parce qu'après, il faut pouvoir en retrouver.

Il secoue la tête et se glisse plus près des photos.

— Qui c'est ? s'enquiert-il en les regardant par-dessus mon épaule.

— Mon père et ma sœur.

— Et toi. Magnifique.

Quand il sourit, la pièce s'illumine et j'en oublie presque qu'il est à l'article de la mort.

— Pourquoi cette promenade dans le passé ?

On ne se cache plus rien, maintenant. On n'a plus le temps. Je lui relate ma rencontre avec le mec d'hier soir qui a prétendu avoir connu mon père.

— Bizarre, fait-il en se laissant tomber dans le fauteuil à côté de la table basse, l'un des rares meubles que Leo, son ex-compagnon et mon ex-patron, n'a pas emporté dans sa rage d'amoureux éconduit. Si longtemps après, à quoi bon ?

Je hausse les épaules.

— En fait…

Mes yeux visent le plafond, le parquet, Whisper : tout sauf les photos.

— En fait, quoi ?

— Ben, on n'a jamais su grand-chose sur sa vie. Quand ma tante est tombée malade, on a été placées, et ces babioles, c'est ce que j'avais emporté en partant. À sa mort, elle avait presque tout donné aux bonnes œuvres, le reste a disparu. On n'a plus aucune trace de l'existence de notre père.

Ni de notre petite enfance, à Lorelei et moi. Je ne le précise pas, parce que c'est implicite.

— C'est ça qui te chagrine ? De n'avoir que cette boîte ?

Sa voix est si fluette, si légère qu'elle flotte au-dessus de la tension qui a bondi en moi.

— Parce que tu m'as décrit ton père comme un survivant de la rafle des années 60. Beaucoup d'enfants autochtones soustraits à leur famille pour être adoptés en savaient encore moins que toi sur leurs parents. Ils n'avaient même pas ces quelques souvenirs-là.

Oui, et certains en avaient davantage, et d'autres, à peu près autant que nous. Des années après avoir instauré le système des écoles résidentielles, ces pensionnats obligatoires créés au début du XIXe siècle dans le but d'évangéliser et d'assimiler les petits autochtones, le gouvernement canadien y a ajouté une politique d'adoption forcée qui n'a rien fait pour arranger les choses. Dans les réserves, dans les zones urbaines, l'assimilation contrainte frappait les communautés en plein cœur. Quand on y réfléchit, c'est toujours la première stratégie utilisée lorsqu'on cherche à anéantir un peuple. Au Canada, comme dans le reste du monde colonial, on a commencé par les enfants.

Seb a sans doute raison, je devrais me réjouir de ce que j'ai, sauf que là, j'ai l'impression que j'en sais tellement peu que je ne pourrais pas en savoir moins.

— Ce qui me chagrine, c'est que je n'ai aucun moyen de confirmer ce qu'il m'a raconté. Ce n'est pas de ne pas avoir d'infos, mais qu'elles soient incomplètes.

Il attrape les cartes postales.

— Et ça ? Ça vient de qui ?

Il n'y a aucune signature. Seulement le nom de mon père, tracé d'une écriture penchée.

— Il a grandi à Detroit, sa famille adoptive était de là-bas. Mais il ne m'a jamais parlé d'eux quand j'étais petite. On ne s'est jamais vus. C'est ma tante qui m'a appris leur existence, sauf qu'elle n'en savait presque rien non plus.

Seb regarde derrière moi, les yeux dans le vague. Dans une soudaine bouffée d'énergie, il se lève et me prend les mains. Sa voix, quand il parle, est grave et pressante.

— Quelquefois, ce genre d'incident n'arrive pas pour rien, Nora. Tu ne vois pas ? Ce type fait irruption dans ta vie et t'oblige à considérer ce que tu sais de ton père. Ce qui se résume à peu de chose, tu l'as dit toi-même. Depuis des années, tu te raccroches à tes souvenirs de petite fille, peut-être que l'heure est venue de découvrir qui il était sans les œillères de l'enfance.

Mais il est mort, ai-je envie de répondre.

Qu'il se mêle de ses affaires et me laisse en dehors de son obsession pour le passé. Pourtant je ne lui dis rien. Peut-être parce que je n'ai pas l'habitude de parler de mon père à haute voix. J'ai édifié un bunker dans mon cœur autour de sa mémoire. Avec des murs en béton armé. Capables de résister à une explosion atomique. Et ce qui est frappant, ce n'est pas ce qu'il contient, c'est ce qu'il ne contient pas. Il n'y a aucune réponse, uniquement des questions. C'est pour ça que j'ai choisi de le garder enfoui. Parce que si je l'ouvre, ça mettra en évidence tout ce que j'ignore.

— Va à Detroit, continue Seb. Trouve qui a envoyé ces cartes. Quoi qu'il se soit passé, la personne qui habite à cette adresse aura peut-être des tuyaux. Si tu n'y vas pas, tu t'interrogeras toujours. Ça te hantera.

Ça y est, j'ai compris : il essaie de m'empêcher de commettre les mêmes erreurs que lui. Je devrais la boucler, mais ça sort tout seul :

— Comme Leo s'interrogera toujours. Quand tu mourras. Il se demandera pourquoi tu ne lui as rien dit. Et s'il n'aurait pas dû savoir que tu étais malade.

Leo, son mec, qui a été anéanti quand je l'ai quitté pour travailler avec Seb. Leo voit ça comme une trahison professionnelle. Il a tort. C'est une trahison personnelle. Je suis l'une des rares à être au courant de la maladie de Seb et à avoir accepté de la cacher aux autres.

Seb lâche mes mains, comme si elles l'avaient ébouillanté, et s'en va sans un mot. Whisper se lève gracieusement de son coin devant la fenêtre et trotte à sa suite. Elle aussi refuse de me regarder, comme pour me rappeler que je ne les mérite pas, tous les deux.

Quand j'entends la porte de la chambre de Seb se refermer, j'éteins la lumière au salon et je me campe à la lisière du rideau, d'où je scrute longuement le parc de l'autre côté de la rue. Ce n'est pas parce que je ne vois pas l'ancien militaire qu'il n'y est pas.

J'appelle David, qui jusqu'à présent ne se doutait pas que j'avais son numéro. C'est pratique d'avoir quelqu'un qui répondra toujours à vos appels. Même s'il ne reconnaît pas mon numéro sur son écran, il est trop poli pour me laisser basculer sur la boîte vocale.

— Allô ? mâchonne-t-il au bout de la quatrième sonnerie.

Sa voix est chargée de sommeil.

— C'est Nora. Lorelei y est déjà allée, à cette adresse ? Celle des cartes postales.

Un silence. J'entends le froissement des draps tandis qu'il sort du lit. Une porte s'ouvre, se ferme.

— Non, chuchote-t-il. Elle y a envoyé plusieurs lettres quand elle était à la fac, mais elle n'a jamais reçu de réponse. Elle n'avait pas les moyens de s'y rendre. Et puis elle a laissé tomber. Tu envisages d'y aller ?

— Je sais pas. Merci. Change pas de main.

Sur cette note positive, que j'ai prise pour une invitation à la masturbation la première fois que je l'ai entendue, je raccroche. Il est toujours bon de laisser les gens un peu perplexes. Qu'ils s'interrogent, histoire de décrocher quand vous rappellerez.

Tout à l'heure, quand Seb m'a demandé ce qui me chagrinait, j'ai botté en touche. En réalité, c'est aussi simple que ça : lorsqu'une balle percute un crâne, elle transperce les os, les tissus conjonctifs, les membranes. Ça entraîne de violentes projections de sang et de cervelle. Selon la distance à laquelle se trouve le canon, la poudre et l'explosion peuvent brûler l'épiderme. Le résultat, c'est la mort, à moins d'avoir une chance invraisemblable. Ce que mon père n'avait pas.

Cependant, ce qui me taraude à présent, c'est pourquoi il a appuyé sur la détente. Pourquoi deux gamines ont été abandonnées au système. Quand on en vient à bousiller sa vie, la motivation est importante. Et Seb a peut-être raison. La réponse est sans doute à Detroit.

6.

Il y a plusieurs mois, quand Seb, Leo Krushnik et moi, on travaillait encore ensemble à l'agence de Hastings Street, Leo a balancé une demande de passeport sur mon bureau au motif que les voyages internationaux amélioreraient ma vie sexuelle.

— T'es pas morte en dessous de la ceinture, tu sais. Et c'est dur de tirer un coup dans cette ville.

Cela dit en coulant un regard nostalgique vers Seb. C'est là que j'ai remarqué la distance entre eux.

Aujourd'hui, je me rends à l'agence aux aurores, à une heure où jamais Leo n'aurait l'idée d'arriver. Pas si sûr pour son nouveau partenaire professionnel, qui est un antisocial aux horaires particuliers. Je me sers de mon ancienne clé et m'étonne que Leo n'ait pas fait changer la serrure. Je n'ai pas remis les pieds ici depuis un moment et je ne m'attendais pas à une telle transformation. La déco a été entièrement remaniée, toute trace de Seb, éliminée sans pitié. Son diplôme de pâtisserie française n'est plus suspendu nulle part, et vu qu'il n'est pas à la maison, j'en viens à craindre que Leo lui ait causé quelque préjudice irréparable.

Malgré sa situation au beau milieu du calamiteux Downtown Eastside, l'agence présente désormais un intérieur assez chic. Tout sauf tapageuse, la nouvelle déco annonce avec sobriété que la boîte effectue des enquêtes à tarif raisonnable. Quand Seb m'a proposé de le suivre, je n'ai pas hésité, pourtant là, pour la première fois, j'éprouve un pincement de regret. Mon bureau trône toujours à l'accueil, presque entièrement caché sous un énorme bouquet de fleurs.

Stevie Warsame, le nouvel associé de Leo, a posé son super sac à dos dans le bureau de Seb et installé une station informatique compliquée dans un coin de la pièce. Il y a un second poste de travail de l'autre côté, ce qui me déstabilise. Je ne suis pas venue pour ça, mais je ne peux m'empêcher de l'inspecter. Je n'y trouve rien, à part quelques chargeurs de téléphone, du matériel de surveillance et un tableau comparatif des valeurs nutritionnelles de différents légumes une fois pressés. Leo m'a remplacée par un vase et a filé une place dans le bureau de Seb à une sorte de maniaque des jus de légumes ?

— Tu trouves ce que tu cherches ? lance une voix familière dans mon dos.

Brazuca, mon ancien parrain des Alcooliques Anonymes, me lorgne avec méfiance, appuyé au chambranle de la porte. Je ne l'ai pas revu depuis l'an dernier, le jour où il m'a dit qu'il me pardonnait de l'avoir drogué et abandonné dans un hôtel de montagne. Parce que je venais de découvrir qu'il m'avait menti sur son boulot et que j'avais été trop bête pour m'en rendre compte.

Et voilà qu'on se retrouve face à face, l'un et l'autre un peu plus abîmés, lui un peu moins que moi – peut-être grâce à l'introduction de légumes frais dans son alimentation. Il a les joues plus roses et l'œil plus vif, me semble-t-il. Pour une raison ou une autre, je nous vois en train de baiser, mais ce n'est pas une image agréable. Personne n'y met du sien. On est trop tendus, et presser nos os pointus les uns contre les autres est tout sauf excitant. Il n'y a aucun réconfort à tirer de nos peaux. S'il répondait à mon annonce en ligne, je devrais supprimer son message. L'instinct de survie est un drôle de truc.

— T'as décidé d'améliorer ton hygiène de vie ? je demande en brandissant le tableau nutritionnel.

Il sourit, comme si la distance qui nous sépare n'était que physique. À mesure que le silence se prolonge et que le fossé s'accroît jusqu'à l'abîme, il s'aperçoit qu'on ne partage rien, à part de la méfiance et un unique orgasme.

— Quelque chose comme ça. Qu'est-ce que tu fiches ici ? Je croyais que tu étais partie travailler avec Crow.

— C'est plutôt à moi de te demander ça. Je croyais que tu bossais pour WIN Security.

WIN Security, c'est la boîte qui s'est lancée à la recherche de ma fille, Bonnie, après sa disparition. Sur l'ordre d'une famille pourrie qui tirait les ficelles. Ce sont les parents adoptifs de Bonnie qui m'avaient alertée, ce qui avait déclenché une série de péripéties conduisant à ma quasi-noyade.

— J'avais besoin de changement, après l'an dernier. Tu n'as pas répondu à ma question.

Il s'avance dans la pièce. L'épaule dans laquelle je me suis pris une balle lors des fameuses péripéties me fait encore un mal de chien et ma cheville blessée ne s'est jamais pleinement remise. La rééducation m'a toutefois permis de masquer ma claudication. Globalement. Brazuca n'a pas eu autant de chance avec son propre boitement, résultat d'une fusillade du temps où il était flic. À moins que le trauma ne soit pas seulement corporel. Forcément, avec sa mentalité de victime…

— Je voulais voir Stevie, dis-je.

— Warsame est en mission. Tu veux que je lui transmette un message ?

Voilà qui explique son silence. Et si je voulais lui transmettre un message, je le ferais moi-même, pas besoin de Brazuca pour ça. En l'occurrence, ce que j'ai à lui dire ne peut pas être communiqué par voie électronique. On n'a pas encore créé les caractères typo capables de le transcrire.

— Je vais m'absenter un moment. Il me faut quelqu'un pour garder un œil sur Seb.

Il ne me demande pas où je vais et je ne le précise pas.

— Pourquoi ça ? lâche-t-il enfin.

Je lui raconte le cancer et l'échec des traitements. En conclusion, j'ajoute :

— Leo n'est pas au courant. Je te paierai pour t'en charger, si Stevie ne peut pas.

— Pourquoi tout le monde croit que j'ai besoin de fric, d'un coup ? marmonne-t-il en glissant une main dans ses cheveux.

Je hausse les épaules. Ça tient peut-être à sa garde-robe, démodée de plusieurs années et, honnêtement, pas assez ajustée pour l'homme moderne, toutefois je n'en fais pas état. L'ego masculin est chose fragile.

— À quelle fréquence ? s'enquiert-il.

— Deux, trois fois par semaine. Le promeneur de chien que j'ai engagé passera tous les jours.

Il fronce les sourcils.

— T'emmènes pas Whisper ? Non, attends. Oublie. Je veux pas savoir.

Je sors, en prenant soin d'éviter tout frôlement accidentel. La dernière fois qu'on s'est touchés, j'étais à cheval sur son torse et je lui déversais de l'alcool dans le gosier, sachant pertinemment qu'il est alcoolique. Je ne me suis jamais excusée et je ne le ferai pas. Avant les événements de l'an dernier, j'étais capable de repérer les mensonges, de la part de n'importe qui sauf de lui. Ce sont les siens qui m'ont le plus meurtrie, parce que je ne les ai pas vus venir. Peut-être que je ne voulais pas. Je ne commettrai plus cette erreur.

— Ça ne va pas plaire à Krushnik, lance-t-il quand j'arrive à la porte.

— Dis-lui, si tu veux.

On sait tous les deux qu'il ne le fera pas. Ce n'est pas à nous de révéler ce secret. Leo finira par l'apprendre, et on devra l'affronter le moment venu. Pour l'heure, on accepte de se taire. Encore un pacte de silence, encore avec un homme. On dirait que je les accumule, dernièrement.

Une question me vient à l'esprit, car si Brazuca a une qualité, c'est bien son sens aigu de l'observation.

— Est-ce que tu as vu quelqu'un épier le bâtiment à ton arrivée ? L'air pas très net ?

— On est dans le Downtown Eastside. Personne n'a l'air très net, réplique-t-il en me regardant comme si j'étais timbrée.

Timbrés dont, à Vancouver, le Downtown Eastside est le point de ralliement. C'est aussi le mien. Les indigents, les toxicos, les tourmentés : on afflue ici parce que c'est souvent le seul endroit qui veuille bien de nous.

J'acquiesce. Pour ses capacités d'observation, on repassera.

En regagnant ma voiture, je tombe sur un groupe de gens rassemblés autour d'un corps étalé sur la chaussée. Je ne peux pas m'empêcher de scruter leurs visages au cas où l'ancien militaire serait parmi eux. Il n'y est pas, alors je me tourne vers le spectacle en cours. Un homme accroupi parle tout doucement à une femme étendue par terre. Elle n'a aucune réaction. Il sort une seringue de la trousse posée à côté de lui et la remplit à l'aide d'une ampoule de liquide. Ensuite, il la lui plante dans la cuisse. Un petit cri résonne dans l'assistance. Forcément poussé par quelqu'un qui n'est pas du coin, parce que c'est une scène quotidienne, dans le quartier. Je n'attends pas de voir si la femme se réveille après l'injection de naloxone. Il y a suffisamment de citoyens concernés autour d'elle et j'ai déjà ma dose de problèmes perso.

Quand je rentre à la maison, Seb est dans son bureau, la tête affalée sur la table et Whisper à ses pieds, qui me toise d'un regard accusateur. Pendant quelques instants, mon cœur s'arrête... puis j'entends le sifflement de la respiration hachée de Seb. Je ne suis pas bien costaud, mais je n'ai aucun mal à le soulever. Un vrai tas d'os, maintenus ensemble par un fragile tissu conjonctif et des muscles faméliques. Je le dépose en douceur sur le canapé et prends mon poste dans le fauteuil.

Lorsqu'il s'est tiré, Leo a presque tout emporté sauf les bouquins. S'il avait su à quel point Seb en avait besoin, il les aurait embarqués aussi. Quand Seb est assez en forme, on les cite en notant les références à mesure qu'on élabore ses mémoires. Il parle et écrit tandis que je l'écoute en prenant des notes, ou bien c'est moi qui rédige quand il n'a pas la force. On ne travaille que dans cette pièce, en laissant nos excédents de bagage à la porte. Tout le monde a besoin d'un lieu sacré : celui-ci est le nôtre, à tous les trois. Protégé par les volumes éculés qui ont compté dans la vie de Seb.

Je ne suis pas une intello, pourtant les livres de Seb ont été une révélation pour moi. Rien ne m'émeut comme la poésie de Césaire, ce « nègre fondamental » anticolonialiste qui a dit la réticence des gens à remettre en question leur vision du monde ; combien il est facile de rejeter des idées, comme on chasse une mouche.

La semaine dernière, avant que la fumée des incendies ne parvienne jusqu'à nous, j'ai emmené Whisper sur les falaises au bord de l'océan. On avait du temps à tuer pendant que Seb était à l'hôpital. On y est restées longtemps, assez pour voir le cycle de la vie se dérouler sous nos yeux. Juste au-dessus des flots, à la limite de mon champ de vision, deux oiseaux de proie tournoyaient autour d'un point dans l'eau. Par intervalles, l'un ou l'autre plongeait. Ils échangeaient des criaillements et plus les minutes passaient, plus leurs cercles se resserraient. Je ne pouvais que pressentir ce qu'ils observaient. Que la créature convoitée, un canard égaré peut-être, commençait à fatiguer. Ses réflexes s'amenuisaient. L'inévitable attendait son heure.

Ça m'a rappelé que la catastrophe s'abat et frappe quand un être est au plus mal.

Seul, avec deux bouches à nourrir et la conscience que l'amour d'une femme est une chose puissante, mais pas autant que le vide qu'il laisse lorsqu'elle n'est plus là.

Jusqu'à l'apparition de cet ancien militaire, dont je n'ai même pas songé à demander le nom, je pensais que mon père avait tout simplement été incapable de supporter le stress.

Aujourd'hui, je pense à Césaire et un doute s'insinue dans mon esprit. *L'idée*, disait-il, *la mouche importune.* Qui bourdonne à mon oreille. Me susurre que la mort de mon père n'est peut-être pas aussi simple que j'ai pu le croire. Chamboule ma vision du monde.

7.

Dès qu'il pénètre dans l'appartement de Clementine, Brazuca est bien obligé de revoir ses préjugés sur les femmes entretenues. S'il s'attendait à trouver une sorte de lupanar, ce n'est vraiment pas ça. Il n'y a rien de futile ici, à part le coût même d'un appartement donnant sur la baie des Anglais. L'endroit est chaleureux, confortable, aménagé de meubles cossus, mais pas m'as-tu-vu. C'est une personne de goût qui a fait son nid ici.

La douce lumière de l'après-midi se déverse dans le séjour, où Brazuca découvre une photo encadrée de Lam enlaçant Clementine. Ils dominent les eaux de Deep Cove, à North Vancouver, où le fjord Indian Arm rejoint la baie Burrard. Brazuca n'a jamais vu Lam aussi heureux, souriant dans les cheveux de Clementine.

Un bruit résonne dans une autre pièce. Il se détourne de la photo, dépasse la cuisine élégante et s'arrête à la porte de la chambre.

— Bonjour ?

Une jeune Chinoise lève les yeux vers lui, chassant une mèche de son front pour la coincer dans son chignon en bataille. Elle porte un survêt aux couleurs de l'université de Colombie-Britannique. Assise par terre au milieu de piles de vêtements, de chaussures et de sacs à main, elle a l'air complètement perdue.

Ce qui le frappe, c'est qu'elle ne semble pas hypersurprise de voir débarquer un étranger. Ni inquiète pour sa sécurité, d'ailleurs. Ils se dévisagent un moment, puis elle montre le tas devant elle.

— Vous savez combien ça coûte, un sac de marque ? finit-elle par demander. Non, évidemment, vu votre look. Vous ne faites pas partie des copains réguliers de ma sœur.

Brazuca est amusé malgré lui. Il croise les bras et s'appuie au chambranle.

— Des milliers de dollars, poursuit-elle. Il doit bien y avoir cinquante mille balles de sacs à main rien que dans cette chambre. Qu'est-ce que je suis censée en faire, moi, hein ?

— On devrait s'associer pour essayer de les revendre. On serait tous les deux riches.

— Ça se vend tout seul, ces marques-là. Et je ne vois pas trop ce que vous m'apporteriez, qui que vous soyez.

— Jon Brazuca, répond-il, sans lui tendre la main – vu son regard méfiant, mieux vaut garder ses distances. Un ami de Clementine m'a demandé de passer.

Elle le fixe, les traits soudain empreints d'une telle fureur qu'il est tenté de reculer. Elle se lève.

— Vous voulez dire Bernard Lam ? Elle a fait une overdose et il est furax, c'est ça ? Son joujou est cassé.

— Je ne crois pas que Clementine était son jouet.

— Mettons les choses au point, gronde la demoiselle en lui enfonçant l'index dans la poitrine. Je ne sais pas pourquoi elle avait pris ce nom de strip-teaseuse à la con, mais elle s'appelait Cecily Chan. Elle étudiait la littérature anglaise puis elle a tout lâché pour devenir mannequin. C'était une personne et elle avait une famille qui l'aimait.

Brazuca lève une main en guise de drapeau blanc. Il avait une grand-tante baptisée Cecily, et il voit très bien pourquoi une femme de moins de quarante ans préférerait n'importe quel autre prénom à celui-là.

— C'est bon, j'ai compris. Elle était aimée. Je n'ai jamais dit le contraire.

Le visage de la fille s'affaisse. Elle balance un coup de pied dans un sac qui pourrait valoir plus qu'il ne gagne en un mois.

— Excusez-moi. Je ne suis pas dans mon état normal. Ma sœur est morte et tout ce qu'elle a laissé, c'est un tas de conneries hors de prix dont je dois m'occuper.

Il va dans la cuisine et met de l'eau à bouillir. Quelques minutes plus tard, elle le rejoint, chargée d'un carton bourré de sacs de luxe qu'elle laisse tomber à côté d'une pile d'autres boîtes déjà entreposées au salon. Ensuite, elle ouvre un placard qu'elle atteint tout juste et en sort du thé au jasmin. Ensemble, ils en préparent une pleine théière et s'asseyent à la table donnant sur la baie.

La pièce s'assombrit à mesure que le soleil décline à l'horizon, mais ni l'un ni l'autre ne prennent la peine de fermer les stores ni d'allumer la lumière. Ponctuellement, Brazuca se rappelle combien cette ville est belle. Pourquoi il a choisi de vivre ici. Il est tellement perdu dans ses pensées qu'il met un certain temps à se rendre compte qu'elle le regarde droit dans les yeux. Sûrement depuis un moment, maintenant.

— Je m'appelle Grace, annonce-t-elle.

— Grace. Vous avez quelqu'un qui peut vous aider à trier les affaires de… Cecily ?

— Non, pas vraiment.

— Vos parents, peut-être ?

Elle secoue la tête.

— Ils ne mettront jamais les pieds ici. Cecily et eux se sont brouillés il y a quelques années. Elle leur a sorti qu'elle voudrait qu'ils soient morts. Ils ont rétorqué qu'ils pouvaient être morts pour elle si elle le souhaitait. Elle est partie et ils ne se sont plus parlé depuis. Ils ont refusé d'assister à ses obsèques parce que c'est l'autre connard qui payait. Il n'y avait que moi et une poignée de cousins. Je crois qu'elle n'avait plus beaucoup d'amis, vers la fin.

Brazuca jette un coup d'œil au tas de cartons.

— OK. Je peux vous aider à emporter certaines choses, si vous voulez. Où est-ce que vous habitez ?

— On vit à Richmond… Oh, me regardez pas comme ça !

— Comme quoi ?

Elle serre sa tasse si fort qu'elle semble vouloir la briser. Elle paraît furieuse, tout à coup. Parce que ça sœur est morte ? Parce qu'elle se retrouve à devoir nettoyer le bazar ?

— Comme si on était tous à rouler en voiture de sport, à prendre des cours de violon et à habiter Richmond. Comme si on prenait votre foutue ville d'assaut. La famille de ma mère est ici depuis que les Chinois sont venus construire le chemin de fer il y a cent ans, mon père a émigré quand il était petit. Ils sont tous les deux ingénieurs. On ne vous pique pas vos maisons. On a des racines, ici. Je suis étudiante en urbanisme.

Il ne devrait pas s'étonner qu'elle soit sur la défensive. Les prix de l'immobilier sont si hauts que beaucoup reprochent les tarifs astronomiques à l'afflux chinois. Plus de la moitié de la population de Richmond est immigrée, et certaines personnes n'apprécient guère cette évolution démographique. Il y a là une forme de racisme insidieux que Brazuca voit affleurer de plus en plus souvent, et qu'il découvre à présent par les yeux de la jeune femme. Un élan de tendresse l'étreint. Il pose ses mains sur les siennes.

— Je n'ai jamais dit que votre famille n'était pas chez elle ici. Je suis sincèrement désolé pour votre sœur.

— Ma sœur… elle s'est laissée acheter comme une vulgaire marchandise.

Elle retourne ses mains et entrecroise ses doigts à ceux de Brazuca. Sa voix se brise, pourtant elle ne verse aucune larme.

— Vous travaillez pour Lam, c'est ça? Vous connaissez ce genre de filles?

Il y a quelque chose de déstabilisant dans sa manière de le regarder. Il retire ses mains, et ne sachant où les mettre, il les fourre dans ses poches.

— Je l'aide simplement à résoudre des problèmes une fois de temps en temps. Je suis… J'ai été flic.

— Mais vous ne l'êtes plus.

— Non.

Elle se lève, contourne la petite table et écarte la tasse de Brazuca. Puis s'assied sur ses genoux.

— Grace… qu'est-ce que vous faites? lance-t-il, en se demandant s'il est capable de repousser une chatte en chaleur endeuillée.

— J'ai envie… J'ai envie de me sentir comme elle. Rien qu'une nuit.

Et elle attire la bouche de Brazuca contre ses lèvres.

Eh bien non, il n'est pas capable, en fait.

Ce n'était pas une proposition sensuelle, songe-t-il bien plus tard, alors qu'ils sont entrelacés dans le lit de sa sœur. En même temps, c'est rarement le cas, avec lui. Il a le don d'attirer des nanas qui recherchent tout sauf de la tendresse. Son nouveau départ n'a pas l'air de l'aider, de ce côté-là non plus. Ils restent longtemps étendus dans le noir. Brazuca ne sait pas trop s'il lui a donné la sensation d'être une pute, mais lui, il a vraiment l'impression d'en être une. Le silence est tel que le cliquetis d'une clé tournant dans la serrure n'échappe ni à l'un ni à l'autre. Brazuca accroche le regard de Grace et se barre les lèvres de l'index. *Chut.* Il sort du lit et enfile son jean. Dans son dos, il perçoit les bruissements des vêtements que Grace enfile.

Longeant le couloir à pas de loup, il s'arrête à la porte du séjour.

Il ne sait pas trop à quoi il s'attendait, mais sûrement pas à une minuscule bonne femme en tailleur-pantalon. Debout au milieu du salon, téléphone portable en l'air, elle est entièrement focalisée sur les cartons empilés contre le mur. Grace flotte quelque part dans le couloir. Sur le seuil, Brazuca observe l'intruse qui s'approche du carton de sacs à main et farfouille dedans. Ses cheveux noirs sont si longs et si brillants que, sans qu'il saisisse bien le concept d'extension, il est à peu près sûr qu'elle en a. Enfin, elle extrait un petit téléphone vibrant de l'un des sacs et interrompt l'appel émanant de son propre mobile.

— Vous devez être sa dealeuse, lance Brazuca.

La nana se fige. Elle le regarde, sans mot dire. Il sent monter la colère de Grace derrière lui.

Il hoche la tête en direction de l'appareil qu'elle vient de récupérer, un téléphone jetable de base comme on peut en acheter un peu partout.

— Vous communiquiez via un portable dédié. Histoire de séparer votre numéro de tous ses autres contacts. Bien vu.

Elle remet l'appareil dans le sac. Quand elle parle, sa voix est agréable et enfantine. Elle a un sourire en coin, étrangement attachant.

— Oui, chacun à sa place.

C'est pour ça qu'elle est là. Il s'était demandé pourquoi il ne trouvait aucune trace du dealer de Clem sur le smartphone que Lam lui avait passé. La jeune fille avait beau mener une vie solitaire, elle devait bien se fournir quelque part.

Grace apparaît sur le pas de la porte.

— Salope.

La femme étudie le visage de Grace. Elle est si petite, et son sourire, si doux qu'il a envie de la croire plus jeune qu'elle ne doit l'être. Vu son regard calculateur, toutefois, elle doit bien avoir une dizaine d'années de plus qu'il ne l'avait d'abord estimé.

— C'est pas faux, ma belle.

Elle jette un coup d'œil à Brazuca.

— Bernie a dû t'envoyer à ma recherche, non ?

— Comment vous le savez ?

Brazuca a du mal à imaginer qu'on puisse appeler Lam « Bernie » – pas en face, en tout cas. Lam est peut-être un play-boy, il y a quand même des limites à ne pas franchir.

— Oh, je le connais par cœur, répond-elle en agitant une main manucurée. Tu dois être Bazooka. Clem parlait parfois de toi, uniquement parce que Bernie avait dû le faire. Elle n'avait pas vraiment de vie à elle.

Il opine. « Bazooka. » C'est le surnom qui lui colle à la peau.

— Et vous êtes ?

— Priya.

Elle soupire.

— Plus la peine d'essayer de le cacher. Si tu me décris à Bernie, il m'identifiera tout de suite. C'est moi qui les ai présentés, figure-toi.

— Lam et Clementine ?

— C'est ça. Je… J'arrange des soirées pour une certaine clientèle d'élite. Bernie avait un appétit insatiable de filles asiatiques. Disponibles, s'entend. Et je savais que Clem lui plairait.

Elle ignore sciemment Grace.

— Les gens sont drôles. Même ici, ils restent dans leur communauté.

Brazuca s'avance, s'éloignant ainsi de Grace qui semble prête à exploser en une combustion spontanée.

— Parlez-moi de ce que vous lui donniez. Vous saviez ?

— Qu'elle allait mourir ? Ben non ! Je ne fais pas ça souvent, soit dit en passant. Seulement Clem n'avait confiance en personne d'autre et je lui devais un service. Elle savait que j'avais des contacts. Cette fois-ci, je l'avais prévenue que ce serait la dernière avant longtemps. Son addiction devenait ingérable et ça allait finir par se voir si elle continuait à ce rythme-là. Bernie aurait mis son grain de sel et j'aurais été dans la merde. Comme je le suis maintenant, j'imagine.

— Où est-ce que vous vous fournissez ?

— Attends, lâche Grace en s'adressant à Brazuca. C'est pour ça qu'il t'a missionné ? Pour la came ? Putain de merde ! Ma sœur est morte !

Priya jette un coup d'œil vers la porte.

— J'ai comme l'impression que vous avez des trucs à régler, tous les deux.

Brazuca se rapproche d'elle, en prenant soin d'exagérer son boitement. Ruse à deux balles, mais à laquelle il n'hésite pas à recourir quand ça peut lui servir.

— On devrait peut-être bavarder seul à seule.

Ce qui, s'avise-t-il maintenant, aurait dû être le cas dès le départ.

Grace croise les bras.

— Je veux entendre la suite.

— Non, fait Priya. Surtout pas.

Puis elle s'en va, deux sacs à main de luxe au bras, l'un des deux étant vraisemblablement le sien.

Brazuca lance un regard contrit à Grace alors qu'il emboîte le pas à la dealeuse, la quittant dans le même état qu'il l'a trouvée : au milieu d'une pièce, perdue et en deuil.

Il rattrape Priya devant l'ascenseur, sans se préoccuper de dissimuler à quelle vitesse il peut se déplacer quand il le veut vraiment. Et encore, pour des durées limitées.

— Je ne peux pas te donner de nom, dit-elle lorsqu'il la rejoint. Tu comprends, pas vrai ? Bernie ne comprendrait pas, mais toi, tu es plus raisonnable. Ça se voit à ta tête.

— Je crois qu'il l'aimait vraiment. Ça va au-delà de la simple réaction macho à la con, cette fois. Je ne peux pas retourner le voir les mains vides.

Elle acquiesce. Ils doivent tous rendre des comptes à quelqu'un. L'ascenseur s'ouvre et elle monte dedans.

— T'aimes bien boire des coups ?

— Plus maintenant.

Plus depuis que Nora l'a ligoté à un lit pour l'abreuver de rhum saturé d'antalgiques. Ce qui compte sans doute pour une rechute, mais en aucun cas de sa faute. Il l'avait sous-estimée et il en a payé le prix. Ce jour-là aussi, il s'est un peu senti comme une pute, se souvient-il. Un thème récurrent dans ses relations avec les femmes, on dirait.

— Dommage. Il y a à Gastown un bar dont a m'a dit grand bien. Ils font des cocktails de fruits avec des petits parasols dedans. Le Lala Lair.

Les portes se referment.

Brazuca envisage d'aider Grace à trier les affaires de luxe et de la soutenir dans son chagrin. Après réflexion, il rappelle l'ascenseur. Il a un boulot à accomplir, après tout, et s'il a très envie de prendre les derniers mots de Priya pour une invitation suscitée par son sex-appeal, il leur soupçonne une tout autre motivation. Sans se mouiller, elle lui a révélé ce qu'il voulait savoir.

Quant à Grace… eh bien, il espère qu'elle a obtenu ce qu'elle attendait de lui.

8.

J'attends Simone dans les coulisses d'un petit bar brasserie qui se transforme en club de travestis le mardi soir.

Il y a des paillettes et des pompons partout. J'ai l'impression de figurer dans le cauchemar rococo d'une odalisque, où j'attendrais que le sultan vienne me soumettre à ses désirs. Il y a une drag-queen dans la petite loge où je suis assise, elle applique son eye-liner liquide avec une précision chirurgicale. Comme si je n'étais pas là, elle grimpe dans ses bottes à talons aiguilles et sort d'un pas nonchalant. Quelques secondes plus tard, Simone arrive, entièrement pailletée et vêtue d'un truc vert citron qui fait plus débardeur que robe. Ça me rappelle quand on s'est connues aux Alcooliques Anonymes. Elle portait un machin similaire, peut-être bien rose vif.

— Tu sèches les réunions, dit-elle quand elle me découvre à côté d'une étagère d'accessoires et de foulards chatoyants.

— Je sais.

Ça lui ferait de la peine d'apprendre que je participe à d'autres groupes de parole. À ma décharge, j'ai déjà du mal à m'y retrouver avec mes propres problèmes, alors comment le pourrait-elle, elle ?

Elle ôte ses chaussures à talons et s'assied à la coiffeuse, se massant les pieds.

— Et tu ne réponds pas à mes appels.

— J'aime pas le téléphone.

Depuis l'an dernier, après avoir fini échouée sur le rivage de l'île de Vancouver suite à l'enlèvement de Bonnie, j'évite Simone et ses regards perspicaces. Elle adore parler de sentiments. Surtout des siens, mais elle s'intéresse parfois aux miens.

— Et maintenant, tu veux que je fouille dans le passé de ton père, c'est ça ?

Elle tombe la robe. Son corps musculeux est une vraie pub pour l'épilation corporelle.

— J'ai eu ton message d'hier, Nora, mais tu as été tellement vache avec moi que je ne suis pas sûre d'avoir envie de te filer un coup de main, cette fois-ci. Tu as trouvé une association d'anciens marines du Liban ? Tu devrais peut-être passer par eux, conclut-elle, sachant pertinemment ce que je ressens à l'idée de discuter avec des étrangers sur le net quand il ne s'agit pas de sexe.

On ne dirait pas comme ça, pourtant Simone est une sorte d'experte en sécurité informatique. Elle a sa propre petite entreprise, qu'elle dirige en tant que Simon, son alter ego, et semble satisfaite de vivre incognito en talons aiguilles lamés or. Je ne propose pas de la payer pour son aide car je sens que j'en prendrais pour mon grade ; alors je patiente pendant qu'elle enlève soigneusement sa perruque et son maquillage puis enfile un survêtement par-dessus ses collants opaques. De son personnage de drag-queen il ne reste plus que ses longs ongles vernis, avec lesquels elle se gratte délicatement le crâne une fois toutes les épingles retirées de ses cheveux.

— Je suis désolée, dis-je en m'arrachant un sourire. Parlons de toi.

Elle me renvoie un grand sourire et m'entraîne hors de la loge.

— Ah, enfin ! Je sors avec un nouveau mec, Terry, mais il a encore un pied et une demi-couille dans le placard. C'est un merveilleux cauchemar.

Je grimace devant l'image mentale que cela m'évoque et m'interroge à nouveau : pourquoi, quand on demande des nouvelles à quelqu'un, faut-il toujours qu'il y voie une invitation à nous soûler avec les derniers potins de sa vie amoureuse ? Mais bon, là, c'est Simone, alors je suis plus indulgente.

— N'importe qui aurait de la chance de t'avoir.

— Même toi ? réplique-t-elle d'un ton taquin.

Je lui tiens la porte et elle me décoche un clin d'œil en passant.

— *Surtout* moi.

C'est vrai. Qui ne voudrait pas sortir avec une experte en sécurité informatique ? À la réflexion, je comprends le dilemme de Terry. Elle pourrait tout découvrir sur lui si elle le voulait.

— Et tu ferais quoi, quand j'enlèverais mon collant pour te montrer ma queue ? Tu saurais t'y prendre avec un mec comme moi ?

La question me laisse sans voix. Depuis le jour où elle s'est présentée à moi en femme, et qui plus est en femme capable d'interpréter *Single Ladies* avec brio, je n'ai jamais pensé à elle comme à un homme. Je ne crois pas qu'elle y tienne tellement, d'ailleurs. Même en survêt, les cheveux courts, sans perruque ni maquillage, c'est la personne la plus délicatement féminine que je connaisse. Elle rigole.

— Fais pas cette tête ! De toute façon, t'es pas assez camionneuse pour moi.

Contre toute attente, je suis vexée. Si la ruelle où on se trouve n'était pas si crade, j'essaierais de me relever de ce coup bas. Pas assez camionneuse ? Comment ose-t-elle ? Je consulte mon énergie féminine, aussi incertaine qu'elle l'a toujours été. Pas assez camionneuse... Merde alors !

— Je vais chercher des infos sur ton père, Nora. Tu sais bien que je vais le faire. Mais je ne peux pas m'y mettre avant une quinzaine de jours. Ça ira ?

— Oui. Je vais bientôt partir en voyage, de toute façon. Envoie-moi les résultats par mail quand tu pourras.

Son visage s'éclaire.

— C'est nouveau, ça ! Allez, dis-moi, où est-ce que tu vas ?

Je hausse les épaules.

— Il paraît que les voyages font du bien à l'âme.

— Detroit, c'est ça ? Tu vas à Detroit.

Elle pousse un soupir puis me prend par le bras.

— Viens. Accompagne-moi chez Terry, tu me raconteras comment se passe ton abstinence.

La nuit est couverte et la fumée, loin d'être dissipée, alors je la convaincs plutôt d'attraper un taxi et moi, je rentre en bus. Quand j'arrive devant la maison, mon portable se met à clignoter. Il ne clignote que quand je reçois un message sur une appli particulière que j'ai installée pour communiquer avec Bonnie, la fille que j'ai donnée à l'adoption il y a seize ans. Le fait qu'elle sache qui je suis est le résultat d'une bavure administrative des plus grandioses. Bienvenue au Canada, pays du bacon, des consortiums de sirop d'érable et des bévues bureaucratiques monumentales. Laquelle bévue a conduit l'acte de naissance de Bonnie à tomber entre les mains de ses parents adoptifs. Peut-être qu'un gratte-papier épuisé a merdé. Peut-être que c'était son premier jour de boulot ou au contraire, que ses jours se comptaient par centaines. Peut-être que c'était un doigt d'honneur au système avant son départ en retraite. La raison pour laquelle le dossier de Bonnie est passé entre les mailles du filet n'a plus d'importance, puisqu'à présent elle me connaît.

Et qu'en plus, elle a mon numéro.

On ne s'appelle jamais. On n'entend jamais le son de nos voix. On ne fait qu'échanger des photos par le biais de cette appli, pour éviter les frais supplémentaires sur nos abonnements. Cette fois-ci, c'est une photo de son pied dans un étrier médical. C'est toujours des clichés de son pied quelque part, et je n'ai qu'à supposer que le reste de son corps s'y trouve aussi. Qu'elle va bien puisque son pied va bien. J'imagine que je suis censée en déduire qu'elle, tout entière, continue à vivre sa vie. À ce moment précis, en passant un examen gynéco, par exemple.

Merci pour les nouvelles.

Je lui réponds par une photo de Whisper que j'ai enregistrée à cet effet. Bonnie me montre ses pieds et je lui montre ma chienne, telle est notre relation. Des instantanés de nos vies, mais à distance et masqués par des filtres mélancoliques.

Une fois à l'intérieur, je trouve Seb à son bureau, absorbé dans la dernière version de ses mémoires. On vient de terminer la section Kosovo et d'aborder le chapitre mariage, du temps où il tentait de passer pour hétéro. Seb a toujours été un sacré écrivain, mais ce livre est tellement chargé émotionnellement que j'ai dû le poser après avoir lu cette partie.

Je suis inquiète, il ne veut toujours pas me parler de son dernier rendez-vous à l'hôpital. Ce qui signifie que c'est grave.

— Je ne suis pas obligée de partir, tu sais, lui dis-je après être sortie promener Whisper.

Aucun signe de l'ancien miliaire depuis notre conversation inopinée dans le parc. Il a disparu dans la nuit en emportant mon équilibre. Malgré tout, je me sentais mal à l'aise pendant notre balade, et Whisper piaffait, alors on a rebroussé chemin à la moitié de notre parcours habituel. Elle ne veut plus s'éloigner de Seb trop longtemps. Là, elle est couchée à ses pieds, léchant distraitement le plaid sous lequel ils sont enfouis.

— Si, tu dois y aller. De toute façon, j'ai besoin d'être seul un moment.

— Tu es sûr que tu n'as pas besoin de moi ?

Il hausse les épaules.

— Le bouquin est presque terminé. Tu as fait du super boulot sur les recherches et l'organisation, Nora. Je suis content… content de ton aide.

Il n'arrive pas à me regarder dans les yeux.

Quand les chiens sentent qu'ils vont mourir, ils cherchent un coin confortable et s'y étendent jusqu'à ce que leur heure soit venue. Ils ne s'apitoient pas sur leur sort. Ils ne combattent pas l'inéluctable. Ce sont leurs proches qui sont saisis d'angoisse à l'idée que leur être cher va s'éteindre. Le chien, lui, n'éprouve qu'une sorte de résignation paisible.

Environ une heure plus tard, je reviens dans le bureau. Seb est étendu sur le canapé avec Whisper toujours lovée à ses pieds, lestant l'épaisse couverture qui le drape. Parce qu'il dort, je prends ses mains décharnées dans les miennes et je les presse doucement. Il ne réagit pas. Whisper bat deux fois de la queue, mais refuse de se lever. Sans doute parce qu'elle a compris que je m'en vais. Que mon gros sac à dos près de la porte signifie que j'abandonne la meute au moment où elle a besoin de moi. Même si j'ai fait appel à Brazuca et laissé des instructions au promeneur de chien – ainsi que de l'argent au cas où –, je me sens coupable. Et alors que je les regarde, une dose de crainte vient s'ajouter à la culpabilité.

Ce qui m'effraie, c'est qu'elle ait l'air aussi paisible que lui, là, sur ce canapé.

Seulement je ne peux plus m'attarder. J'ai un avion à prendre.

9.

Devant la clinique, Bonnie considère la photo de la chienne sur son téléphone. Whisper, comme toujours, fixe l'objectif, l'air un peu las. Une BMW argentée pénètre dans le parking. Bonnie lance son sac à dos sur son épaule et s'approche prudemment de la voiture. Elle monte en prenant soin d'éviter le regard de sa mère. Lynn ne souffle pas un mot, toutefois Bonnie se doute de ce qui l'attend. Sa mère est tendue comme un arc.

— Pourquoi tu ne m'as rien dit?

— Je comptais rentrer en bus, mais j'ai oublié mon passe.

— Tu ne réponds pas à ma question. Pourquoi tu ne m'as pas dit que tu étais enceinte? insiste Lynn, qui croyait sa fille bien adaptée à la vie à Toronto et pensait n'avoir aucun souci à se faire à part sa légère allergie au cèdre rouge déclarée l'an dernier.

Bonnie hausse les épaules. Ç'a été facile, plus simple qu'elle ne le craignait. C'est comme si on lui avait décapé les entrailles, mais les crampes n'étaient pas plus douloureuses qu'à l'ordinaire.

— Parce que je pensais pouvoir me débrouiller.

Lynn s'applique à ne pas regarder Bonnie lorsqu'elle reprend la parole, tout en douceur :

— Tu as cru que j'allais te juger. À cause de tout ce que j'ai enduré pour t'adopter.

Les réponses que ni l'une ni l'autre ne formulent flottent dans l'air : Parce que Lynn ne pouvait pas avoir d'enfant. Parce que Bonnie est le fruit d'un viol. Parce que Bonnie avait le choix là où Nora ne l'a pas eu. Le choix et quelqu'un pour la ramener à la maison après.

Lynn s'arrête sur le bas-côté. Le temps anormalement doux pour la saison commence à changer. Toronto s'est rafraîchi, quoique pas encore assez pour la neige. Sans oser tourner les yeux, elles contemplent la pluie qui éclabousse le pare-brise. Lynn pose une main sur celle de Bonnie et la serre tendrement.

— Je ne te jugerai jamais, ma chérie. Jamais. C'est ton corps. Ta décision. D'accord ?

— Oui, je sais. J'avais juste pas envie d'en parler. Est-ce qu'on peut ne rien dire à papa ?

Lynn fait la moue.

— Pourquoi on lui dirait ? Ça ne le regarde pas.

— Merci, maman, soupire l'adolescente, un peu soulagée.

Son père est toujours à Vancouver, toujours à sauter sa patronne, sans doute. Bonnie n'en veut plus à ses parents de s'être séparés – c'était une réaction de bébé –, mais elle ne s'est pas rapprochée d'eux pour autant. Surtout pas d'Everett, en qui elle avait le plus confiance jusqu'à ce qu'elle découvre qu'il avait une liaison. Quand elle l'a appris l'an dernier, elle a surréagi, et dans les grandes largeurs. Elle a fugué pour retrouver son père biologique, qui s'est révélé être un monstre. Un épisode de sa vie auquel elle s'efforce de ne plus penser.

— Je veux seulement que tu saches que je suis là s'il t'arrive quoi que ce soit.

Lynn redémarre.

— Tu as faim ?

— Il est trop tard. Je veux juste aller me coucher.

Lynn l'observe à la dérobée pendant qu'elles rentrent chez elles dans le quartier bohème de Leslieville, mais ne répond rien.

Bonnie éprouve un sentiment troublant qui n'a rien à voir avec la clinique – ni avec les événements précédents. En l'occurrence, c'est plutôt un soulagement. Cet été, elle a vu son ex, Tommy, qui veut désormais se faire appeler Tom. Même s'il était clair pour tous les deux que leur histoire était terminée, ils se manquaient. Elle n'avait pas prévu de faire l'amour avec lui, mais elle ne le regrettait pas. Simplement, ils avaient pris moins de précautions qu'avant.

Non, décrète-t-elle à présent. Elle est peut-être un peu fatiguée, mais pas mécontente de ce qui s'est passé à la clinique. Si son impulsion de contacter Nora l'a surprise, c'est surtout la réponse qui la préoccupe. En général, Nora prend son temps pour réagir. Ce n'est pas facile d'attraper Whisper sous une bonne lumière, les yeux braqués sur l'objectif. Là, la photo est arrivée beaucoup plus vite que d'habitude, comme si Nora attendait un message de Bonnie. Comme si elle l'attendait et avait déjà préparé ce qu'elle lui enverrait en retour.

Dans la voiture, Bonnie ne peut s'empêcher de se demander pourquoi.

II

10.

Les nuages créent des formes magnifiques juste derrière mon hublot. L'avion fend à travers eux comme dans du givre et, jusqu'ici, le vol s'est déroulé sans à-coups. Je pourrais rester là-haut pour toujours, sauf que le regard aguicheur de l'hôtesse vire lentement mais sûrement au belliqueux comme je m'attarde sur mon plateau-repas. Elle a déjà essayé de me l'arracher plusieurs fois, je n'ai réussi à le garder qu'en me jetant dessus avec une poigne de fer. Et en cas de lutte à mort entre nous, je miserais sur elle. Je ne parierais jamais contre une femme capable de dompter sa chevelure en un chignon aussi impeccable. Une bombe pourrait pulvériser cet avion que parmi les décombres, on retrouverait une boule parfaite, intacte, sans un seul cheveu doré qui dépasse.

À l'atterrissage, l'agent de contrôle aux frontières paraît sceptique sur le motif « tourisme » de ma venue, mais il ne voit sans doute pas quels dommages je pourrais causer à Detroit. Tout lui a déjà été infligé. À l'aéroport, je loue une Chevrolet Impala et, en traversant la ville dans la lumière du matin, je comprends pourquoi il a fini par s'en foutre. Partout des immeubles abandonnés, des rues délabrées, des habitants qui ne se regardent pas en face. Le choc est violent, surtout pour moi qui viens de l'une des plus belles – et des moins abordables – villes du monde, où tellement de gens ont envie de s'installer et presque personne n'y parvient.

Et qui débarque dans *ça*. Detroit.

L'air n'est ni étouffant ni enfumé comme à Vancouver lors de mon départ, en revanche il a quelque chose d'épais, ici. Quelque chose de lourd. Il me frappe en plein nez, comme un coup de poing, avant que j'aie eu le temps de réagir. À moins que mon esprit ne me joue encore des tours.

Je prends une chambre dans un hôtel bon marché de Midtown et tente de me ressaisir. On m'a dit que c'était un bon quartier, près de l'université, seulement les bâtiments démolis tout autour racontent une autre histoire. L'hôtel paraît correct, et les draps sont propres, mais leurs petites fleurs défraîchies affichent un optimisme insoutenable vu les abords déprimants de l'établissement. Impossible de me décider à entrer dans ce lit. Comme je ne veux pas sortir plus tôt que nécessaire, je m'assieds, rideaux tirés, dans un fauteuil qui menace de s'effondrer sous le poids du prochain cul qui s'y posera. Je vis sur le fil, de toute façon, alors je me lance.

Je rêve d'une petite fille barbouillée du sang d'un homme, qui lorsqu'elle glisse dessus pousse un hurlement muet et déguerpit. Je me réveille avec la sensation que la ville de Detroit s'est écroulée pendant mon sommeil et m'a ensevelie sous ses ruines. Je n'avais pas pensé à cette petite fille depuis une éternité. Et je n'avais jamais, au grand jamais, rêvé d'elle. Heureusement, le soir approche et il est l'heure de rendre une petite visite. Comme ça, je peux repousser tous mes joyeux souvenirs d'enfance, pour le moment.

Je ne m'embête pas à étudier le plan de la ville, il y a trop de choses incompréhensibles dans ce monde pour m'amuser à surveiller les panneaux tout en pilotant un véhicule. Je me contente de suivre le GPS de mon portable jusqu'à l'adresse des cartes postales. La maison de brique à un étage a dû être jolie dans le temps, seulement elle a perdu son lustre au fil des ans, au diapason avec le reste de la ville. Une petite recherche internet hier soir m'a appris que ce quartier du sud-ouest de Detroit accueillait autrefois une population majoritairement blanche, mais qu'il est à présent plus métissé qu'à son âge d'or, l'époque où les Américains avaient des rêves et où la capitale de l'automobile était l'endroit où ils venaient les réaliser.

Le type qui répond paraît aussi vieux que la peinture qui s'écaille sur la façade, et il pèse si lourd que venir jusqu'à la porte a l'air d'avoir épuisé toute l'énergie qu'il lui restait pour la soirée. En revanche, il a l'œil vif et clair quand il m'observe, debout sur son perron. Derrière lui, une petite fille pointe la tête. Elle pose un doigt sur ses lèvres. Prière de ne pas révéler sa présence.

Je me concentre sur le bonhomme. Le soleil qui se couche juste derrière moi nous nimbe d'une douce lueur rosée. D'abord, je ne dis rien. Maintenant que je suis ici, je me demande s'il discernera des traits de mon père dans les miens. Je reste coite, une partie de moi espérant qu'il me reconnaisse.

— Vous êtes qui ? lance-t-il en guise de salutation.

— Je m'appelle Nora Watts. Je crois que vous avez connu mon père, Samuel.

Son regard effaré me balaie, note mon jean et mon sweat à capuche, et aussi ma posture, épaule droite en léger retrait, pied gauche un peu en avant. Comme un boxeur. Il recule, prêt à me claquer la porte au nez.

— Connais pas.

J'intercale un pied dans l'ouverture pour me laisser le temps de fouiller dans ma poche. J'en sors les cartes postales envoyées à mon père, nouées par un lien de soie bleue.

— Vous savez qui les a envoyées ? Elles venaient de cette adresse.

Il feint de ne pas regarder, pourtant un infime cillement m'indique qu'il les a vues.

— Foutez-moi le camp ! J'ai rien à vous dire !

Sans que je m'en rende compte, la fureur de sa voix me fait reculer. Il claque la porte, mais j'ai aperçu l'ombre de quelque chose dans son expression. Quelque chose qui ressemble un peu à du désespoir. Je traîne là un moment, les yeux sur la fillette qui m'épie derrière les rideaux. Je parierais la voiture de loc que j'ai imprudemment refusé d'assurer que non seulement il a déjà vu ces cartes postales, mais que c'est lui qui les a expédiées.

Quand je lui ai demandé s'il connaissait mon père, il m'a menti effrontément. J'en suis presque sûre. Ma petite intuition d'autrefois repointe le bout de son nez. Si mon don pour détecter les mensonges ne resurgit plus qu'au compte-gouttes, il m'en reste encore assez pour m'interroger sur l'homme qui vient de m'envoyer sur les roses.

La mouflette ouvre la fenêtre et me fait signe. Ses cheveux bruns sont noués en une queue-de-cheval ébouriffée au sommet de son crâne et ses lunettes à monture bleue ne cessent de lui glisser sur le nez. Elle tient une sucette, qu'elle me tend. N'ayant pas élevé Bonnie, je suis incapable d'évaluer l'âge des enfants, mais j'imagine qu'elle a un peu plus de deux ans. Peut-être trois. Je prends la sucette, la dépiaute et la lui rends.

— Pour toi.

— Meci.

Elle a un petit zézaiement dû à l'absence de ses deux incisives. Elle glisse sa langue dans le trou et m'adresse un grand sourire. Je viens de rencontrer la créature la plus adorable qui ait jamais existé.

— C'est ton papa qui m'a ouvert la porte ?

Elle secoue la tête.

— Ton grand-père ?

Elle acquiesce.

— Il sort de la maison, parfois ?

Cette question me vaut un grand rire de gorge, comme les enfants en ont le secret, aussi surprenant que délicieux. Si mon cœur de pierre pouvait fondre, ce serait sous l'effet d'un rire pareil.

— On va à l'école, répond-elle, toujours avec la banane.

Puis elle remet un doigt sur ses lèvres, prête l'oreille à un bruit à l'intérieur et me sourit de nouveau. C'est stupéfiant de découvrir avec quelle précocité les filles commencent à cacher des trucs aux mâles dominants de leur vie.

— Tu aimes bien ? L'école ?

Nouvelle dénégation de la tête.

— C'est pas grave, lui dis-je. Ça sert pas à grand-chose. Tu dois tracer ta propre route dans l'existence, tu vois ? Ne finis pas comme moi. Sois toi-même. Suis l'argent.

Elle approuve ces conseils avec grand sérieux. Je délie le ruban de soie bleue des cartes postales et le lui offre.

— Marche tout doucement sur le chemin de l'école demain, d'accord ?

Je la quitte et retourne à ma voiture, garée dans une rue adjacente. Quand j'y arrive, il me faut une bonne minute pour prendre conscience que l'Impala a bel et bien disparu. Volée. Envolée. Je traverse pour rejoindre l'arrêt de bus. Les gens rassemblés sous l'abri ne font pas un geste pour me laisser de la place. Ils restent là, l'œil soigneusement vide, sachant fort bien que ma voiture s'est évaporée sous leurs yeux, mais n'ayant aucune envie d'en parler. Ça arrive tous les jours. Rien de bien nouveau.

11.

Dans sa Mini, Brazuca observe un frêle Sebastian Crow circulant lentement à travers le parc avec Whisper sur les talons. Il est près de 22 heures et ce sont les seules silhouettes en vue. Crow s'arrête près d'un banc, s'appuie sur le dossier et tousse dans sa manche pendant de longues secondes. Il s'essuie la bouche d'un revers de main, puis homme et chien repartent vers la maison de l'autre côté de la rue.

Brazuca est pris d'une fureur inexplicable à l'égard de Nora qui l'a entraîné là-dedans. Ne devait-il pas y avoir quelqu'un pour promener Whisper ? Décidément, il aurait dû refiler le bébé à Warsame – Warsame qui, avec une remarquable intuition, s'est encore volatilisé pour une mission ou une autre. Crow met une bonne minute à gravir les marches du perron. Whisper attend patiemment qu'il soit arrivé à la porte avant de bondir pour le rejoindre.

L'image de Crow voûté sur un banc, affaibli, souffrant, poursuit Brazuca. Il ne parvient à la chasser que près d'une heure plus tard, planté devant le resto chic de Gastown indiqué par Priya, la dealeuse de Clementine.

— Vous entrez ou quoi ? lance une femme dans son dos.

Elle est habillée comme une danseuse de revue, cheveux bouclés, talons si hauts que ses pieds sont cambrés à 90 degrés.

Brazuca se décale pour la laisser passer.

— Pardon.

Elle ne le regarde pas, ne fait même pas signe de l'avoir entendu.

Il se dirige vers le petit resto vegan d'en face ouvert en continu et s'assied à une table avec vue sur le Lala Lair.

Picorant une salade « supergraines énergie », il garde un œil sur ce qui se passe de l'autre côté de la rue. Juste après minuit, un Indien élancé en pantalon élégant et pull à col cheminée émerge du Lala Lair en prenant soin d'éviter la caméra de surveillance de l'entrée principale, allume une cigarette et passe un coup de fil. Brazuca a déjà assisté exactement à la même scène les deux soirs précédents. Sauf qu'hier, il a commandé un burger de quinoa au lieu de la salade énergie, et que son estomac ne le lui a pas encore pardonné.

Une femme en robe fourreau bleue, munie d'un sac à main scintillant, se glisse sur la chaise face à lui.

— Salut, lance-t-elle en tirant sur son décolleté.

Brazuca s'immobilise. Il met une bonne seconde à reconnaître la sœur de Clementine.

— Grace, qu'est-ce que tu fais là ?

— Oh, je suis allée au Lala Lair tous les soirs, cette semaine. Trop sympa à prononcer, comme nom, tu trouves pas ? Le Lala Lair. Lalalère. Essaie trois fois de suite. Comment tu trouves ma robe ?

Ladite robe, qui la moule de partout sauf du haut, est faite pour une personne à la poitrine avantageuse.

— Ravissante.

— Menteur. Elle est atroce. Elle arrête pas de tomber. Elle était à ma sœur.

Elle baisse les yeux.

— Le sac aussi. Tu sais, je crois que je vais le garder, celui-là. Enfin bref, qu'est-ce que je disais ? Ah, oui : ma sœur. Avec ses faux nichons, elle était sûre de bien remplir le bustier.

— Tu devrais pas fréquenter cet endroit, déclare-t-il en montrant le Lala Lair.

— Je pouvais pas rester dans mon coin ! Je t'ai entendu discuter avec l'autre pute devant l'ascenseur. Oui, j'écoutais à la porte. J'aurais dû faire quoi ? Me boucher les oreilles ? Quand elle a parlé du Lala Lair, j'en ai déduit que ça devait avoir un rapport avec Cecily. Qu'est-ce que tu as découvert ? Et pourquoi tu es dans ce resto baba cool et pas en face, d'abord ?

— Il faut bien manger, répond-il platement.

Elle n'a pas besoin de savoir qu'il s'y est déjà rendu, qu'il a repéré les lieux et tenté de glaner autant d'infos que possible sans trop attirer l'attention.

Ils s'observent. Sous ses tartines de maquillage appliqué d'une main malhabile, elle est on ne peut plus sérieuse. Elle tire une clé USB de son sac et la lui tend.

— J'ai un copain étudiant en criminologie qui fait son mémoire sur les narcotrafiquants. Il m'a donné sa doc sur le Wild Ten.

— Emploie pas ce nom-là, ça le magnifie.

— C'est comme ça qu'on l'appelle dans la rue. D'après mon copain, c'est assez récent mais ça se répand à toute vitesse. Il y a en Chine des labos clandestins qui fabriquent du fentanyl de contrefaçon. Dans la foulée, ils trafiquent aussi la structure chimique du médicament pour en élaborer des variantes, comme le Wild Ten. C'est un vrai casse-tête à réglementer.

Il lui rend sa clé.

— Grace…

— Je veux savoir ce qui est arrivé à ma sœur autant que toi. Et pas pour récupérer un gros chèque au bout, ajoute-t-elle, sans se rendre compte qu'il est imperméable à ce genre de pique.

Il faut bien gagner sa vie. Tout le monde ne peut pas devenir urbaniste.

La serveuse arrive avec l'addition et Brazuca règle en liquide. Ensuite, il se tourne vers Grace avec sévérité.

— Tu sais très bien ce qui est arrivé à ta sœur. Elle a fait une overdose et elle est morte. Terminé. Tu ne devrais pas être ici, et encore moins en face. Rentre chez toi, Grace.

— Ne me dis pas ce que je dois faire, siffle-t-elle.

— Je suis sérieux. T'as pas cours ou quelque chose ?

— On a baisé ensemble, connard. Tu me parles pas comme ça. Je suis adulte et responsable. Je vais où je veux.

Elle se lève maladroitement de son siège, passe le sac à main griffé sur son épaule et jure quand la chaîne s'emmêle dans ses cheveux.

— Et merde, lâche-t-elle en se dirigeant vers les toilettes tout en essayant de la désentortiller.

Dès qu'elle est hors de vue, Brazuca sort et traverse la rue. Capuche de blouson relevée, il titube jusqu'à l'allée perpendiculaire en se laissant déséquilibrer par sa jambe blessée. Il se raccroche d'une main au mur de brique du Lala Lair, se penche sur sa fermeture Éclair grippée et peste tandis qu'il s'échine à la décoincer.

Une BMW rutilante arrive à l'autre bout de la ruelle, récupère un passager qui vient de sortir par la porte de derrière du bar et klaxonne Brazuca qui gêne le passage. D'un geste mécanique, celui-ci lève le bras pour se protéger le visage de la lumière aveuglante des phares et adresse un doigt au chauffeur.

La vitre passager s'abaisse et l'homme au pull à col cheminée se penche pour essayer de voir Brazuca, partiellement dissimulé par sa capuche.

— Pousse-toi.

— Ouais, ouais, ça vient, mon pote.

Il a pris un ton bourru, un timbre aussi quelconque que possible. Il s'écarte du mur et rebrousse chemin jusqu'à l'artère principale, où il se tapit aussitôt dans l'ombre d'un porche. Quand la BM émerge, éclairée par le lampadaire du carrefour, la plaque d'immatriculation est parfaitement lisible. Vite, il la prend en photo avec son téléphone.

— Je t'ai eu ! lance-t-il tout bas, bien qu'il n'y ait personne pour l'entendre.

Il envoie l'image par MMS puis appelle au même numéro. La voix qui l'accueille est surprise et irritée à la fois.

— Putain, quoi ? grommelle l'inspecteur de police Christopher Lee. Tu sais que certains d'entre nous ont des vrais boulots où ils doivent aller le matin ?

— Content de t'entendre aussi, ma poule. J'ai besoin d'un service. Tu m'en dois un.

— Tu m'as refilé *un* tuyau depuis que t'es plus de la maison. Un seul.

— Un seul suffit, parfois. Je t'ai envoyé une immat. Le chauffeur est venu prendre le gérant du Lala Lair.

Un court silence s'ensuit alors que Lee retourne l'info dans sa tête.

— Le Lala Lair, hein ? Ouais, j'ai entendu des rumeurs quand j'étais à l'antigang.

— Tu peux voir s'il y en a toujours ?

— Rien que ça, ta majesté ? Tu paies ta bière ce week-end ?

— OK, fait Brazuca, qui n'a jamais pris la peine d'informer son ex-coéquipier de son alcoolisme et qui, hormis une récente rechute, en est à deux ans d'abstinence. Je paie ma bière. Je te laisse retourner à ton sommeil réparateur.

— Tu m'étonnes. C'est pas parce que tu te laisses aller qu'on doit tous faire pareil.

En s'éloignant du porche, Brazuca voit une jeune femme attifée d'une robe mal ajustée héler un taxi. Elle n'a pas de veste et se tient les bras croisés pour se protéger du froid. Même si l'automne a été doux, ce n'est pas un temps à sortir comme ça. Elle est peut-être un peu perturbée, ces jours-ci.

— Bonne nuit, dit Brazuca à Lee.

— T'aurais pu attendre demain matin, hein.

— T'étais debout, de toute façon.

Un *clic* se fait entendre quand Lee raccroche. Le taxi fonce à côté de la demoiselle sans s'arrêter.

— Connard ! crie-t-elle.

Lorsqu'elle remarque Brazuca qui s'approche, elle lui tourne le dos.

— Coucou, lance-t-il. J'ai bien envie de me sentir pute pour toi.

Grace le regarde, plissant les yeux.

— Tu sais, le travail sexuel, c'est pas de la blague. Il y a plein de gens qui vivent de ça. Tu devrais pas t'en moquer.

Elle oublie totalement que c'est elle qui, la première, a tenu ce genre de propos, dans le luxueux appartement payé à Clementine par l'homme avec qui elle couchait.

— Moi, je me moque ?

Elle hausse les épaules.

— Tant qu'on est sur la même longueur d'onde…

Elle glisse sa main délicate dans la sienne, davantage pour s'appuyer sur lui qu'autre chose, soupçonne-t-il, et ensemble, ils marchent jusqu'à sa voiture garée dans le parking au bout de la rue. Elle lui donne l'adresse de sa sœur. Dans l'ascenseur, elle ouvre le blouson de Brazuca et se love entre ses bras. Il a une vue plongeante sur son décolleté, ce qui est sûrement le but.

Il pourrait s'habituer à servir d'objet sexuel, en fait. Au moins, Grace est honnête sur ce point. N'empêche qu'il a toujours du mal à la cerner. Elle paraît bien trop raisonnable pour se laisser déborder ainsi par le chagrin. Il faut croire que les gens sont devenus plus compliqués – ou lui plus simple. Sauf que ça ne serait pas arrivé comme ça d'un seul coup sans préavis, non ?

12.

L'heure sur mon téléphone m'indique que c'est un nouveau jour, mais mon corps refuse d'y croire. Essayer de rentrer à l'hôtel en transports en commun hier soir m'a pompé presque toute mon énergie, et là c'est reparti pour un tour. Par le passé, j'ai critiqué le réseau de transports publics vancouvérois : je me rends compte à présent que c'était extrêmement injuste. Niveau galère, la palme revient à Detroit. Et le cauchemar bureaucratique du dépôt de plainte pour vol de véhicule de location a eu raison de mon esprit combatif. Pour le moment, je suis donc sans bagnole. Après trois bus et une dispute animée avec quelqu'un qui semblait être un agent des transports, me voilà de retour au pavillon.

Heureusement que je suis partie avant l'aube, car j'arrive juste à temps pour voir le vieux et l'adorable diablotine s'éloigner sur le trottoir, dans la direction opposée à la mienne. Il y a une maternelle à une dizaine de minutes à pied, mais le bonhomme n'a pas l'air très véloce et la fillette m'a fait une promesse implicite que j'espère qu'elle tiendra. À vue de nez, j'ai vingt à trente minutes pour dénicher ce que je cherche.

Comme je fracture la fenêtre de la cave à l'aide d'un marteau enveloppé dans une serviette piquée à l'hôtel, j'espère que les voisins et passants seront aussi négligents que quand on m'a volé ma caisse. Je n'ai pas vu de boîtier d'alarme dans l'entrée hier, quand le maître des lieux m'a ouvert. Ce n'est pas parce que je ne l'ai pas repéré qu'il n'y en a pas, mais je suis prête à prendre le risque. Vu la hauteur de la fenêtre par rapport au sol, ma cheville blessée ne tiendra pas le coup : je me glisse le plus loin possible pour me réceptionner sur la bonne jambe. Dans l'ensemble, mes gros gants de cuir ont protégé mes mains du verre cassé.

D'après un rapide coup d'œil, la cave est remplie de bric-à-brac et de vieux matériel de sport. Je tente ma chance au rez-de-chaussée. Sur la table de la salle à manger, je trouve une pile de factures adressées à Harvey Watts, mais aucune correspondance privée. La fillette a semé ses jouets et ses œuvres d'art partout, aucun endroit sûr pour des papiers personnels ici, je monte encore d'un niveau. L'étage comporte deux chambres, plus une troisième convertie en bureau. Comme je n'ai pas beaucoup de temps, j'y fonce directement.

Je trouve ce que je cherche par terre au pied de la table de travail. Soit c'est un gros coup de bol, soit Harvey Watts s'est replongé dans ses souvenirs hier soir après mon départ et a eu la flemme de ranger les documents ensuite. À moins qu'il ait préféré les garder à portée de main, comme on le fait parfois quand le passé vient frapper à la porte.

Quoi qu'il en soit, cette vieille sacoche élimée contient les témoignages de la vie de mon père. Il y a plusieurs photos de deux garçons qui grandissent. Le type qui m'a claqué la porte au nez doit être son frère adoptif. J'ai à peine le temps de passer tout ça en revue que la porte d'entrée s'ouvre et se referme. Je fonce à la fenêtre. Les gouttières qui courent le long du mur sont rongées par la rouille, elles ne supporteront jamais mon poids. Je me faufile sur le palier et redescends l'escalier sur la pointe des pieds, en espérant qu'Harvey n'a pas encore pris son petit déj et que je vais pouvoir sortir tranquillou par la porte.

Malheureusement, je n'ai jamais autant de chance.

Au moment où j'atteins la dernière marche, j'entends le petit *clic* d'un pistolet qu'on déverrouille. Quelque part derrière moi dans l'étroit couloir.

Je lève les mains, la sacoche avec.

— Tu sais, les étrangers se plantent toujours sur notre quartier. On a encore une vraie solidarité, figure-toi, et les voisins savent se servir de leur portable quand ils voient quelqu'un casser la fenêtre d'une cave.

D'accord, mon plan n'était pas parfait. Et ça fait un bail que je n'ai pas eu à fureter dans une maison comme ça.

Je me tourne, en prenant soin d'éviter tout mouvement brusque. Harvey Watts a une arme de poing braquée sur mon cœur. Ce n'est pas pour rien que le Michigan autorise le port d'arme non dissimulée. Est-ce qu'il l'avait sur lui pour emmener sa petite-fille à l'école ? Ce n'est pas impossible.

— Vous m'avez menti à propos de mon père. Vous le connaissiez. C'était votre frère.

Watts pouffe et son flingue dansotte. J'essaie de ne pas penser au fait qu'il a enlevé le cran de sûreté.

— Tu parles d'un frère…

— Je suis juste venue récupérer ce qui m'appartient.

— Cette sacoche ne t'appartient pas. Elle est à moi depuis qu'il s'est tiré en me disant qu'il partait chercher sa vraie famille. Comme si j'étais que dalle. Comme si on n'avait pas grandi ensemble dans cette famille tordue.

— Oh, pauvre chou.

S'il veut se lancer dans les enfances difficiles, on peut y passer la semaine.

Il prend la mouche.

— Tu sais, je me suis parfois demandé comment pouvaient être les filles de Sammy. J'ai jamais imaginé quelqu'un comme toi.

Si c'était un compliment, ça tombe à côté. Pour les compliments, tout est dans le ton, or le sien a la chaleur d'une calotte glaciaire, du genre qui résiste au réchauffement climatique.

— Écoutez, je veux juste mieux connaître mon père.

— Ouais, eh ben après son départ, je n'ai plus entendu parler de lui. Il m'a filé son adresse à Winnipeg pour faire suivre son courrier, et ça a été terminé. Et il y a des années, ta sœur m'a écrit pour m'expliquer qu'il était mort et me prier de lui raconter sa vie. Tout ce que j'ai de lui, c'est cette sacoche et bon débarras. Prends-la si tu veux. Je m'en tape, qu'il soit mort. Dis-le donc à ta sœur, Lauren ou je sais plus quoi. Foutez-moi la paix, toutes les deux.

Il pose sa main libre sur le mur et tousse dans sa manche.

— Mais avant que tu te casses, va falloir payer pour le carreau de la cave.

Il ne plaisante pas. Je regarde le flingue. Puis je dépose quelques billets sur la console de l'entrée. Je recule en gardant les mains en l'air, m'arrête sur le seuil.

— Est-ce que… il vous a parlé du Liban ? De problèmes qu'il aurait eus là-bas ?

— Ça risquait pas, répond Harvey Watts d'un air sombre. J'ai pas eu affaire à ton père depuis des lustres, et c'est très bien comme ça. Il s'est barré à dix-huit ans et n'est revenu qu'après avoir quitté l'armée. Ensuite, il est reparti. Alors je te dois rien du tout.

C'est peut-être inutile, n'empêche qu'il faut que je tente.

— Mais après l'armée. Qu'est-ce qu'il vous a dit ?

Watts s'avance vers moi et je fais un pas en arrière, sans à-coup, pour maintenir la même distance entre nous. Une danse subtile, avec un flingue en guise de chaperon pour nous séparer.

— On a terminé. Dégage. Et ne reviens pas. Ne t'avise pas non plus de discuter avec ma petite-fille. Elle m'a dit que tu lui avais donné une sucette. T'approche plus d'elle, compris ?

La petite traîtresse. On ne peut se fier à personne, ici-bas. Je parie qu'elle a omis de lui parler du ruban bleu.

Je m'en vais, en passant par la porte cette fois. Comme n'importe quelle nana ayant rendu visite à son vieil oncle perdu de vue, une sacoche pleine de souvenirs sous le bras.

Un rideau remue à l'étage de la maison d'en face et je distingue une ombre derrière la fenêtre. Le citoyen vigilant, bien sûr. Qui attend la suite des événements.

Moi aussi, sans doute.

13.

Le problème avec le Liban, c'est qu'il y en a eu plein, des problèmes, là-bas. Pendant la guerre froide, c'était le champ de bataille par procuration entre les Américains, les Soviétiques et les innombrables factions régionales, en plus des luttes intestines qui ont conduit le pays à la guerre civile. C'est le berceau du Hezbollah et le point de départ du phénomène actuel des attentats suicides. L'endroit où les réfugiés palestiniens venaient mijoter quand ça bouillait autour d'eux. Où ils ont été massacrés en 1982 sous les yeux de soldats étrangers qui regardaient sans lever le petit doigt. Difficile de savoir dans quelle histoire mon père a pu se fourrer là-bas, mais si j'en crois une paperasse incomplète, il était bel et bien marine.

Peut-être que je le savais, ça.

J'avais dû piger qu'il s'était engagé dans l'armée après avoir quitté Detroit tout jeune et avant son grand déménagement au Canada. Comme tant d'autres choses, cependant, j'avais préféré ne pas y regarder de trop près. S'il était marine au Liban à la fin des années 70 ou au début des années 80, ça signifie qu'il devait être en poste soit à l'ambassade des États-Unis, soit dans une des missions de maintien de la paix sur place. Le grand public n'a généralement pas connaissance de cette bienveillante tentative pour restaurer la stabilité au

Moyen-Orient. Certes, elle n'a pas tellement contribué à ladite stabilité, mais au départ, il y avait dans tout ça une sorte d'optimisme juvénile, à la manière des concours dans lesquels des miss font des vœux de paix universelle en exhibant leurs nichons. Peu importe combien de nénettes en bikini, de soldats en uniforme ou de bureaucrates grisonnants la souhaitent, la paix est dure à conquérir. N'empêche que s'il était au Liban, mon père a dû participer à cet effort. À sa manière.

J'ajoute le contenu de la sacoche à celui de ma boîte à chaussures et étale le tout en cercle sur le sol de ma chambre. Je m'installe au milieu sur une chaise à roulettes que je fais pivoter d'un document à l'autre. J'ai vu ça une fois dans une série britannique, grâce à cette technique, l'enquêteur aboutissait à une percée spectaculaire. Sauf que ça ne marche pas pour moi. Je vire la chaise et m'assieds par terre au même endroit. Je me concentre sur une photo de mon père en uniforme avec trois autres soldats, se tenant tous les quatre par les épaules. L'image n'est pas datée et ne comporte rien qui permette de les identifier. Eh non, mon père ne l'a pas retournée pour y inscrire le nom de ses camarades. Je scrute leur visage ; même avec le décalage des décennies, je ne reconnais pas l'ancien militaire qui m'a suivie. Il a dû rater la séance de portraits.

Après quelques minutes de réflexion, je poste le cliché sur le forum du site des anciens marines de Beyrouth, au cas où quelqu'un remettrait mon père ou l'un de ses compagnons. D'après leurs discussions en ligne, c'est un groupe assez actif.

Si seulement j'en savais davantage sur son passage dans l'armée... Malheureusement, sa vie a défié toute documentation. S'il avait réussi à en accumuler un tant soit peu, les quelques pièces que j'ai devant moi sont tout ce qu'il en reste. Même pas de quoi réclamer son dossier militaire. Je n'ai pas son numéro de matricule. Je ferme le formulaire de demande en ligne. Il y a trop de champs obligatoires que je ne peux pas remplir. Je reporte mon attention sur les éléments de la sacoche.

Il y a un autre fragment de soie bleue découpé en ruban. Exactement comme celui de la boîte à chaussures jaune.

Au commissariat quelques heures plus tard, je fais glisser le ruban entre mes doigts pendant que je m'explique avec l'agent d'accueil. Je ne crois pas qu'il ait pu être engagé dans la police de Detroit sur la base des résultats éblouissants de son test de personnalité. S'il a eu une once de compassion, il l'a épuisée avec la personne qui est passée avant moi.

— Et le véhicule a été volé hier ? demande-t-il, renfrogné.

— Entre 18 h 40 et 18 h 55. Vous voulez que je vous l'écrive ?

— Pourquoi vous avez pas appelé hier ?

— J'ai appelé. Ma batterie est tombée à plat pendant que j'étais en attente.

Une guerre mondiale aurait pu commencer et s'achever tellement ça a duré. Des montagnes auraient pu s'écrouler. Des glaciers, fondre. J'envisage d'en faire part à mon interlocuteur, mais il choisit ce moment pour se plonger dans ce qui s'affiche sur son écran. Comme il a l'air du genre sadique, je parie que c'est une vidéo de chaton s'extirpant d'un carton.

— Bon, asseyez-vous. On va venir prendre votre déposition.

— Ce n'est pas ce que vous faisiez ?

— Non. Je vous appelle quelqu'un.

— J'ai patienté vingt minutes rien que pour vous parler !

— Madame, calmez-vous, s'il vous plaît.

La modulation de sa voix ne change pas. De toute évidence, il a déjà eu affaire à des menaces plus sérieuses que celle que je représente. Il disparaît dans le couloir.

Mon portable sonne et je vois que c'est Sunil, le promeneur de chien.

— Tout va bien ? dis-je en décrochant.

— Oui, oui, c'est juste que…

Il tousse nerveusement.

— Qu'est-ce qui se passe ?

— M. Crow… pas l'air en forme du tout…

Je fronce les sourcils. Soit la communication laisse à désirer, soit Sunil n'a pas appris à tenir un téléphone comme il faut.

— Appelez une ambulance et envoyez-le à l'hôpital.

— Il refuse. Il dit qu'il… rendez-vous demain et qu'il préfère attendre… assure qu'il va bien.

Et moi, je suis sûre qu'il ment. Avant que j'aie le temps de répondre, Sunil poursuit précipitamment :

— J'ai essayé de vous joindre plusieurs fois…

— Mon téléphone était en rade.

— … D'accord, mais, euh… Vous voulez pas me donner le numéro de l'endroit où vous logez ? Au cas où j'aurais besoin de vous faire passer un message ?

Je lui indique le nom de l'hôtel et mon numéro de chambre, puis quoi faire si l'état de Seb empire et comment gérer Whisper dans ce cas. J'aurais pu ajouter aussi quelques menus conseils pour survivre à une invasion de zombis en assurant la sécurité de Seb et de Whisper. Il raccroche en cours de route. Le salaire minimum, ce n'est pas assez cher payé face à ce genre de merde, même pour un étudiant.

Après plusieurs rappels infructueux, mon portable déclare forfait. L'écran s'éteint. Je ne peux même pas envoyer un message à Brazuca pour lui demander de passer à la maison. Quand je m'avachis sur les chaises de la salle d'attente, je me sens comme Hamlet. Pitoyable. Dans les limbes, avec le fantôme de mon père planant au-dessus de moi. Tiraillée entre faire ce que ma conscience me dicte – à savoir quitter cette ville – et perdre mon temps dans mon petit enfer perso. L'agent d'accueil revient avec une tasse à la main et agit comme si je n'existais pas. Je réprime mes instincts meurtriers et continue à poireauter. Comme une pauvre conne désorientée.

14.

Il est tard quand je rentre à l'hôtel. Je mets mon portable mort à charger et prends une douche tiède – c'est tout ce que j'arrive à obtenir en réglant l'eau chaude au max. Quand j'émerge de la salle d'eau, je trouve une demi-douzaine de mails dans ma boîte de réception. Ce sont des réponses à la photo que j'ai postée, proposant des hypothèses sur l'identité des camarades de mon père. Aucune ne provient de l'un de ces marines eux-mêmes.

Je me retrouve face à un problème auquel d'innombrables femmes sont confrontées chaque jour : comment trouver un homme aux États-Unis. Étant Canadienne, je suis un peu perdue. Je ne crois pas qu'une annonce cochonne puisse m'aider, sur ce coup-là. L'enquête en ligne a ses limites, d'autant que je cherche plusieurs hommes – et pas n'importe lesquels : des marines qui ont vraisemblablement servi avec mon père. Un seul des noms avancés par les citoyens secourables du forum semble habiter la région de Detroit. Deux des types de la photo ont fait l'objet de nécros que j'ai déterrées. Je ne sais pas très bien si retrouver ces marines me servira à grand-chose, mais j'envoie quand même leurs noms à Simone. Peut-être qu'elle pourra m'aider à contacter leurs familles.

Ensuite, je fais comme n'importe quelle femme quand les hommes sont rares. Je vais à un endroit où les gens noient leur chagrin.

Le bar commence juste à se mettre en train pour la soirée, l'assistance n'est pas encore trop bruyante. Quelques clients sont attablés et les tabourets du comptoir se remplissent. C'est un bistrot ouvrier, mais pas forcément mal fréquenté. Les clients ont plutôt l'air tranquilles dans leur coin. Je repère un mec âgé à l'extrémité du zinc, contre le mur. Confortablement installé, il regarde défiler le bandeau des infos sans se préoccuper de ce qui se passe autour de lui. Il y a un tabouret libre à côté de son voisin, qui a à peu près mon âge. Je me hisse dessus et commande une piña colada sans alcool mais avec ombrelle. Le barman me fixe jusqu'à ce que je me ravise pour un jus de canneberge.

— Avec de la vodka ? demande-t-il.

— J'ai l'air d'une fiotte ? Je bois mon jus sec, moi, monsieur. Je me l'injecterais pur, si les aiguilles coûtaient pas si cher, réponds-je en me tapotant les veines.

Il interprète ça comme un signal pour me servir et filer à l'autre bout du bar avant que je tente de communiquer à nouveau.

Je zieute le gars à côté de moi, qui a le sens de la mode d'un camionneur au long cours.

— À quoi ça rime, tout ça, hein ? je lance, avec un geste censé vouloir dire « la vie » mais qui ne réussit qu'à faire tomber un porte-menu.

Il me décoche un regard dégoûté et se détourne. Vu qu'il est sur un tabouret, il ne peut pas aller bien loin.

— Je veux dire, mon ex, ce loser. Y sort de taule et y se pointe à mon mobile-home à 6 heures du mat. Moi, je crois qu'y veut baiser, mais nan, c'est pas ça qu'il a en tête. Il est venu pour le clebs. T'y crois, à ça ?

L'autre soupire.

— Pas moyen d'être peinard, marmonne-t-il.

Il sèche son verre de whisky bon marché d'une longue gorgée, dépose son dû sur le comptoir et s'en va.

J'en profite pour prendre sa place. Le vieux me regarde.

— Tu sais y faire avec les gens, toi.

— C'est mon joli minois et ma brillante personnalité. Vous venez souvent ici ?

Il rit.

— En quelque sorte.

Je ne souris pas.

— Paraît que cet endroit appartient à Mark Kovaks, ancien marine ?

Kovaks est le dernier nom de la photo, le seul que j'aie réussi à localiser, et qui a la bonne idée de posséder un bar en plein centre de Detroit, histoire de me faciliter la vie.

Le sourire disparaît et le type m'étudie longtemps, soigneusement.

— Ouais. Il est parti depuis une semaine. Il est allé voir ses petits-enfants dans le New Jersey. Il devrait pas tarder à rentrer.

— Je crois que M. Kovaks était avec mon père dans les marines. Je me disais qu'il se souviendrait peut-être de lui. Il est mort quand j'étais petite, je précise négligemment.

— J'en suis désolé. Mort en service ?

— Non. Après.

Dans le long miroir derrière le comptoir, on voit quelqu'un installer un micro et un ampli sur une petite scène à l'autre bout.

— Je cherche des renseignements auprès de tous ceux qui ont pu servir avec lui. Peut-être qu'il s'est passé quelque chose qui n'est pas sur le net. Il venait d'ici. De Detroit. J'espérais que M. Kovaks pourrait me donner quelques tuyaux.

Je ne lui parle pas de la liste de noms.

— Tu tentes ta chance au petit bonheur, c'est ça ?

Dans la glace, le présentateur fait la balance. Apparemment, c'est scène ouverte, ce soir.

— En quelque sorte.

— Comment il s'appelait ?

— Samuel Watts.

— Jamais entendu ce nom-là par ici. Quel grade ?

Le présentateur annonce un prix en liquide pour le vainqueur de la soirée, ce qui me déconcentre un instant.

— Je sais pas.

— Bataillon ? Unité ? Matricule ?

— Aucune idée non plus.

— Eh ben, bonne chance, lance-t-il sans trop y croire. Tu pars avec pas grand-chose.

— À qui le dites-vous.

— Je t'aiderais bien, mais j'ai pas pu intégrer l'armée. Souffle au cœur.

Il termine sa bière et fait signe au barman de lui en apporter une autre. S'il a le cœur fragile, son foie a l'air de bien tenir le coup.

— Mon frère y est entré, lui. On se retrouvait souvent ici avant qu'il reste sur le carreau. Il a servi au Vietnam. Il a survécu à l'enfer et il a fini renversé par un chauffard. La vie…

— À quoi ça rime, tout ça ?

Sur cette note positive, on évite tout contact visuel et on regarde les artistes – enfin, si on veut – dans le miroir. Après une douzaine de chansons pop massacrées, un grondement collectif enfle dans la salle. Moi qui pensais que ça ne pouvait pas être pire… Un jeune musicien noir, pas loin de la trentaine, se perche sur un tabouret. Il a un petit sourire aux lèvres, destiné à personne en particulier.

— Du calme, lance l'animateur. Puisque vous n'avez pas assuré, on va reprendre quelqu'un de la semaine dernière, et de la semaine d'avant, et de la semaine d'encore avant. C'est votre faute.

Bizarrement, il n'a pas du tout l'air contrarié.

Après le départ du présentateur, le musicien sur son tabouret passe un certain temps à caresser les cordes de sa guitare acoustique. À gratouiller distraitement ici ou là. À s'échauffer. Je ne suis pas une grande guitariste, mais j'en sais assez pour comprendre ce qu'il fait. Il commence son histoire, l'air de ne pas y toucher. À y regarder de plus près, on voit bien que tout est calculé. Cette mise en bouche n'est là que pour nous, pour qu'on puisse voir ce qu'il y met. Qu'on le perçoive avant même la première note. Et il ne joue pas en accords, mais en arpèges, ce qui est déjà un talent en soi. Les sons se fondent en volutes imprévisibles, magnétiques. Enfin, il ouvre la bouche et se lance dans une ballade évoquant la douleur d'être amoureux d'une femme qui est le tourment personnifié. Je ne l'ai jamais entendue, pourtant sous son timbre velouté chaque note vient résonner quelque part en moi. Si c'est une composition originale, je me demande pourquoi ce mec n'est pas une immense vedette. Parce que c'est bien ce qu'on a sur scène, là : du talent à l'état brut et un charisme de star. En plein milieu, il se jette dans un riff incroyable et j'ai un mal fou à rester assise. Oui, à ce point-là.

J'attends la fin de sa prestation pour me lever. Le présentateur interprète ça comme un genre de requête, même si je comptais tout bonnement m'en aller sur un point d'orgue.

— Et nous avons une autre concurrente ! annonce-t-il.

Le public s'ébroue au sortir de l'enchantement, pas sûr d'avoir envie d'entendre autre chose. Il me mate avec une curiosité hostile.

— Vas-y, ma belle, m'encourage mon copain assis au comptoir.

Je fais quelques pas hésitants vers l'estrade. M'arrête. Ce qui me décide, je crois, c'est l'expression du jeune bluesman. Tellement confiant. Tellement sûr d'avoir quelque chose que je n'ai pas. Je peux être sournoise, parfois. À peine est-il descendu de son tabouret que j'attrape la Martin appuyée à l'ampli et baisse le micro.

— Qu'est-ce que vous allez nous jouer? crie le présentateur.

Je ne réponds pas. Comme mon prédécesseur, je fais abstraction de lui. Sur scène, tout est question de présence. Soit vous la partagez, soit vous l'accaparez.

Je ne suis pas très partageuse.

Le jeune bluesman arque un sourcil dans ma direction. Je l'ignore aussi. Je me concentre sur la guitare.

Quand il a découvert que je savais jouer, Seb a déterré une vieille gratte sèche qu'une amie de Leo avait laissée derrière elle en déménageant à Paris. Je me débrouille pas mal. Parce que je me trouve dans un bar, et que je me sens d'humeur perverse, j'attaque les accords de *Rehab*. D'innombrables pintes de bière s'immobilisent à mi-chemin de bouches assoiffées. En partie à cause du sérieux avertissement sur les dangers de l'alcool que représente ce titre, mais aussi parce qu'aucun individu sain d'esprit ne devrait jamais reprendre Amy Winehouse. Et que personne ne peut écouter Amy sans être profondément troublé par ses paroles. On s'interroge sur ce que le monde a perdu quand elle a dit non à la désintox, trois fois non. Et lorsque le type de la chanson lui demande si elle sait pourquoi elle est là et qu'elle lui répond qu'elle n'en a pas la moindre idée, ça renvoie à nous tous, ça, à n'importe quel moment de la journée. N'importe quel jour de nos vies.

Ma voix, basse et râpeuse au début, achoppe une fraction de seconde sur *daddy*, puis devient bien trop réelle bien trop vite. Une transformation s'opère en moi, là, pendant que je chante, et ça n'a rien à voir avec l'envie d'en remontrer à un jeune bluesman prétentieux. Je ne vais pas bien, et mon *daddy* ne le saura jamais. Alors je le crie dans mon interprétation, et c'est ma façon de revivre ce que cette petite fille a vu ce jour-là en rentrant de l'école, le jour où sa vie a changé à jamais.

La pile de billets moites est inratable.

Comme le présentateur me la remet, j'envoie un clin d'œil au bluesman. Il rigole et me rattrape à la porte.

— Je t'ai chauffé la salle pour la victoire, tu pourrais au moins me payer un verre, dit-il avant que je sorte.

— T'as qu'à te le payer toi-même.

— Je voudrais bien, mais quelqu'un m'a raflé ma mise, alors que j'étais sûr de la remporter. Je fais la scène ouverte deux fois par semaine, et je comptais sur l'argent de la récompense.

Je le comprends : moi aussi, j'ai été une musicienne fauchée. Je fais signe au barman, qui se la joue trop occupé à ranger les verres pour s'approcher.

— Moi, c'est Nate, ajoute le musicos en me tendant la main.

Je la lui serre. Sa voix, quand il parle, est un peu plus rauque que quand il chante.

Il hoche la tête vers le barman, qui lui apporte une bière. Et me sert à contrecœur un jus de canneberge.

— Vodka ? me demande-t-il, plein d'espoir.

Je tut-tutte en secouant la tête.

— Je t'avais jamais vue ici, reprend Nate en contemplant l'assistance.

Ce sont principalement des ouvriers, sûrement crevés après leur journée à l'usine – enfin, s'il reste des usines à Detroit.

— J'étais jamais venue. Je suis là pour trouver un militaire.

— Eh ben, cherche pas plus loin, réplique-t-il avec un grand sourire. J'ai servi dans l'armée, moi.

— Pardon, j'aurais dû préciser : un marine.

Il soupire.

— Les gens ne sont jamais contents. Pourquoi un marine?

Je deviens une vraie pipelette avec l'âge, du coup je lui raconte l'histoire de mon père. Après, il sirote sa bière un moment.

— Ça fait une éternité que tu t'accroches à cette blessure.

Quand je bossais pour Leo, de temps à autre, une vieille dame se pointait avec des photos de sa cousine Mathilda, qui s'était enfuie dans les années 70. Leo s'asseyait avec elle aussi longtemps que nécessaire pour que ça sorte, puis il la reconduisait à la porte avec douceur. Ça ne sert à rien de prendre des affaires remontant à plus de quelques années, m'expliquait-il. Et il avait raison. La piste est trop froide pour espérer dénicher de nouveaux indices. Le client ne peut pas être satisfait. Maintenant que le client, c'est moi, j'approuve d'autant plus.

— Je suis comme un éléphant. Je ne pardonne jamais.

— Tu n'oublies jamais, tu veux dire?

— Non plus.

Certaines personnes sont capables de se souvenir et de pardonner. Moi pas.

On termine nos verres et il me raccompagne à mon hôtel en voiture. J'accepte uniquement parce que je ne supporterais pas une autre merveilleuse expérience des transports en communs de Detroit aujourd'hui. Il coupe le moteur quand on arrive à destination. Il n'y a pas d'embrassade, pas de poignée de main, pas de bise polie.

— Tu veux voir mon studio? lance-t-il lorsque je m'apprête à ouvrir la portière.

— Non.

Puis je descends avant qu'il se fasse des idées justes sur mon compte.

15.

Il y a dans la nuit des *boum* et des *crac* que l'on peut attribuer à son imagination. Ou qui sont simplement les bruits d'une baraque, de quelqu'un à l'étage, au-dessus, qui va à la cuisine pour une fringale de minuit. Peut-être que le vieux couple de la chambre d'à côté a décidé d'offrir aux ressorts du matelas leur séance d'exercice semestrielle.

Mais il y a aussi des *boum* et des *crac* qui résonnent parce qu'on est en train de fouiller dans vos affaires. Comme je suis arrivée par la rue et non par le parking situé à l'arrière, et que je suis habillée pour me faire renverser dans le noir, le type dans ma chambre ne m'a pas vu venir. C'est équitable : je ne l'avais pas vu non plus. On se tombe dessus tels deux ados le soir du bal de promo sur la banquette arrière de la voiture que le père du mec lui a prêtée avec un clin d'œil et un sourire entendu.

Au final, il y a un peu de sang. C'est celui de la cavité nasale du gars quand je lui colle une beigne dans le pif par réflexe.

D'accord, il y a beaucoup de sang.

— Oh, la vache! Oh, putain! gémit-il, désorienté, alors qu'il essaie de m'attraper d'une main tout en se protégeant le nez de l'autre.

On est tous les deux glissants à cause de son sang, sauf qu'il est plus fort que moi et parvient à m'envoyer à terre. Je roule hors d'atteinte, seulement il est entre la porte et moi, alors je débranche la lampe de chevet. Vu que c'était la seule lumière que j'avais laissée dans la pièce, on se retrouve plongés dans l'obscurité. Je la brandis en guise de bouclier pendant que je tambourine du poing sur le mur de la chambre voisine en hurlant : « Au feu ! »

Ma voix, échauffée par ma prestation sur la scène ouverte, est particulièrement sonore, ce soir.

Apparemment, le voleur le pense aussi. Il détale avant que j'aie eu le temps de dire ouf, le dos brièvement éclairé par la veilleuse du couloir juste au moment où il remonte la capuche de son sweat foncé. Quelques instants plus tard, d'autres pas le rejoignent dans sa fuite.

Les chambres s'ouvrent et Nate débarque au galop sur le palier.

— J'ai vu deux mecs se tirer. Ça va ?

J'actionne l'interrupteur principal et inspecte la minuscule salle d'eau, puis je m'assieds sur le lit.

— Ouais, ça va.

— Tu… T'as plein de sang sur les mains.

Je me relève en silence et vais les laver au lavabo.

Nate reste sur le seuil, sans trop savoir quoi faire. D'autres voyageurs à petit budget s'approchent en pyjama et tentent de voir par-dessus son épaule.

— Vous pouvez appeler le gérant ? lance-t-il à une bonne femme en survêt de velours rouge.

Elle ne bouge pas.

— Il est où, le feu ?

— Nulle part. Vous êtes en sécurité.

— Et les mecs qui se sont barrés en courant ?

— Dites simplement au directeur qu'on veut lui parler.

Là-dessus, il lui ferme résolument la porte au nez.

Et tout à coup, je comprends. Les intrus ont été vus et j'ai braillé « au feu ! » à pleins poumons.

— Je vais devoir faire un signalement à la police, non ?

— Ben oui.

— Et merde.

Ce n'est vraiment pas mon jour de chance.

— T'inquiète pas, dit Nate. Tu peux venir chez moi une fois que ce sera réglé.

Je chiffonne les draps hideux entre mes doigts et le regarde. Nora ira-t-elle chez Nate une fois l'adrénaline retombée, une fois que le gérant lui aura proposé une autre chambre, équipée d'un petit coffre celle-là, avec une ristourne de 30 % ? Une fois que le lieutenant de police, qui a inexplicablement déboulé juste après les agents de patrouille, aura enregistré sa déposition pas loin d'une heure plus tard et débiné ses maigres petites affaires ?

— Alors on ne vous a rien volé ? demande-t-il.

Il s'appelle quelque chose comme Sanchez, a la cinquantaine et paraît éreinté. J'aurais bien pitié de lui, sauf que je ne vois pas comment qui que ce soit au monde pourrait être plus épuisé que moi à cet instant. Ce qui me fait tenir, c'est m'imaginer en train d'enfoncer mes pouces dans ses profondes fossettes. Il serait adorable s'il ne fronçait pas les sourcils.

— Non.

Il vise mon sac à dos sur le lit.

— C'est tout ce que vous avez ? Vous avez bien tout vérifié deux fois ?

— Trois.

Ensuite, je lui dis qu'on m'a volé ma voiture de location et que, franchement, ils devraient protéger les touristes un peu mieux que ça.

— C'est pas génial, ici, pour le tourisme, répond-il en notant les détails. Je vous conseille plutôt Ann Arbor.

Si je pouvais, je filerais de l'autre côté du pont frontière, à Windsor, Canada, rien que pour échapper à cette conversation. En l'occurrence, je me contente d'acquiescer.

— Excellente idée.

— Je vais être honnête avec vous. On n'a pas grand-chose pour enquêter, là. Il y a eu une vague de cambriolages dans le quartier, mais celui-ci ne correspond pas au mode opératoire.

Dans un flash, je revois le petit malfrat dans l'embrasure de la porte, juste avant qu'il relève sa capuche. Je m'écrie :

— Il avait un tatouage !

Je soulève mes cheveux pour montrer un point sur le côté de ma nuque.

— Juste là.

Sanchez hésite. Son regard s'attarde sur mon cou.

— C'était quoi, comme tatouage ?

— J'étais trop loin pour bien voir, mais je suis sûre de l'endroit où il se trouvait. Un peu comme un code-barres.

— C'était un code-barres ?

— Non, ça, j'aurais identifié.

Une ombre passe sur son visage. Il va dire quelque chose, puis se ravise. Il hoche la tête.

— Très bien. Évitez les ennuis pendant qu'on creuse la question. Ils ont l'air de vous suivre à la trace, madame. D'abord la voiture, et maintenant ça ? Faut être très prudent, à Detroit.

Comme s'il ne fallait pas être très prudent partout.

Il me tend sa carte. En sortant, il jette un coup d'œil soupçonneux à Nate, mon ange gardien, toujours présent.

— On t'a piqué ta voiture ? fait celui-ci une fois le flic parti. Ma vieille, Detroit est peut-être pas un endroit pour toi...

— Oh, ça va. T'as un canapé chez toi ?

— Tout petit. Ma mamie appelait ça un « galant ». Ça t'irait ?

Je fixe mon lit et évalue mes possibilités.

— Est-ce qu'il s'enfonce au milieu et a un genre de motif floral ?

— Le pire motif floral que t'aies jamais vu.

— Alors je serai comme chez moi.

Ainsi donc, Nora va chez Nate, me dis-je une fois à sa voiture.

— Nous voilà dans les quartiers est, indique-t-il après un moment à rouler en silence. C'est pas si craignos qu'on le dit, ajoute-t-il devant mon air mitigé.

— J'ai pas peur, je précise alors qu'il s'engage dans une allée inéclairée au milieu d'une rue bordée de pavillons inéclairés entrecoupés de parcelles apparemment constituées de tas de gravats.

La façade de la maison est – surprise, surprise – inéclairée, mais j'aperçois une lumière dans le fond.

— Pourtant, c'est vraiment craignos. Tu devrais trembler dans tes pompes. Tiens.

Il me tend un tournevis attrapé dans la boîte à gants.

— Garde-le à portée de main.

— Attends…

Trop tard, il est déjà descendu.

Je ne sais pas trop s'il plaisante ou non. Je glisse quand même le tournevis dans ma poche, je ne suis pas du genre à prendre un avertissement à la légère. Je lui emboîte le pas jusqu'à l'arrière de la maison. Il y a des voix étouffées à l'intérieur, mais Nate n'a pas l'air inquiet.

— Mon frère Kev et sa copine Ash tiennent parfois des réunions ici.

Avant que j'aie le temps de lui demander quel genre de réunions, il tourne sa clé dans la serrure et on entre dans la cuisine. Des « Salut, Nate » s'élèvent en chœur, mais personne ne nous prête attention tandis qu'on enlève nos chaussures, car la discussion commence à s'échauffer.

Un jeune mec qui ressemble énormément à Nate est assis sur le plan de travail. Calée entre ses jambes, une fille parée d'un piercing septum est adossée à son torse. Il doit s'agir de Kev et Ash. Une poignée d'étudiants en sciences sociales se serrent autour de la table. Étudiants à vie, semble-t-il, parce qu'ils ont tous la trentaine bien tassée et débattent des implications politiques de vivre dans un paysage d'oppression post-colonial. Je comprends à peu près un mot sur dix. Vu son expression alarmée, Nate est dans le même bateau qui prend l'eau.

— Mais comment distinguer les alliés des appropriateurs ? demande un type en tee-shirt Prince qui n'est ni blanc ni noir, et rien d'immédiatement identifiable.

Ils opinent tous du chef avec componction et font circuler un joint pour favoriser le processus intellectuel.

— Sous-sol, me chuchote Nate en montrant une porte sur le côté.

On s'y précipite avant que leur réflexion politique ne prenne son envol et qu'on se retrouve à mieux connaître mais ne plus rien comprendre à notre paysage de dépression post-colonial sans plus rien y comprendre.

— Je m'arrange pour ne pas trop les voir en dehors des concerts, m'explique Nate. Ils m'ont engagé pour certaines de leurs manifestations.

— Pitié, dis-moi que tu ne joues pas *Redemption Song*.

Il se marre.

— Juste après *Imagine*.

Il verrouille la porte du haut de l'escalier et se faufile devant moi pour descendre.

— Je vais faire un set lors d'un rassemblement qu'ils organisent pour Angel's Night la semaine prochaine. Beaucoup plus de public qu'à mon habitude.

— La nuit de l'ange ?

— Ouais. Vieille tradition détroitienne. C'est la veille d'Halloween, la nuit où les connards pétaient les plombs et foutaient le feu n'importe où. Avant, ça s'appelait Devil's Night, la nuit du diable, mais la municipalité l'a rebaptisée dans les années 90 et a changé tout ça. Maintenant, on a des patrouilles citoyennes et toutes sortes d'animations pour éviter que ça dégénère dans la rue.

Ce type de patrouilles existe aussi au Canada dans des poches où la violence ou la drogue ont ravagé des quartiers entiers. Je me suis toujours demandé si arpenter les rues armé principalement de bonnes intentions était bénéfique pour la santé mentale.

— Et ça fonctionne ?

Il réfléchit un moment.

— Euh, un peu… Il y a moins d'incendies…

Et puis il jette l'éponge.

— Au moins, on essaie.

Il débloque le verrou numérique de la porte du bas. L'escalier et le couloir sont décrépits et mal éclairés, mais imprégnés d'une forte odeur de désinfectant. Il allume et m'invite dans sa tanière. J'y pénètre et embrasse le petit studio propret doté d'une salle de bains sur le côté. Il y a un bureau, où trône un MacBook Pro flambant neuf, brillant comme le saint Graal. Une veille Fender Stratocaster défraîchie repose contre un mur tapissé de journaux et de boîtes à œufs. Bizarrement, je n'ai pas peur quand Nate referme la porte à clé derrière nous, et c'est là que je saisis que l'isolation phonique de fortune est à l'origine du silence béni dans lequel nous baignons à présent.

— C'est un sacré risque d'incendie, tout ça, dis-je en montrant ses cloisons tapissées, tout en m'efforçant (sans y parvenir) de dissimuler l'excitation dans ma voix. Il y a un clavier midi et un micro à condensateur installé dans un coin.

Il pose son étui de guitare avec précaution et empoigne la Strat.

— Ouais. Magnifique, hein ?

J'ignore s'il parle de la guitare ou du studio, mais en effet, c'est magnifique. Même la Martin, qui a dû connaître des jours meilleurs, a des allures d'existence rêvée.

L'affreux « galant » fleuri occupe un angle de la pièce ; au lieu de faire tache, il apporte une touche de chaleur et de vie à l'endroit. Rien de stérile ni d'aléatoire ici. Cette pièce est une partie de son cœur.

— T'es la première personne que je laisse entrer, dit-il en me jetant une bouteille d'eau.

Je l'attrape d'une main sans réfléchir.

— Il y a une autre salle de bains dans le couloir, si besoin. Celle-ci, c'est ma salle d'enregistrement.

Il saisit son mot de passe dans le Mac et ouvre Pro Tools. Sans souffler mot, je le regarde brancher la guitare sur l'ordi, emporter le câble dans la salle de bains et refermer derrière lui. Quand il commence à pincer les cordes de son doigté caractéristique, je sais d'instinct qu'il est assis dans la baignoire avec la Strat sur les genoux. L'acoustique d'une salle de bains peut être extraordinaire, avec la réverb qui rebondit sur la porcelaine et le carrelage. Les premiers accords du morceau qu'il a interprété dans le bar s'échappent sous la porte.

Je ferme les yeux au son de la mélodie âpre, envoûtante, jouée dans une baignoire et enregistrée sur son ordinateur. C'est la première fois de ma vie que je m'endors bercée par de la musique live. Juste avant de sombrer, je me demande ce que je suis venue fabriquer à Detroit. Comment je me suis convaincue que j'avais besoin de réponses sur la mort de mon père. Et que ces réponses existaient. Je devrais être ébranlée par le vol de ma voiture et le cambriolage dans ma chambre d'hôtel. Je devrais être à Vancouver avec Whisper, à regarder Seb mourir. Au lieu de ça, je suis sur le canap le plus immonde que j'aie jamais vu, à songer aux hommes, à la mort et au blues.

16.

Le lendemain matin, Bernard Lam étudie longuement Brazuca – ses cheveux en bataille, ses vêtements froissés de la veille, la trace de rouge à lèvres sur son col – avant de le laisser entrer sans un mot dans sa résidence de Point Grey. Une domestique astique la table du hall sans s'interrompre lorsqu'ils passent devant elle. Elle se fond dans le décor aussi facilement que les plantes en pot, comme elle est censée le faire. Lam lui adresse un sourire amical avant d'entraîner Brazuca dans son bureau.

— Je m'apprête à partir pour Londres, annonce-t-il en fermant la porte.

— Pour affaires ?

Lam soupire.

— Pour je ne sais quel événement officiel. Je dois représenter la société aux côtés de mon père. Histoire de montrer à tout le monde qu'il a baisé au moins une fois dans sa vie, j'imagine. Qu'est-ce que tu as pour moi ?

Cette fois, c'est Brazuca qui s'approche de la fenêtre et contemple les somptueux jardins qui s'étendent jusqu'au terrain de basket. Il aurait pu prendre le temps de se doucher et de se changer, mais un sentiment d'inquiétude le tenaille.

— Le dealeur de Clementine se fournit auprès d'un bar de Gastown. Un endroit plutôt classe. J'ai demandé à un copain de se renseigner, selon lui on a affaire à la famille mafieuse des Khan. Ils se font appeler les Triple 9 parce qu'ils ont des liens avec le Royaume-Uni – et que c'est aussi un code désignant la coopération avec la police, une sorte de blague entre eux, donc. Seulement voilà : les Triple 9 l'ont mise en veilleuse. Il y a eu une guerre de clans, une dizaine d'années plus tôt. Depuis, les choses ont évolué. Aujourd'hui, le bar a l'air de bien marcher et les Triple 9 se seraient diversifiés, ils donneraient plutôt dans l'immobilier. Pour eux, les affaires continuent, c'est la routine, sauf qu'ils ne font plus de vagues.

— La routine, répète Lam.

Brazuca se maudit intérieurement.

— Je ne voulais pas insinuer que la mort de Cecily était…

Lam lève une main.

— Elle exécrait ce nom. C'était celui de sa grand-mère et elle détestait cette vieille pie.

— Désolé.

— Tu ne pouvais pas savoir. Alors, dis-moi, qui est le dealer ?

Brazuca hausse les épaules.

— Difficile à dire. J'ai vu quelqu'un sortir de chez Clementine, mais pas moyen de l'identifier. En suivant la piste, ça m'a conduit à ce bar. J'ai fait le rapprochement.

Sans trop savoir pourquoi il protège Priya, il suppose que c'est surtout à cause de Lam lui-même. Le milliardaire n'a pas l'air du genre à lever la main sur une femme, mais Brazuca a passé suffisamment d'années dans la police pour savoir qu'on n'est jamais vraiment sûr. Et puis, Priya n'était pas obligée de lui parler du bar ; en la laissant en dehors de tout ça, il pourrait le lui rappeler s'il avait besoin de lui soutirer d'autres renseignements.

— Et tu n'as plus revu cet individu ?

— Non.

— OK..., dit Lam en fronçant les sourcils. Tu peux en apprendre un peu plus ?

Un peu plus ? Ça m'étonnerait, songe Brazuca.

— Il est temps de lâcher l'affaire, mon pote, répond-il. Avant de devenir les Triple 9, le gang avait un autre chef. Depuis, ils ont diversifié leurs activités et cette fois, ils sont assez malins pour rester en dessous des radars. Tu peux tourner en rond pendant des années, à chercher un responsable. J'ai trouvé son dealer et je suis remonté aux Triple 9. Maintenant, tu sais.

Il baisse d'un ton.

— Il est temps de tourner la page.

— Me dis pas ce que j'ai à faire, claque Lam, un peu comme Grace la veille au soir.

Le milliardaire se prend la tête entre les mains.

— Tu sais ce que j'ai jamais compris ? dit-il au bout d'une longue minute. Pourquoi elle s'est tournée vers la drogue.

— Écoute...

— Je lui ai tout donné. Elle avait tout, Jon. Quelqu'un a profité d'elle et je veux des noms. Je veux connaître tous les salopards qui sont impliqués. Tes Triple 9, là, ils doivent bien se fournir quelque part.

Disparu, l'amant éperdu. Si Lam n'a pas élevé la voix, il tremble presque de rage.

— Alors trouve-toi quelqu'un d'autre, parce que ça dépasse mon niveau de rémunération.

Brazuca s'est déjà pris une balle à cause de lui. L'amitié a ses limites.

— Je te paierai davantage, réplique Lam, avant d'énoncer un chiffre tellement extravagant que Brazuca doit s'asseoir pour encaisser.

— C'est du délire.

— Plus les frais, poursuit l'autre comme si Brazuca n'avait rien dit. Tu m'exhumes la filière, tu empoches le pognon et tu vas vivre ta vie comme tu l'entends. Tu t'offres un chalet dans les bois ou un appart à Seattle. Tu pointes un télescope géant vers le ciel. Tout ce qui te fait plaisir. Et tu n'auras plus jamais à faire ça.

Lam sent Brazuca vaciller, de plus en plus intéressé par la somme annoncée. Il renchérit d'une voix pressante :

— Tu es le seul en qui j'aie confiance, tu le sais, ça? Les autres sont tous liés à mon père ou à ses affaires par un biais ou un autre. Là… Là, c'est pour moi. Je veux connaître jusqu'à la dernière personne responsable, Jon. Parce que je te jure, Clem, c'était pas une camée. On l'a poussée. On l'a manipulée et on lui a retourné le cerveau. Elle était heureuse.

Si elle l'avait été, ils n'en seraient pas là. Son grand amour n'aurait pas eu besoin d'un petit trip synthétique pour se détendre. Elle n'aurait pas eu recours à un assemblage mortel de produits chimiques pour activer ses récepteurs opioïdes, augmenter artificiellement son taux de dopamine. Seulement Lam n'est pas encore prêt à accepter cette vérité. C'est même sans doute ce qui a suscité son soudain accès de générosité.

Brazuca se lève en tâchant de dissimuler la pitié dans son regard. Dans sa vie, des femmes ont divorcé de lui, l'ont ligoté à un lit, lui ont brisé le cœur, l'ont abandonné… Jamais aucune ne s'est suicidée pour lui échapper. Il pense à sa patte folle. À son nouveau départ qui file sous son nez. À se vendre et à prendre le fric. Les occasions de s'établir dans la vie sont rares.

Qui est-il pour regarder un milliardaire dans les yeux et refuser?

17.

Je me réveille aux sons de Gary Clark Jr. qui passe doucement en arrière-plan et de mon téléphone qui vibre, presque au diapason avec la ligne de basse.

— Une seconde, je marmonne à Simone sur fond de *If Trouble Was Money*.

Par la porte ouverte de la salle de bains, je vois Nate endormi dans la baignoire avec son blouson roulé en guise d'oreiller. Ses ronflements anarchiques sont la preuve que, parfois, même les meilleurs vocalistes peuvent se révéler nasillards.

Je ramasse mes affaires et sors aussi discrètement que possible.

— Oui ? dis-je dans le combiné une fois hors du studio.

— Eh ben, bonjour aussi, mon chou.

Bon, elle m'en veut encore un peu. Je me frotte les yeux et m'assieds sur la première marche. L'escalier n'est pas allumé. Vu le mal de crâne qui pointe à mes tempes, je suis reconnaissante de ces petits bienfaits.

— Comment va Terry ? je demande.

Elle se marre. Même si, avec le décalage horaire, il est trois heures de moins pour elle, elle semble bien plus éveillée que moi. Sans doute même pas encore couchée.

— Nora, t'es vraiment incroyable. On parlera de Terry à ton retour. J'ai réussi à localiser des proches pour deux des noms que tu m'as envoyés. Si tu tiens à les contacter. C'est des numéros filaires. Qui a une ligne fixe, de nos jours ?

Elle n'arrive pas à réprimer le dédain dans sa voix.

— Je vais quand même essayer. Merci.

— Comment ça se passe, jusqu'ici ? Du nouveau ?

Je pourrais lui raconter la voiture volée et la tentative de cambriolage d'hier soir, mais je préfère m'abstenir. Ça ne ferait que l'inquiéter – ou pire, l'agacer – et j'ai besoin qu'elle reste de mon côté. Alors je lui parle de Kovaks.

— Qu'est-ce que tu vas faire, en attendant qu'il rentre ?

— J'ai pas mal réfléchi. Je vais peut-être me renseigner sur les tatouages, pour voir.

— C'est ça, lâche-t-elle d'un ton sceptique. N'oublie pas de compléter par un piercing ou deux. Il paraît que les anneaux de tétons reviennent en force.

Elle me raccroche au nez. Quelques secondes plus tard, ses textos arrivent.

Je quitte la maison aussi discrètement que j'y suis entrée, en enjambant les détritus de la soirée dans la cuisine. Malgré le mal de tête, je me sens étrangement reposée. J'ai vraiment réfléchi aux tatouages, pour être honnête. À la particularité d'en avoir un dans la nuque, façon code-barres de film de SF. Et au fait que, quand on le décrit à un flic et qu'il se fige une fraction de seconde, une lueur de discernement dans les yeux, c'est peut-être un signe. Le signe qu'il sait quelque chose sur le mec qui fouillait dans mes affaires.

Et que, comme un connard de flic, il m'a laissée me débrouiller toute seule pour découvrir ce que c'est. Ça dit quoi, *If Trouble Was Money* ? « Si les emmerdes étaient de l'argent, je te jure que je serais millionnaire » ? Eh ben, parle pour moi.

18.

Je n'ai pas de veine avec le premier numéro que Simone m'a transmis. La ligne, à indicatif régional d'Atlanta, a été résiliée. Celle du second est encore en service, mais personne ne décroche et il n'y a pas de répondeur. La famille de Cory Seaper vit toujours dans l'ère filaire, quelque part en Floride. Au moins, leur numéro fonctionne, et pendant que je fais le pied de grue dans le bar de Mark Kovaks en attendant son retour, les appeler est une façon comme une autre de passer le temps. C'est dur de rester abstinente, alcoolique en sursis que je suis, heureusement l'attitude du barman m'aide à tenir bon. Chaque fois que j'envisage d'ajouter une rasade de vodka à mon jus de fruit, ses tentatives appuyées pour faire grimper l'addition m'empêchent de déraper.

Après la première rafale de courriels du forum d'anciens combattants, leur intérêt pour la photo s'est essoufflé et je n'ai rien reçu de nouveau. Seb m'oppose aussi un silence suspect, il n'a répondu à aucun de mes appels depuis que je suis arrivée. Il m'a textoté *Tout va bien* hier soir, ce qui veut dire que ce n'est pas le cas. Il sait pertinemment que si je renonce à chercher des renseignements sur la mort de mon père, ce sera pour courir à son chevet.

Le type assis au comptoir à côté de moi me fait de l'œil, me regarde téléphoner et retéléphoner sans laisser de message.

— Il t'a posé un lapin, poupée ? Il te mérite pas, s'il te plante comme ça.

Je le fixe, fixe mon téléphone dans ma main et saisis ce qu'il en a déduit.

— Ouais, poursuit-il. Tu vaux mieux que ça, ma biche. Si tu te sens seule, je peux être ton ami. C'est quand, la dernière fois qu'un ami a pris soin de toi ?

J'ai la drôle d'impression qu'il ne parle pas de simple amitié, et qu'il ne doit pas entendre « prendre soin » dans le même sens que moi. Je décide quand même de jouer le jeu.

— Le mois dernier, je lui réponds en secouant la tête d'un air morose.

Je lui raconte le coup de l'ex qui vient de sortir de prison et du chien.

— En fait, tout ce qui l'intéressait, c'était Brutus. Il voulait juste m'amadouer avec son corps.

Le type devient grave.

— Ma petite Opale est morte l'an dernier. Cancer. Je m'en suis toujours pas remis. Je savais même pas qu'elle était malade.

Il s'interrompt pour essuyer une larme.

— Comment on fait pour vivre sans son chien, hein ?

Il sèche son whisky et sort du bar en titubant, toute idée d'amitié improbable envolée.

Après son départ, je retente le numéro des Seaper. Au bout de plusieurs sonneries, je m'apprête à laisser tomber lorsque quelqu'un décroche et bredouille un « Allô ? » essoufflé.

Je suis tellement interloquée d'entendre une voix au bout du fil après tant d'échecs que je ne réagis pas tout de suite. Elle répète « Allô ? » et est sur le point de raccrocher quand brusquement, je dis :

— Oui, bonjour. J'appelle pour Cory Seaper.

Je pose de l'argent sur le comptoir pour régler ma conso et sors.

— Il est mort, lâche mon interlocutrice.

Le soleil de la fin de matinée brille sur le terrain en friche d'à côté. Un groupe d'ados passe à vélo, en route pour l'école, à n'en pas douter. Mieux vaut tard que jamais.

— Oui, je sais. Il a peut-être servi dans la marine avec mon père. J'ai une photo de lui – mon père en compagnie de trois autres soldats, et je cherche à les identifier pour voir si quelqu'un se souviendrait de lui. Si un de leurs proches aurait entendu son nom dans une conversation, par exemple.

Elle marque un long silence.

— Je peux la voir ?

J'ai une photo de la photo dans mon téléphone, je raccroche et l'envoie au numéro de portable qu'elle me donne. Elle me rappelle quelques minutes plus tard. Sa voix a perdu sa pointe d'impatience. Elle est un peu heurtée, maintenant.

— Oui, c'est bien mon père. Le troisième à partir de la gauche. Mon Dieu, ce qu'il paraît heureux ! Et jeune.

Ils le paraissent tous, sur cette image. Cory Seaper était plus petit que les autres, mais extrêmement musclé, avec des cheveux blonds coupés très court et un large sourire.

— Le mien est tout à droite.

— Il était bel homme.

La première chose qui transparaît sur cette photo, c'est combien mon père était séduisant, avec ses cheveux bruns et ses yeux noirs. Comme les miens. Et son sourire doux et timide, à l'opposé du mien. Il a encore une tête d'ado, jeune et plein d'espoir.

— Oui, il était beau. Il s'appelait Samuel Watts. Ça vous évoque quelque chose ? Votre père a parlé de lui ?

— Non. Il était très réservé sur son passage dans l'armée. Il était présent lors de l'attentat contre la caserne à Beyrouth.

D'après Seb, Beyrouth avait marqué les tumultueuses années 80. Pas dans l'opinion, parce que la mémoire collective est une vraie passoire, mais dans l'histoire. Un terroriste avait propulsé un camion rempli d'explosifs à travers le poste de sécurité de la caserne américaine située à l'aéroport de la ville. L'attentat suicide avait fait près de deux cent cinquante morts, marines et membres du personnel militaire. Au même moment, un autre camion visait les parachutistes français, tuant plus de soixante soldats de la paix.

— Il a été blessé ?

— Non, il s'en est sorti indemne, mais ma mère disait toujours qu'il avait perdu quelque chose ce jour-là. C'était un homme plutôt heureux, avant. Il a quitté l'armée peu de temps après et a fait carrière dans le commercial. Suite à cet événement, tout ce qu'il voulait, c'était un travail de bureau bien tranquille.

— Est-ce qu'il a été confronté à d'autres choses ? Un problème auquel il aurait fait allusion ?

— Il était présent quand une putain de caserne a explosé ! Ça ne vous suffit pas, comme problème ?

On garde le silence un moment.

— Excusez-moi, finit-elle par lâcher. Je crois que c'est un peu trop pour moi, là.

Ensuite, elle me raconte qu'elle est sûre que sa mère avait un peu peur de son père, mais aussi peur *pour* lui. Il tressaillait au moindre bruit fort alors qu'il possédait une solide collection d'armes à feu. Il l'a giflée une fois quand elle était petite, violemment, et ne s'est plus autorisé à l'approcher trop par la suite. Elle a grandi avec un père froid et distant, sauf le jour de son mariage, quand il l'a accompagnée à l'autel. Il a même été discret dans sa crise cardiaque, survenue une nuit pendant qu'il allait chercher un verre d'eau. Sa mère l'a découvert le lendemain matin, elle n'avait rien entendu.

Je me demande si je devrais lui expliquer comment j'ai trouvé mon père, seulement je ne peux pas en placer une. Et puis elle dit :

— Il faut que je vous laisse. Désolée de ne pas avoir pu vous aider davantage. Merci pour la photo.

Et elle raccroche avant que j'aie le temps de répondre.

Quand je retourne à l'intérieur, le barman continue à m'ignorer. J'agite un billet de vingt dollars dans sa direction. Il échange des regards avec un client à l'autre bout du comptoir, hausse les épaules avec nonchalance et vient jusqu'à moi sans se presser. Sa crânerie vire à la stupéfaction quand je note mon numéro sur une serviette et la lui tends, accompagnée du billet.

— Vous voulez bien m'appeler quand votre patron sera rentré du New Jersey ?

Un éclair de soulagement le traverse lorsqu'il comprend que ce n'est pas de la drague. Il n'est pas totalement exclu que notre antipathie réciproque puisse conduire à une alchimie sexuelle explosive, n'empêche qu'il est bien content de ne pas avoir à le vérifier. Il m'adresse un hochement de tête laconique avant de s'éloigner. Les buveurs diurnes me jettent des œillades intriguées, quoique légèrement vitreuses, avant de se replier sur eux-mêmes. Il n'y a rien de menaçant dans leurs yeux, rien à voir avec le malaise que j'éprouvais avant d'interpeller l'ancien militaire, pourtant je sens quand même le poids de leur regard. J'ai fini par accepter que mon impression d'être observée ne soit pas près de disparaître. Comme un complexe de persécution, avec la sensation d'être jugée. On ne peut pas vivre comme ça. Les sens exacerbés en permanence. Continuellement sur la défensive.

19.

— T'es pas en train d'essayer de me baiser, hein ? lance l'inspecteur de la brigade criminelle Christopher Lee sur la terrasse de sa maison de North Vancouver.

Les lumières de la ville scintillent au loin, entourées par l'océan noir et calme. La vue incroyable compense presque la précarité structurelle de la baraque, susceptible de s'effondrer autour du râleur qui l'occupe dès la prochaine tempête hivernale.

— Parce qu'il faut plus que quelques bières pour m'emballer, mon pote.

Lee rote discrètement et ouvre une deuxième cannette.

— C'est pas ce qui se dit.

Brazuca prend sa propre cannette et adresse un grand sourire à Lee, qui, avec ses fringues de marque et son abonnement en club de gym, est connu comme un coureur invétéré.

— T'as encore discuté avec mon ex ?

— Non, avec ton confesseur.

— Le mêle pas à ton monde corrompu, sale mécréant. Qu'est-ce qui t'amène ?

— On parlait des gangs. À Vancouver. Le Lala Lair, tu te souviens ? Une overdose en relation avec les Triple 9 ?

— Bon Dieu. Tout sauf ça. Tu sais que c'est mon jour de repos, hein ?

— Écoute, toi qui prononces le nom de l'Éternel en vain. Qui c'est, le mécréant, maintenant ?

Lee agite la main, l'air de rejeter d'un geste magique l'idée même qu'on puisse le considérer, lui, avec son alcoolisme, sa vie dissolue et son langage de charretier, autrement que comme le parfait serviteur de Dieu.

— T'y connais que dalle. J'irai à confesse la semaine prochaine. Tu lui as dit, à ton client, qu'une overdose, c'est une bénédiction, parce que sa junkie a pu dégager sans le faire marcher toute sa vie ?

Brazuca veille à rester de marbre.

— J'ai tenté de lui expliquer que ça ne servait à rien de s'engager sur ce chemin ténébreux, seulement c'était l'amour de sa vie. Et elle était enceinte.

— Oh, merde. Fentanyl ?

— Coke coupée au Wild Ten.

— Et tu t'es figuré que mon expérience à la crim pourrait t'aider ?

Lee étudie longuement Brazuca.

— Pour un privé, t'as vraiment des contacts pourris dans la police, si t'as que moi.

— T'as passé pas mal de temps à l'antigang, répond tranquillement Brazuca, masquant sa colère.

Il avait d'excellents contacts dans la police, quand il en faisait partie. Sauf qu'après s'être pris une balle, il a débloqué à plein tube et s'est mis tout le monde à dos à part Lee. Jusqu'à sa propre femme. Une plaie béante que des années, des décennies d'observation des étoiles ne pourront jamais refermer.

Lee voit clair dans son jeu et prend pitié de lui.

— Eh ben, le panorama n'a pas beaucoup changé. T'as les bikers, les gangs multiraciaux, les cartels latinos, les mafias d'Europe de l'Est, d'Asie, d'Asie du Sud… Ils sont tous ici, et ils donnent tous dans l'immobilier et les stups. À part quelques petites querelles de rue, c'est assez calme, ces temps-ci. Ils font profil bas. La violence nuit au business.

Brazuca acquiesce. Les dossiers étonnamment fouillés de la clé USB de Grace indiquaient la même chose. Si l'atmosphère paraît plus calme, ça ne veut pas dire qu'il ne se passe rien pour autant.

— Tu peux te rancarder sur les Triple 9 ?

— Qu'est-ce que tu cherches ?

— La came venait d'eux, alors qui les fournit ?

— J'ai entendu dire…

Lee détourne les yeux et fronce les sourcils. Il termine sa deuxième bière et en ouvre une troisième.

Brazuca le regarde un moment. Finit par s'impatienter devant le silence de son ex-équipier.

— Eh ben, quoi ?

— Bon Dieu. Ça reste entre nous, hein.

— Tu te fous de moi, là, rétorque Brazuca, soudain vexé.

C'est la première fois que Lee hésite à lui refiler des infos.

— Pas du tout.

— Déconne pas.

— Écoute, je plaisante pas. J'ai besoin de te l'entendre dire.

— Soit. Ce que tu m'apprendras restera entre nous.

Lee arque un sourcil.

— Et mon nom n'apparaîtra nulle part.

— Et ton nom ne sera jamais cité dans mon rapport, comme si c'était mon genre, et il ne figurera même pas dans mes notes. En plus, je le garderai jusqu'à la mort et ferai graver sur ma tombe que toi et moi n'avons officiellement jamais eu de conversation en cette belle journée d'octobre de l'an de grâce, etc.

— Ben tu vois, c'était pas si difficile. Quand j'étais à l'antigang, un de mes indics m'a juré qu'un membre des Triple 9 rencontrait le bras droit de Jimmy Fang. On savait que les

Triple 9 avaient des relations dans le milieu, mais pas à ce point-là.

— Jimmy Fang… comme le Jimmy Fang de la triade des 3 Phoenix ? Le Jimmy Fang qui a disparu il y a dix ans ?

— Lui-même, ma poule. Alors quand tu cherches le fournisseur des Triple 9, c'est à ça que je pense. Aux 3 Phoenix, et au putain d'héroïnomane qui m'a glissé ce tuyau à l'oreille. Ce camé refusait de témoigner alors on n'a rien pu prouver. Il a disparu juste avant que je sois muté à la crim, j'ai jamais su s'ils avaient découvert qu'il nous informait et ils lui ont réglé son compte.

— Merde. Les 3 Phoenix…

La triade avait défrayé la chronique avec des meurtres violents dans les rues de Vancouver il y a une vingtaine d'années. On n'en entendait plus trop parler depuis. Même les quelques allusions trouvées dans les dossiers de Grace remontaient.

— Jimmy Fang, c'est du passé. Aucune rumeur sur une nouvelle activité des triades ?

— Atterris, vieux. Une nouvelle activité ? Les triades sont issues des tongs, établis sur la côte ouest depuis près d'un siècle – à l'origine pour protéger une population victime de discrimination dès son arrivée, d'ailleurs. Ça te dit quelque chose, la taxe d'entrée imposée aux Chinois ? Les politiques de logement discriminatoires ? Bref, les organisations clandestines sont implantées depuis des décennies, par ici. Chaque fois que la police arrive à piger ce qu'elles trafiquent, elles ont déjà deux coups d'avance. Et maintenant, avec la technologie mondialisée, c'est même plus la peine. S'il y a un domaine où les Asiatiques sont bons, c'est bien la technologie.

— Han han, ricane Brazuca, qui est habitué à l'ironie de Lee. T'es Coréen et si mes souvenirs sont bons, tu sais à peine te servir d'un ordinateur. Tu passais ton temps à appeler le service informatique parce que t'avais oublié ton mot de passe.

— Je fais tellement de maths pendant mes loisirs que j'ai du mal à retenir des combinaisons de chiffres spécifiques. En plus, je me suis pris plein de coups sur la tête à force de pratiquer le tae kwon do à haute dose, réplique Lee – qui, à la connaissance de Brazuca, n'a jamais fait de tae kwon do et peine à calculer les 15 à 20 % de pourboire à laisser quand il va au resto. Enfin bon, en tout cas, je pourrais pas te dire ce qu'il y a de nouveau, et je te parie ce que tu veux qu'aucun service de police du pays non plus. Si tu cherches des infos sur le crime organisé à Vancouver, n'importe quelle branche du crime organisé, eh ben, t'as qu'à regarder devant toi.

D'un large geste, il désigne la masse sombre de l'océan au loin.

— Trouve qui a accès au port. Je te donne un indice : les syndicats portuaires sont infiltrés depuis longtemps et ils ont l'air de s'en foutre éperdument. Alors, devine ? C'est tout le monde.

Brazuca se lève.

— Merci.

La porosité des ports de Vancouver est de notoriété publique, mais la confirmation de Lee ne le rassure pas.

— T'as été un vrai rayon de soleil, comme toujours.

Il lance sa cannette dans la poubelle ouverte et manque son coup.

Lee rigole.

— Je savais pas que c'était un rendez-vous galant. Je me tiendrai mieux la prochaine fois.

Il ramasse la cannette de Brazuca et va pour la jeter dans la poubelle quand il aperçoit l'étiquette.

— Merde alors, kombucha glacé ? C'est quoi, ce truc ?

Brazuca hausse les épaules.

— Va savoir.

Lee le scrute. Ses yeux sont aussi vifs qu'avant qu'il ait sifflé ses bières. Il est peut-être limite alcoolo, mais ça n'entrave en rien ses capacités.

— Toi, tu le sais, non ?

— Oh, la ferme, lâche Brazuca, incapable d'expliquer le principe de la fermentation du thé, même à lui même.

— T'inquiète. Nous, les Coréens, on est experts en fermentation. Le kimchi, tu connais ? Ah ah ah, le grand méchant Bazooka qui boit son kombucha !

— T'es vraiment trop con.

Brazuca s'en va par la grille de derrière.

— Ma mère trouve que je suis un bon parti ! T'es catholique ? crie Lee dans son dos, sans se départir de son sourire idiot. Appelle-moi !

20.

J'ai besoin de me plaindre, alors j'essaie de joindre le service des anciens combattants. Personne ne me rappelle. Ceux qui ont déjà eu affaire à eux ne seront pas surpris. Il y a un centre d'accueil pour ex-militaires à une rue de mon ancien hôtel. Vide. Le trottoir qui le longe n'est qu'un ruban de gravats, démoli pour une raison oubliée, peut-être pour indiquer aussi clairement que possible aux anciens combattants patientant devant les bureaux déserts qu'ils ne trouveront rien de solide ici. J'ai envoyé un e-mail au sujet de mon père au Marine Corps Research Center en Virginie, mais il s'est perdu dans la nature, à l'instar de mes messages téléphoniques.

J'ai encore plein d'énergie refoulée, cela dit. Je passe un nouveau coup de fil à Seb, qui ne répond toujours pas. Je pourrais me plaindre auprès de Simone, seulement vu qu'elle m'a avertie de ne pas trop en attendre d'elle, je doute qu'elle se montre compréhensive. Cory Seaper était une nouvelle impasse, ce qui était à prévoir dans cette quête apparemment infructueuse de la vérité sur la mort de mon père. Je me sens comme un personnage morbide de roman jeunesse. *Vous avez connu mon père ? Et vous ? Vous ne vous rappelez pas avoir vu un homme un peu comme moi, mais en plus beau ?*

Si je m'étais attachée aux familles d'accueil ou si elles s'étaient attachées à moi, peut-être que ça n'aurait pas été un problème. Vis-à-vis de mon père, peut-être que, comme Lorelei, j'aurais creusé un peu quand j'étais jeune puis laissé tomber avec l'âge car, finalement, il y a mieux à faire dans la vie que regarder dans le rétroviseur.

Seulement les familles d'accueil et moi, ça n'a pas collé.

Parmi les nombreux échecs du système de protection de l'enfance canadien, les familles à qui j'ai été confiée – quatre au total – ne m'ont pas appris à regarder vers l'avenir. Elles encaissaient leurs chèques tout en me montrant que le sentiment d'appartenance était réservé à d'autres. Ce sentiment tient en partie à ce qu'on partage. Foyer. Langue. Traditions. Croyances spirituelles. Grandes mythologies fondamentales et petits récits fondateurs propres à tout groupe relié par un arbre généalogique. Ça ne s'applique pas à une personne seule. Il faut être au moins deux. Trois, c'est encore mieux. Je me suis réconciliée avec cette absence d'appartenance très tôt dans ma vie – ça convient à mon caractère. Je n'ai jamais escompté que quiconque me donne les clés pour libérer ma personnalité profonde parce que je considère que les autres en savent aussi peu que moi sur la question.

Mon père, lui, devait être rempli d'espoir. Il a quitté tout ce qu'il avait à Detroit pour revenir en arrière, pour découvrir s'il avait un foyer qui l'attendait miraculeusement depuis des décennies.

À moins que quelque chose l'ait poussé à s'enfuir, susurre une voix dans ma tête. Une voix qui ressemble étrangement à celle de Seb, lequel refuse de me répondre mais me donne quand même ses avis imaginaires.

Je suis tentée de rester là, à regarder les gens noyer leurs problèmes dans le doux oubli de l'alcool, sauf que je n'en peux plus. J'ai besoin de savoir ce qui s'est passé dans la famille tordue où mon père a grandi. Il m'a fallu un bout de temps pour imprimer cette expression d'Harvey, mais maintenant, sans autre piste et sans rien d'autre à faire qu'attendre le retour de Kovaks, elle m'obsède. Je ne peux pas mentir : les violences physiques, sexuelles et psychologiques que des rescapés de la rafle des années 60 ont récemment révélé avoir subies dans leur famille adoptive ont pesé lourd dans mon aveuglement volontaire. À certains, on a outrageusement rappelé sur tous les tons qu'ils avaient été achetés, avec de l'argent donné aux agences d'adoption et des pots-de-vin empochés par des fonctionnaires corrompus.

De l'argent économisé, aussi, puisque ça réduisait le nombre d'individus susceptibles – ou désireux – de revendiquer le statut d'Indien.

Une bien sale affaire, sur laquelle la plupart des personnes, y compris moi, ne tiennent pas à se pencher de trop près. Je n'ai aucune envie d'apprendre que mon père a vécu des horreurs, mais je n'ai pas d'autre os à ronger. Alors, pour la troisième fois, je retourne à la maison de son enfance.

J'espère qu'aujourd'hui, je pourrai entrer sans avoir à fracturer la porte.

21.

Tous les soirs, une voiture passe prendre le chef présumé des Triple 9 au Lala Lair, à Gastown, pour le déposer dans une rue résidentielle de North Vancouver. Brazuca a appris plusieurs choses en observant cet homme. 1 : le fonctionnement du bar est tellement verrouillé qu'il serait presque impossible de l'approcher là-bas. 2 : sa résidence de North Vancouver est également barricadée, avec des caméras de sécurité sur tout le périmètre. Et 3 : il faudrait vraiment un coup de bol incroyable pour trouver une brèche dans cette affaire. Un changement de routine imprévu, une foirade, un événement inhabituel.

Une fois encore, Brazuca est dans la ruelle adjacente au Lala Lair où, tapi dans l'ombre, il épie la BMW qui patiente au point mort. Il a fait le planton trop longtemps pour des prunes. L'air est frisquet et le ciel couvert, même pas une étoile à contempler pendant qu'il poireaute. Il est sur le point de s'éclipser quand le chauffeur des Triple 9 descend de voiture pour se dégourdir les jambes. À ce moment, quelqu'un l'appelle par la porte de la cuisine et il entre dans l'établissement à contrecœur, d'un pas de tortue.

L'espace d'une seconde, Brazuca n'arrive pas à le croire.

Il sort de l'ombre et remonte la ruelle d'un pas nonchalant. À côté de la BM, il se baisse pour refaire son lacet, échappant ainsi à la caméra de sécurité. En un rien de temps, il sort le petit boîtier noir de sa poche et le fixe à l'intérieur du pare-chocs arrière, ni vu ni connu. Depuis que Brazuca a commencé ses planques, c'est la première fois que le jeune chauffeur laisse son véhicule sans surveillance.

Après s'être assuré que le dispositif est bien accroché, il s'éloigne comme un type parfaitement insouciant – ou sur le point de toucher un gros paquet de fric. Imitant inconsciemment la démarche du chauffeur, il rejoint sa Mini sans se presser. Si la balise GPS est repérée, les Triple 9 renforceront leurs mesures de sécurité et il n'aura probablement plus jamais une telle occasion de dénicher des indices sur leur filière d'approvisionnement. Heureusement, Stevie Warsame, le détective privé associé de Leo et féru de gadgets en tous genres, lui a juré que ce modèle était le plus fiable et le plus discret qu'il connaisse. Brazuca se sent donc un tout petit peu rassuré. Il faut qu'il fasse quelque chose pour accélérer le mouvement, apporter à Bernard Lam les réponses qu'il désire si ardemment et décrocher la liberté financière qu'il n'a vue que sur les visages de retraités heureux dans des publicités bancaires. Brazuca pourrait être un retraité heureux sur la côte ouest, pourquoi pas ?

Ce qui est bizarre, quand même, c'est qu'il n'arrive pas du tout à se visualiser dans une bicoque au bord de l'eau, un kayak arrimé à sa galerie et une femme mâchonnant des barres de céréales à côté de lui. Il voit Lam en deuil. Grace et son obsession malsaine pour la mort de sa sœur. Leo dans l'ignorance de la maladie de son ex. Et, au bout d'un moment, Nora, qu'il ne parvient pas à se représenter dans ses vieux jours en dépit de tous ses efforts. Lui et Nora, voilà ce qui les a rapprochés. Il existe peut-être des happy ends provoqués par des masseuses au regard vide dans des salons miteux à travers le globe, seulement les vrais happy ends, ceux où on ne perd ni sa dignité ni son amour-propre, ne sont pas pour les gens comme eux.

Maintenant qu'il y pense.

Brazuca chasse Nora de son esprit et passe le lendemain à suivre les mouvements de la BM. Il attend un autre coup de bol incroyable. Un autre signe que la chance tourne. Une aberration dans les déplacements, qui lui fournira une piste. Au lieu des étoiles, il fixe son téléphone, sur lequel il a programmé des alertes pour la balise. Il est plein d'espoir, mais pas idiot. Le dispositif finira par être découvert et il n'aura plus aucune piste. Sauf que pour l'instant, c'est tout ce qu'il a.

Dans un moment d'ennui, il fait un saut à l'appartement de Clementine et trouve Grace endormie dans son lit. Elle ânonne et se tourne vers lui, mais ne se réveille pas. Alors qu'il est là, debout, hésitant à la rejoindre sous la couette, son portable vibre. Une nouvelle alerte GPS. Elle lui indique que la BM se situe actuellement à un endroit encore non visité. Il sent un frémissement de prémonition, un infime frisson d'anticipation qui lui remonte l'échine.

La voilà, songe-t-il. Son aberration.

Il pivote et sort sans bruit, verrouillant la porte derrière lui. Laissant Grace à son sommeil agité.

III

22.

Les rideaux de la maison d'en face s'entrebâillent depuis près d'une heure. Je suis assise devant chez Harvey, en train de l'attendre. Je sais que j'ai été repérée, et peut-être qu'on l'a prévenu. S'il y a une chose que je déteste plus encore que parler aux flics, c'est discuter avec des mouchards qui ne caftent même pas pour de l'argent. Malgré tout, j'essaie de garder ça pour moi tandis que je traverse la rue pour aller frapper à la porte.

L'entrebâillement vire au tressaillement nerveux.

— Je sais que vous êtes là ! dis-je d'une voix sonore dans la fente de la boîte aux lettres. Je veux juste vous poser des questions sur Samuel, mon père. Il a vécu en face. Vous l'avez peut-être connu ?

Après un silence, je m'assieds sur les marches pendant cinq bonnes minutes, en espérant que ce changement de place m'apportera des réponses. Au moins, ça m'offre une bonne vue sur la baraque où mon père a grandi. Elle a dû être coquette, dans le temps. Il y a un petit jardin, désormais en friche, et sa peinture jaune écaillée devait être toute pimpante, voici quelques décennies.

Les rideaux ne bougent plus. Je suis tentée de renoncer à ma quête illusoire pour faire un peu de tourisme. Aller admirer les fresques de Diego Rivera au Detroit Institute of

Arts, par exemple. Et j'aurais pu y céder, à cette tentation, si je n'avais déjà été gavée de ces images sur les cartes postales des supérettes. Dans ses fresques, il dépeint les merveilles et les horreurs de la révolution des machines. Sauf qu'il n'a pas pris en compte l'épidémie de drogue, n'a pas vu comme moi une femme tellement défoncée qu'elle était postée en sous-vêtements sur la chaussée pour expliquer un truc inintelligible aux voitures qui passaient. Des sites touristiques incitent à visiter les studios de la Motown et les bars musicaux. Discuter avec les chauffeurs de VTC du déclin de leur ville. Manger un repas local, bio et durable pour davantage que le budget hebdomadaire d'un résident moyen. Tâcher d'oublier le glorieux passé de la cité parce qu'il est depuis longtemps révolu, vendu par les géants de l'industrie il y a des années. Dans un univers de Quelqu'un et de Personnes, Detroit est un Quelqu'un qui est devenu Personne et qui a du mal à l'accepter. La preuve aujourd'hui. Il n'y a pas grand monde dans la rue, mais les rares passants n'ont qu'un coup d'œil méfiant à m'accorder. J'essaie de ne pas m'en offusquer. Je me sens comme eux.

Cinq minutes passent. Bientôt dix. Au moment où je m'apprête à m'en aller, une Buick sombre se gare le long du trottoir et une femme d'environ mon âge en descend à la hâte, un sac en papier à la main. Elle manque me piétiner sur les marches avant de stopper net et de me regarder, interdite.

— Bonjour, dis-je.

— Bonjour.

Ses yeux visent la porte, puis reviennent sur moi. Une main passe dans ses cheveux pour repousser ses longues nattes dans son dos.

— Vous attendez Retta ? Parce que je peux vous assurer qu'elle est là, c'te vieille chouette. On l'a pas vue dehors depuis les années 90.

Elle semble presque choquée qu'on puisse vouloir parler à Retta-la-fouineuse, mais comme son ton est sympathique, je tente ma chance. Je montre le jardin d'Harvey.

— Mon père a grandi là, juste en face. Il est mort quand j'étais petite et je cherche à éclaircir certains détails de sa vie ici. J'espérais que Retta sache deux, trois choses sur lui.

La visiteuse fronce les sourcils.

— Ah, ben ça, c'est certain. Elle sait tout de ce foutu quartier. Pas vrai, vieille sorcière ? crie-t-elle en direction des fenêtres du salon, dont l'une s'est mystérieusement entrouverte pendant notre conversation.

— Dégage de chez moi, traînée ! répond une voix claire et forte.

Un visage pâle et ridé apparaît dans l'entrebâillement de la fenêtre.

— Et dis à cette sale cambrioleuse que j'ai rien à raconter !

Maintenant, je n'ai plus aucun doute sur la personne qui a prévenu Harvey quand je me suis introduite chez lui par effraction.

— Sérieux ? Si tu veux ta bouffe, tu parles de son père à la gentille dame. Sinon, je te jure que je mange tout, je m'en vais et je reviens plus. Je dirai au pasteur que t'es morte et il m'obligera plus jamais à revoir ta terrasse dégueu !

Un hoquet bruyant, presque théâtral, résonne.

— Ma terrasse est propre comme un sou neuf, espèce de dévergondée ! Mécréante !

S'ensuit un silence pesant.

La visiteuse s'assied à côté de moi.

— Je m'appelle Melissa.

— Nora.

On se serre la main.

— Qu'est-ce qui l'a poussée dehors ? Dans les années 90 ?

— Ah, oui. Quand elle a appris qu'il y avait une nouvelle église au bout de la rue, elle est venue à l'office. T'aurais dû voir sa tête quand elle s'est aperçue que c'était une église noire ! Ah ! Enfin bon, le pasteur nous oblige à faire des visites de voisinage aux vieilles teignes. Il dit que c'est ma croix. Tu veux du cornbread ?

Elle ouvre le sac et en tire une grosse part enveloppée dans du papier sulfurisé. On partage amicalement un copieux morceau de paradis sur terre.

— Mmm, gémit lascivement Melissa. C'est trop bon.

La porte s'ouvre.

— Laisse ma bouffe tranquille, éructe la vieille.

Debout sur le seuil, elle porte une robe amidonnée assortie d'un bibi. Elle a dû se tartiner de tout le maquillage qu'elle possède, parce que je ne vois vraiment pas comment il pourrait lui en rester après ça. Retta tripote un collier de perles à son cou, tout en lorgnant les miettes de cornbread sur nos genoux.

— Aide madame d'abord, réplique Melissa.

— Aucun respect pour les anciens.

Retta la fusille du regard, puis se tourne vers moi.

— Tu peux pas entrer. Tu veux en savoir plus sur l'autre gosse qu'a grandi en face ? Il était pas horrible, çui-là, reconnaît-elle à contrecœur. Une fois, il a empêché une paire de voyous de me cambrioler. Tout le monde l'aimait, bien plus que l'autre qui vit là maintenant. Même leurs parents. Sont morts tous les deux, aujourd'hui. Ça a bien failli les tuer quand leur chouchou s'est engagé dans l'armée.

— Chez les marines, je précise en me relevant pour lui faire face.

Elle pouffe.

— Ça change quoi ? Il est parti à dix-huit ans, sans dire à personne où il allait. S'est repointé des années plus tard, les deux parents étaient décédés. Accident de voiture. L'autre a dû s'occuper de tout, même si c'est pas lui qu'héritait de la maison. Ils la léguaient à leur préféré, forcément. Je l'aime pas trop, l'autre, là, mais c'est pas un mauvais bougre. Qu'ils le traitent comme ça... Foutue ingratitude, si tu veux mon avis.

Personne ne le lui demande, mais tous les renseignements sont bienvenus. Il me faut quelques instants pour faire le tri dans ceux qu'elle vient de me fournir.

— La maison appartenait à mon père ?

Elle acquiesce, faisant tinter ses pendants d'oreilles.

— Il paraît qu'il l'a donnée à celui-ci et s'est volatilisé. Il savait. Il savait ce qui allait arriver à cette ville. Il a pris le large tant qu'il pouvait. Bien joué.

Melissa se râcle la gorge. Sur le trottoir, un grand bonhomme accompagné d'une fillette en tenue de foot nous regarde fixement.

— Alors là, gronde Harvey Watts d'un ton furibard, tu manques pas d'air !

23.

Je suis assise à la table de la cuisine où Harvey prépare des pâtes pour la fillette installée en face de moi. La mouflette, qui s'appelle Darla, m'étudie avec un intérêt non dissimulé tandis qu'Harvey balance des trucs sur le plan de travail, claque des portes de placard, bref, fait autant de raffut qu'on peut en faire en mettant de l'eau à bouillir. Ça me rappelle l'an dernier, quand j'étais attablée chez ma sœur, à tenter d'établir un contact avec elle après avoir volé la voiture de son mari et l'avoir envoyée dans le ravin. Quand Bonnie a disparu, il fallait à tout prix que je la retrouve. Installée dans la cuisine de Lorelei, j'ai tenté de m'expliquer, pour une fois.

La scène est gravée dans ma mémoire parce que c'est aussi là qu'elle m'a traitée de traînée. Harvey ne peut pas avoir d'opinion sur ma traînitude, pourtant, vu comment il entrechoque ses poêles et ses casseroles, j'ai le sentiment qu'il nourrit peut-être quelques soupçons.

Sous la table, Darla me tend une sucette à dépiauter, mais on ne m'y reprendra plus. Je l'ignore et continue à observer le frère adoptif de mon père, imaginant quel effet ça peut faire d'être le fils biologique de parents qui vous préfèrent l'enfant qu'ils n'ont pas conçu. Le garçon qu'ils ont ramené du Canada. J'ai moi-même été assez souvent laissée de côté pour savoir que ça vous bouffe si vous y attachez de l'importance. Je tente de me mettre à sa place, dédaigné pour un simple Canadien, et c'est dur à encaisser.

Je suis à deux doigts de compatir quand il se met à parler. Pas à moi, cela dit, plutôt à l'espace qui m'entoure.

— Tu veux en savoir plus sur ton père ?

Sans attendre ma réponse, il poursuit.

— Ils l'ont adopté au Canada quand il avait deux ans. Ils ont versé dix mille dollars à l'agence pour l'obtenir. Après ma naissance, ma mère ne pouvait plus avoir d'enfants, seulement ils voulaient que j'aie un frère d'un âge assez proche. On a été élevés ensemble, et puis il s'est engagé dans les marines et il n'est revenu qu'à son retour à la vie civile. Sans argent, sans rien. Il ne savait même pas que papa et maman étaient morts. Il n'y avait plus que moi ici, à m'occuper d'une baraque où j'avais grandi, et qui lui appartenait à lui, désormais.

— Pourquoi c'est à lui qu'ils l'ont léguée, et pas à vous ?

Il regarde par la fenêtre.

— J'étais… J'avais une addiction, dit-il en se grattant distraitement le pli du coude. J'ai mis du temps à décrocher, mais j'ai fini par réussir. Je suis resté ici tout du long, en plus. J'aurais pu mettre les voiles, comme tous les autres. J'aurais pu me tailler, pourtant je l'ai pas fait.

— Où est-ce que vous seriez allé ?

— Exactement ! J'ai passé toute ma vie dans cette ville, jamais cherché à habiter ailleurs. Lui, si. Il ne voulait plus vivre ici. Il m'a cédé la maison pour rien. J'ai proposé de la lui racheter. Je bossais à l'époque, j'aurais pu, mais non. Il a rencontré une Arabe de Montréal et il s'est tiré au Canada pour retrouver sa famille biologique. Il s'est dégoté un boulot à Winnipeg et ils se sont installés là-bas parce que c'est là qu'il était né.

— Et il l'a retrouvée ? Sa famille biologique.

— Non. Tout ce qu'il a découvert, c'est qu'il était né de mère célibataire. Il a pas pu remonter jusqu'à elle. Ça l'a pas empêché de rester là-bas. La dernière fois que j'ai eu de ses nouvelles, il était toujours à Winnipeg, sauf qu'il m'a jamais rappelé et n'a pas répondu à mes lettres. Mon propre frère. On n'avait personne d'autre, rien que lui et moi. J'étais pas assez bien pour lui, en fait!

Il ne peut plus contenir sa colère. Il serre les poings. Darla se met à pleurer.

— Quelle Arabe?

Ma voix est plus forte que je ne m'y attendais, la question tombe comme un coup de marteau sur la table.

— Hein?

— Vous avez parlé d'une Arabe. Quelle Arabe?

Il me fixe d'un air hébété pendant de longues secondes, comme s'il ne m'avait jamais vraiment vue jusqu'à maintenant.

— Ta mère. Tu crois que je parlais de qui?

Le visage baigné de larmes, Darla me tend encore sa sucette et, dans mon agitation, je la lui déballe. Ce qui monte en moi n'est pas de l'exaltation en tant que telle. Je suis de nouveau sous l'eau, dans un état d'apesanteur pas désagréable. Quand j'ai édifié un bunker pour mon père, je n'ai pas pensé à y inclure ma mère. Je n'ai aucun souvenir d'elle à y enfermer. Je m'efforce de rassembler tout le calme dont je suis capable avant de reprendre la parole.

— Il a connu ma mère ici?

— Elle était venue pour un mariage à Dearborn mais ils se sont connus ici, à Detroit, pendant son séjour. Tu ne le sais donc pas?

— Non. Elle nous a quittés peu après la naissance de ma sœur. Ensuite, papa est mort, puis sa sœur…

— Cette bonne femme n'était pas sa sœur! éructe Harvey en pointant l'index vers moi.

Il a atteint son ton le plus haut et ne s'y sent pas particulièrement à l'aise.

— Il l'a rencontrée dans un centre communautaire. C'étaient tous les deux des enfants adoptés qui voulaient retrouver leur autre famille. Elle, elle cherchait son petit frère, et lui, n'importe qui. Mais c'était pas sa sœur. C'était… Il avait un truc avec les gens, Sam. Sa compagnie les attirait. Il n'avait même pas besoin de faire d'efforts.

Harvey agrippe la table des deux mains pour se soutenir. Même si lui ne me voit pas, occupé à fouiller dans sa mémoire, moi, je le vois, maintenant. Ce qu'il cache. Ce n'est pas de la rancune parce que ses parents aimaient davantage mon père que lui, le fruit de leurs propres entrailles. Pas qu'ils aient légué leur maison à leur fils adoptif, se soient languis de son retour de l'armée, aient été prêts à tout pour qu'il revienne auprès d'eux. C'est qu'Harvey devait aimer mon père de la même façon.

— C'est pour ça que vous lui envoyiez ces cartes postales. Vous vouliez qu'il sache que vous étiez toujours là pour lui.

— Il m'a appelé quand ta mère l'a quitté, tu sais. Il avait perdu son boulot à l'usine. Il voulait m'emprunter de l'argent.

— Vous lui en avez prêté ?

— Non. J'avais pas d'emploi à ce moment-là. Et j'étais toujours en train d'essayer de me désintoxiquer. Je lui ai dit qu'il pouvait revenir et s'installer ici gratuitement. Il y avait encore du travail à l'époque, et il en avait besoin. Ma fille habitait avec moi, ça lui aurait fait du bien d'avoir des cousines avec qui grandir. Il a refusé. Il a dit… que sa famille était là-bas. Quand il était avec votre mère, je pouvais comprendre. Cette femme…

Il secoue la tête.

— J'avais jamais vu une fille aussi belle. Mais j'ai jamais compris pourquoi il était pas revenu, après.

Toute sa rage semble l'abandonner. Je perçois son épuisement lorsqu'il pose une assiette devant Darla. Sa vieillesse, sa solitude. Je me demande ce qui est arrivé à sa fille, pourquoi il élève la petite tout seul. Et s'il a toujours aimé mon père, dès le début, ou si le lien a mis du temps à se créer. Un lien si inébranlable pour Harvey et si facilement rejeté par l'enfant que ses parents avaient amené un beau jour. Ces pensées volètent un instant dans ma tête, pourtant je me raccroche à tout autre chose.

— Vous auriez une photo d'elle ?

Il interrompt son observation compassée de sa petite-fille en train de dîner.

— Hein ?

— Ma mère. Vous dites qu'ils se sont connus ici. Est-ce qu'ils auraient laissé des photos qui ne se trouvaient pas dans la sacoche ?

— Une minute.

Il sort de la cuisine et je l'entends grimper l'escalier.

— Coucou, fait Darla en agitant sa fourchette devant moi.

Un peu de sauce s'écrase sur la table. Nous ne bougeons ni l'une ni l'autre pour l'essuyer. On contemple la tache un moment, puis Darla me décoche un grand sourire, le trou de ses incisives agissant comme une sorte de kryptonite pour faire fondre la glace.

— Hello, je lance malgré moi.

Elle plonge dans sa poche et me montre le fragment de ruban bleu.

— Chut ! ajoute-t-elle, un doigt sur les lèvres, les yeux cocassement écarquillés.

— Ouais, enfin, c'est pas moi qui ai du mal à la boucler, hein ?

Je lui en veux bêtement d'avoir cafté l'autre jour. Je suis crevée, à la fois contente qu'il y ait si peu de fenêtres à surveiller ici et éreintée par l'énergie que ça consomme de penser comme ça.

Harvey reparaît avec une vieille coupure de journal dans une pochette plastique.

Un homme politique libanais engagé dans l'affaire des otages a des racines à Dearborn, annonce le titre d'un grand quotidien national. Je ne sais pas trop à quoi je m'attendais. Deux photos accompagnent l'article. La première montre le visage d'un homme politique rasé de près, Ali Nasri, qui, si j'en crois le papier, tirait encore des ficelles sur la scène politique libanaise dans les années 80, même si sa famille était désormais implantée dans le Michigan. La seconde a été prise lors d'un mariage, on y voit Ali à côté de son fils Walid et de sa fiancée Dania, entourés d'une demi-douzaine d'invités.

— Je suis tombé là-dessus par hasard dans les années 80 et je l'ai reconnue. C'est elle, là.

Il m'indique une femme juste au bord de l'image.

— Sabrina Awad.

Son corps est partiellement tourné mais son visage regarde l'objectif, avec un air de consternation mêlée de surprise. Elle a beau se situer à la marge, loin des jeunes mariés, elle attire l'œil. Sa beauté est éminemment singulière. Dans une salle remplie de femmes séduisantes pomponnées comme si le glamour allait passer de mode dès le lendemain, elle se distingue par sa simplicité. Elle arbore de longs cheveux bruns lâchés sur les épaules et une symétrie de traits impossible à simuler, même avec du maquillage. De sa robe sans manches dépassent des bras délicats que je reconnais. Je les ai vus sur une autre photo, celle où elle me tient, bébé, serrée contre elle. La robe est retenue par de fines bretelles ornées de petits nœuds.

J'ai l'intuition que si cette image était en couleur, elle correspondrait au ruban bleu que Darla a remis dans sa poche.

— Je peux le garder ? je demande à Harvey.

Il hoche la tête. Ce n'est que quand j'arrive à la porte qu'il reprend la parole, presque comme s'il venait seulement d'y penser :

— Tu sais, tu ne lui ressembles pas du tout, à part dans le timbre. Là, y a un truc. Sam… enfin, il avait un peu la même voix que toi, quoi.

Peut-être que quelque chose dans ses inflexions nostalgiques me pousse à poser la question.

— Mon père… Est-ce qu'il était du genre à s'ôter la vie ?

— Sûrement pas. Cela dit, je ne savais plus très bien qui il était, sur la fin. Je nous croyais proches quand on était petits, mais j'imagine que je me trompais. On entend des histoires sur les soldats qui reviennent de la guerre, comment ça les change. L'armée a dû le changer aussi, mais le Sam que je connaissais n'aurait jamais fait ça… Enfin bon, qu'est-ce que j'en sais, hein ? Ma propre fille est morte d'une overdose d'oxycodone il y a deux ans. Elle aussi, je pensais la connaître. Je commençais à croire que la maternité avait changé sa vie.

Il regarde Darla qui se laisse glisser de sa chaise et va déposer son assiette dans l'évier. Ce qu'il lui restait de colère semble se dégonfler d'un coup.

— Tu peux… Je veux dire, si… Tu peux revenir, si tu veux.

Mon grognement pourrait s'interpréter comme une approbation, pourtant je le quitte en sachant que je ne remettrai sans doute jamais les pieds ici. Qu'une petite fille sans aucun rapport avec moi ni ma mère détient un minuscule morceau d'elle. Et que, bizarrement, ça ne me dérange pas du tout. C'est très bien qu'une petite fille quelque part ait quelque chose de ma mère. Une enfant qui n'est aucune de ses deux filles, lesquelles la détestent cordialement de les avoir abandonnées sans revenir. Jamais. Pas une fois. Pas même quand leur père est mort.

En émergeant de la maison d'enfance de mon père, je m'aperçois que j'ai faim. Aussitôt, j'ai envie d'un falafel. Sauf que c'est malvenu. Je refoule le désir d'envoyer un message à Bonnie. *Fais gaffe. C'est plus compliqué que tu ne pensais. Adores-tu les falafels et te demandes-tu pourquoi ?*

Je regarde par-dessus mon épaule en m'éloignant, parce que quelque chose me dit que mon départ est observé. Harvey se tient à sa fenêtre et sa voisine fouineuse à la sienne. Darla sort dans le jardin, sous leur œil vigilant à tous les deux. Elle me fait au revoir de la main quand je me retourne, mais je réprime sans pitié l'impulsion de lui répondre.

On aurait pu être proches, peut-être, seulement c'est trop tard. Harvey Watts vient de me confirmer ce que j'ai toujours pensé. Mon père est parti au Canada pour y chercher ses racines. Il ne les a jamais trouvées. Il était aussi perdu que je l'étais jusqu'à ces dernières minutes où, pour la première fois de ma vie, j'ai vu le visage de ma mère.

24.

Stevie Warsame glisse son grand corps dans la Mini sans un mot. Il se sert un café dans une Thermos et grimace à la première gorgée.

— Ton café est vraiment dégueu, Bazooka, lance-t-il à Brazuca qui l'observe sur le siège conducteur.

— Tu me fends le cœur.

Brazuca met le contact et se dégage de la rangée de véhicules garés le long du trottoir. Il jette un dernier coup d'œil sur la modeste maison à un étage à laquelle la balise GPS l'a conduit. Elle se situe dans une rue tranquille, bordée d'arbres, avec de grands jardins. Ce qui signifie que, même s'il ne paie pas de mine, le quartier de Burnaby ne doit pas être donné. Brazuca a d'ailleurs aperçu une piscine au fond d'un jardin. Une piscine extérieure. À Vancouver, où c'est un luxe de trouver autre chose qu'une piscine couverte hyperchlorée comme celle où il va nager tous les matins.

Warsame, qui vient de passer à pied devant la baraque pour l'examiner de plus près, est imperturbable, comme toujours.

— Tu veux la bonne nouvelle ou pas ? Ça a tout l'air d'un banal pavillon individuel, sauf qu'il y a une caméra au-dessus de la porte et devant le garage. La télé est allumée à l'intérieur, donc il y a quelqu'un. C'est quoi, cette affaire, d'abord ? Un adultère ?

— Simple mission de surveillance pour l'instant, répond Brazuca, qui ne tient pas encore à développer.

Warsame n'aime pas ça.

— Surveillance de quoi ? Je te rends un service, là.

— Je te paie !

Les poches de Lam sont assez pleines pour rémunérer une personne supplémentaire, mais Brazuca n'a pas révélé le nom de son client. Sauf que pour obtenir quoi que ce soit de l'ex-flic somalien, il faut que celui-ci y trouve son compte.

— Ouais, et alors ? Je suis pas obligé d'être là, mon frère.

Chez Warsame, la franchise va de pair avec un sourire spontané. Enfant, il a connu la guerre en Somalie, quitté un camp de réfugiés au Kenya pour atterrir au Canada, appris une nouvelle langue afin de faire respecter les lois de son nouveau pays. Il en a vu trop pour une seule personne, et le tout avant même d'être sorti de l'enfance. Impossible de le dissuader quand il veut quelque chose – et de le convaincre que vos besoins sont supérieurs aux siens. Son refus de laisser quoi que ce soit lui échapper est précisément ce qui fait de lui un si bon détective.

Brazuca soupire.

— Un ami m'a demandé d'enquêter sur une overdose. Le dealer est lié aux Triple 9. Une piste m'a conduit à cette baraque.

La tête incrédule de Warsame reflète celle de Lee quand Brazuca lui a dit la même chose.

— Tu remontes toute une filière pour une overdose ? Putain, mais pourquoi ?

C'est une entreprise périlleuse qu'il vaut mieux laisser à la police, et Warsame le sait très bien.

— Pour cet ami, principalement. J'essaie de voir où ça mène.

Personne n'est dupe de sa fausse désinvolture, surtout pas Stevie Warsame, pourtant, contre toute attente, celui-ci décide que ça lui suffit. Pour le moment du moins, car à son expression, il est évident que le répit ne sera que de courte durée.

— Je vais chercher à bouffer. T'as encore besoin de moi ? demande-t-il quand Brazuca le dépose à sa voiture, quelques rues plus loin.

— Ouais, reste par là si tu peux.

Warsame acquiesce.

— C'est ton fric. Dis-moi si tu veux que je mette d'autres gars sur le coup.

— OK, merci, vieux. Je veux d'abord étudier un peu la situation.

Warsame n'est pas donné et ses gars ne doivent pas l'être non plus. Brazuca n'est pas prêt à embaucher plus de monde avant d'avoir cerné à quoi il a affaire. Il attend que Warsame soit dans sa berline trois portes à vitres teintées pour se préparer un mélange protéiné tiré d'un récipient qu'il planque désormais dans sa boîte à gants. À cet instant, tandis qu'il avale sa mixture bonne santé en pensant à sa masse musculaire, il ne se rend pas compte à quel point il ressemble à un autre agent, celui qui planquait devant chez la fille de Nora l'an dernier. Un mercenaire.

Il fait un tour du quartier et s'apprête à se garer sur une place offrant une vue correcte de la maison lorsque la porte du garage s'ouvre. Un pick-up Toyota flambant neuf en sort en marche arrière. Quand le véhicule le dépasse, avec un coup de klaxon pour l'inviter à dégager la chaussée, Brazuca aperçoit un barbu coiffé d'une casquette de base-ball enfoncée sur le front. Il attend sans bouger qu'il ait tourné. Avant de le suivre, il envoie un texto à Warsame : *C'est parti.*

Chacun dans sa voiture, ils filent le pick-up jusqu'au lieu de travail du barbu. Le regardent se garer dans le parking des employés.

— Surprise, surprise ! On dirait que t'as trouvé ton lien entre les Triple 9 et le port de Vancouver, lance Warsame au téléphone.

Brazuca sourit de toutes ses dents. Ce sera peut-être plus facile qu'il ne le craignait, finalement. Il passe outre la petite voix lancinante qui lui susurre que rien ne l'est jamais, et surtout pas pour lui. Peut-être que pour une fois, rien qu'une fois dans sa foutue vie, sa chance a tourné pour de bon.

25.

Il fait encore jour quand j'arrive au café branché situé dans une épicerie et dirigé par un jeune homme que je suppose être un amish. À moins qu'il essaie de relancer la mode des rouflaquettes et du veston, ce qui, vu le quartier, n'est pas totalement inenvisageable. J'ouvre le MacBook Pro que Leo m'a offert avant que Seb et lui se séparent. S'il paraît un peu abîmé de l'extérieur, il démarre au quart de tour quand je l'allume. Je reprends mes recherches de ces derniers jours.

J'ai un nouveau message du forum des anciens marines. Il provient de l'un des administrateurs, qui m'indique la marche à suivre pour récupérer le dossier militaire de mon père. Je suis tentée de le faire, mais comme être rendue dingo par la bureaucratie ne m'amuse pas des masses, je rejette l'idée presque aussitôt. Je continue à fouiner jusqu'à ce que je tombe sur un échange insolite dans les archives du site. L'un des participants raconte qu'un équipement radio est passé par-dessus bord pendant qu'il stationnait en Méditerranée en 1977, et rigole du remontage de bretelles que s'est pris le marine responsable. Un autre veut savoir s'il s'est retrouvé au trou pour avoir perdu du matériel cryptographique, ce à quoi le premier répond par la négative. Ça paraît un peu léger pour pousser un homme au suicide. Je marque quand même la page pour plus tard.

Mes investigations me conduisent à une autre découverte inutile : les tatouages hideux dans le cou font étonnamment fureur dans les milieux criminels. À l'hôtel, je n'ai pas bien vu mon voleur en puissance, mais assez pour constater qu'il n'avait pas la peau foncée. Ce qui ne m'avance pas beaucoup, puisque « pas foncé » renvoie à une catégorie assez vaste. J'ai bien envie de demander à Simone de creuser la question – peut-être existe-t-il quelque obscure banque de données répertoriant les tatouages de gangs et les raisons qui peuvent pousser quelqu'un à en vouloir un qui lui remonte dans les cheveux –, sauf que je serai obligée de lui parler de la tentative de cambriolage dans ma chambre. Trop dégonflée pour affronter sa désapprobation, je m'arrête avant d'envoyer le message.

Il se fait tard, le café est en train de fermer. Mon téléphone sonne et j'éprouve de l'espoir un bref instant en pensant que Seb me rappelle enfin. Raté. Le numéro porte l'indicatif régional de Detroit, et ce n'est pas celui de Nate.

— Allô ?

Mon interlocuteur toussote.

— Ouais, le patron est rentré, grogne le barman.

Et il raccroche avant que j'aie pu le remercier de m'avoir prévenue. Tant mieux. J'ai la gorge sèche et je sens pointer une migraine. J'ai passé un temps indu au bar depuis mon arrivée à Detroit, au supplice devant tous ces gens qui s'adonnaient à mon hobby interdit préféré. L'heure de la rétribution a sonné.

Avant de m'y rendre, j'emploie les quelques minutes qu'il me reste pour effectuer une petite recherche en vitesse sur la famille dont traite la coupure de journal d'Harvey Watts. Les Nasri. Il n'y a pas d'autres photos du mariage sur des sites publics, pas d'autres informations concernant les mariés ou les invités exhibés. Aucune trace de la femme qui m'a donné la vie.

26.

Le bar est animé, ce soir. Il y a je ne sais quel événement sportif à la télé et les supporteurs sont remontés à bloc. Ils portent tous un maillot, certains jaunes, d'autres rouges. J'ignore ce que ça signifie. Je poserais bien la question au barman, sauf qu'il est débordé depuis mon arrivée. Quand je parviens à accrocher son regard, il tend le menton vers un couloir au fond de la salle.

Dans la petite pièce du bout, un homme assis derrière un bureau feuillette une pile de papiers. Malgré sa soixantaine bien sonnée, il paraît plus en forme que tous les gens que j'ai vus dans l'établissement, moi comprise.

— On n'a plus beaucoup de whisky. La prochaine livraison ne se fera pas avant demain, alors prépare-toi à une émeute, déclare-t-il sans lever les yeux.

— Je vais sortir mon spray anti-ours, réponds-je sur le pas de la porte.

Il louche vers moi par-dessus ses lunettes.

— T'es la fille de Sam. Alastair m'a dit que tu me cherchais.

Avant que j'aie le temps de digérer que le barman acariâtre porte un nom aussi farfelu qu'Alastair, il m'indique la chaise en face de lui.

— Assieds-toi.

Je referme derrière moi et prends place. C'est à peine plus calme, ici. Le bureau est propre, mais miteux, comme dans tous les vieux rades du monde. J'ai l'impression que c'est pire que ça n'en a l'air, et que les parties les plus pourries sont dissimulées derrière d'horribles banderoles rouges qui semblent correspondre à certains des maillots de la salle. Quelque chose dans le logo m'interpelle. Il me faut une bonne minute pour percuter que c'est celui des Red Wings de Detroit, et que le sport en question est le hockey. Tout à coup, je me sens plus à l'aise. S'il y a une chose que sait tout Canadien sensé, c'est comment s'y prendre avec un amateur de hockey.

Je tends le doigt vers une photo accrochée au mur, un Kovaks beaucoup plus jeune lors d'un match.

— Quelles sont les chances des Red Wings cette saison ?

Il secoue la tête.

— Me lance pas là-dessus. C'est soir de match et on a des fouteurs de merde à surveiller. Qu'est-ce que tu veux savoir sur ton père ?

Bon, j'aurai essayé.

— Ce qui s'est passé au Liban.

Je fais glisser jusqu'à lui le vieux cliché des quatre marines. Il le contemple longuement.

— Je me souviens de cette photo. C'était en Caroline du Nord. Moi, ton père, Cory Seaper et Juan Gutierrez. À notre arrivée, on louait une maison ensemble près de Camp Lejeune. On s'est fait tirer le portrait avant d'être affectés à des endroits différents et de devoir lâcher la baraque.

Il soupire et sa voix prend un ton nostalgique.

— Ils ont tous disparu. Je crois bien que je suis le dernier.

— Ah bon ?

Il est toujours absorbé dans l'image. Au bout d'un moment, il se redresse et soulève un fanion suspendu à des bois de cerf. En dessous se trouve une photo de mon père et lui trinquant devant l'enseigne du bar. Ils ont quelques années de plus que sur celle où ils posent avec Seaper et Gutierrez, mais pas beaucoup.

— Celle-là a été prise quand on est revenus à la vie civile et que j'ai repris le bar de mon père. Bon Dieu, ce qu'on était jeunes ! Le monde était effrayant. La guerre froide montait en puissance et il y avait une telle peur…

— Je me demande quel effet ça fait.

J'essaie encore d'assimiler la vision de mon père devant le bar. Quelques minutes plus tôt, je me tenais devant cette même entrée, à regarder cette même enseigne.

Il me jette un coup d'œil.

— Ah ! T'as raison ! On n'arrive pas à se dépêtrer de la peur, hein ? Y a pas grande différence entre hier et aujourd'hui. Y a eu les nazis, puis les Viêt-Cong et les Russes, et maintenant, ça vient de tous les côtés.

Il se détourne un moment.

— J'ai une copine journaliste qui a été reporter au Liban pendant pas mal de temps. À ce qu'elle m'a dit, l'info était la monnaie d'échange, à l'époque. Ça n'a pas l'air d'avoir beaucoup changé, au fond, mais Beyrouth était une vraie plaque tournante du renseignement avant la guerre civile, peut-être aussi après. Il y avait des agents partout. Des agents doubles…

Il rigole.

— Des agents triples.

— Des agents quadruples ? je propose.

Quand on ramène les gens dans leur passé, il est parfois bon de leur rappeler qu'on est toujours là.

— Déconne pas, fait-il en fronçant les sourcils.

OK, donc, sa limite, c'est les agents quadruples.

— Si tu veux, je peux demander à cette copine de t'appeler.

— D'accord.

S'informer n'a jamais fait de mal à personne. Cela dit, tout ça a beau être passionnant, je ne saisis pas bien le rapport avec mon père.

— Vous le voyiez souvent, une fois que vous êtes sortis de l'armée ?

— De temps en temps. Je suis parti avant lui, c'était pas mon truc. Je m'étais surtout engagé pour voir du pays, pour me tirer le plus loin possible d'ici. Et puis mon père est tombé malade, il a eu besoin d'aide pour faire tourner le bar. C'est une affaire qui remonte à mon grand-père, alors j'ai pas tellement eu le choix. Quand Sammy est rentré, il passait me voir régulièrement. Jusqu'au jour où il m'a annoncé qu'il partait au Canada avec sa bombasse de… Oh, pardon. C'était ta mère ?

Je hausse les épaules. Depuis que je me suis fait tirer dessus l'année dernière, l'épaule qui a morflé ne monte plus très bien, ça donne un mouvement maladroit, d'un seul côté.

— Je suppose.

Ses yeux vifs me survolent, remarquent la tension dans mon épaule blessée. Je suis à peu près sûre qu'il a aussi repéré mon léger boitillement quand je suis entrée. Pas grand-chose ne lui échappe, c'est sûrement pour ça que ma tentative d'approche par le hockey a fait chou blanc.

— Elle nous a quittés quand j'étais toute petite, m'entends-je expliquer encore une fois, encore à un inconnu.

On pourrait croire que j'ai pris le pli, à force. Mais non.

— Alors t'as un problème de mère en plus d'un problème de père, hein, ma belle ?

— Je m'appelle Nora.

Son expression s'adoucit. Elle est si pleine d'empathie que ça me rappelle Seb, même si je m'efforce de ne pas trop penser à lui ces jours-ci. Je m'aperçois que je ne sais pas quelle conduite adopter avec les mecs gentils. Simone me dirait de les baiser, seulement c'est hors de question. Leo me suggérerait sans doute de leur préparer des petits plats, sauf que je ne saurais pas par où commencer. Alors je regarde l'attirail de hockey disséminé dans la pièce et tente d'oublier mes problèmes de mère et de père. Si je suis totalement honnête avec moi-même, j'ai aussi un problème de sœur, mais ça, il peut toujours courir pour que je lui en parle.

— Alors, Nora, reprend-il, d'un ton un peu plus amène : qu'est-ce que je peux faire pour toi ?

Je lui répète les propos de l'ancien militaire à Vancouver. Au sujet du Liban et de mon père. Quand j'ai terminé, il tapote son bureau de la pointe de son stylo et se rembrunit.

— Il y a eu des tas d'histoires au Liban, ça manque un peu de précision. C'était une vraie poudrière à l'époque. Est-ce que ton bonhomme faisait référence à la guerre civile ? À l'invasion syrienne ? À l'invasion israélienne ?

— Je sais pas. Il est parti sans me donner la moindre réponse.

Kovaks secoue la tête.

— Je crains de ne pas pouvoir beaucoup t'aider. Pour autant que je sache, ton père n'a jamais mis les pieds dans le pays. Et il me l'aurait dit, parce qu'il nous est arrivé d'en parler à propos de ta mère. Il était en poste sur un navire en Méditerranée. Il était affecté aux communications.

Je me redresse sur ma chaise.

— Il est resté en mer ? Sans entrer dans le pays ?

— À ma connaissance. Enfin, une fois, son bâtiment a porté secours à des réfugiés palestiniens au large des côtes libanaises, quand leur bateau s'est retrouvé en mauvaise posture. Les Syriens les avaient pilonnés à leur sortie du port de Sidon et à mi-chemin de Chypre le rafiot était plein d'eau. Ils auraient péri en mer si le navire de ton père ne les avait pas trouvés. Ça l'a marqué à vie. Ces pauvres gens affamés, qui se pissaient dessus, plus serrés que les supporteurs des Red Wings ici devant les matchs. Presque les uns sur les autres. Il en parlait parfois. Il n'avait jamais vu ça. Des gens tellement désespérés de s'enfuir qu'ils étaient prêts à tout pour avoir une vie meilleure.

Il remarque mon silence, mon repli sur moi.

— Écoute, je suis né à Detroit. C'est un lieu d'origine aussi merdique qu'un autre, je prétendrai pas le contraire. Mais au moins, je connaissais ma famille. Je peux montrer du doigt ce quartier pourri et affirmer : C'est là qu'a grandi mon grand-père. Montrer ces immeubles atroces et dire : Là, ma mère s'est fait agresser un jour de décembre et on n'a pas pu s'offrir de cadeaux de Noël cette année-là. J'ai au moins ça. Ton père, il ne savait pas d'où il venait. Il ignorait tout de son pays natal. Il n'y avait jamais mis les pieds, adulte. Et là, sur ce bateau au milieu de la mer, il y avait tous ces gens qui ne pourraient jamais rentrer chez eux. Il a changé, après ça. C'était toujours un chic type, simplement moins… insouciant. Ça ne m'a pas étonné qu'il tombe amoureux d'une Libanaise, en fait. Cette expérience sur l'eau avait créé une sorte de lien.

Au plus profond de nous, il y a toujours un enfant qui a envie de connaître l'histoire de ses parents, même quand il y a plus important à aborder. Je tente de repousser cette petite fille, mais j'échoue lamentablement.

— Vous savez comment ils se sont connus ?

— Dans un petit resto de falafels à deux pas d'ici. Tu te rends compte ?

Je secoue la tête. Je n'arrive pas à le croire. L'idée est trop invraisemblable.

À la porte, j'hésite un instant. J'ai le sentiment qu'il s'est retenu, qu'il ne m'a pas tout dit. Je vois à son expression qu'il ne le fera pas de lui-même, alors je pose la question qui me travaille depuis un moment.

— Il était comment ?

Kovaks marque un temps d'arrêt. Il lève les yeux et me fixe. Ce sont les petites gentillesses de ce monde qui nous démontent. La chaleur qui inonde maintenant sa voix.

— C'était quelqu'un de bien, Nora. Le meilleur qui soit.

Il s'interrompt et se détourne.

— Je n'aurais jamais cru qu'il... C'est terrible qu'il soit allé jusque-là. Des tas de gars ont du mal à se réadapter en rentrant du front. C'est un véritable enfer là-bas, et certains n'arrivent pas à se remettre de ce qu'ils ont vu. Ton père... Ça m'a secoué quand j'ai appris comment il était mort. Je suis encore sous le choc.

Perçoit-il mon désarroi ? Tout ce que je m'évertue à refouler dans mes tripes ? Bien sûr que non, d'ailleurs cette capacité à exister ainsi, dissimulée dans la masse, ne m'est pas propre. Les femmes l'expérimentent au quotidien. Cacher des choses pour ne pas revivre la douleur, pour passer inaperçues. Avec nos carcasses vieillissantes, percluses, empaquetées n'importe comment dans des gaines, perchées sur des échasses miniatures qui nous empêchent d'avancer en conservant un certain équilibre, on ne veut pas que les autres voient la rage qui frémit juste sous la surface.

Je prends soudain conscience d'un truc, une chose à laquelle je n'avais pas vraiment pensé.

— Comment ? Comment vous avez su qu'il était mort ?

D'après Harvey, mon père avait coupé les ponts avec Detroit. Aucune trace d'une relation avec Kovaks dans ce qu'avait récupéré Lorelei. Il n'avait même pas emporté la photo des quatre copains quand il était parti s'installer à Winnipeg.

— Un vieil ami de ta mère est passé, il la cherchait. Il avait vu un article dans le journal sur le... la mort de ton père. Il les savait séparés et il tenait à ce qu'elle l'apprenne par un ami. Il m'a dit que ta sœur et toi, vous étiez avec votre tante, mais que votre mère avait le droit de savoir. C'est triste, quand même, une mère qui abandonne ses enfants comme ça.

Si le suicide de mon père est passé dans le journal, première nouvelle. Lorelei a tout écumé, et elle n'a rien trouvé dans la presse – même si, de l'avis général, il aurait effectivement mérité un article. C'était quelqu'un de bien. Quelqu'un de bien que je n'ai pas connu au-delà de l'enfance. Quelqu'un de bien qui n'avait aucune raison de se tuer. Parce que je m'en rends compte à présent, il y a bien eu des histoires au Liban, mais pas avec lui. Ce qui induit la qucstion : pourquoi, au juste, est-il mort ?

S'il n'a pas eu d'histoires au Liban pendant qu'il était marine, de quoi diable parlait l'ancien militaire ? J'ai mis longtemps, longtemps à m'apercevoir que j'étais débordée par la situation. Je suis venue à Detroit pour comprendre pourquoi mon père s'est ôté la vie, m'attendant à quelque expérience tragique liée à un événement auquel il aurait assisté au combat, à des océans d'ici. Or, plus je creuse, plus je discute avec des gens qui l'ont connu, et plus il semble qu'il ne l'ait pas fait. S'ôter la vie, s'entend.

Et s'il ne s'est pas ôté la vie, eh bien… c'est que quelqu'un d'autre a dû lui poser un flingue sur la tempe ce jour-là.

27.

Bonnie n'a pas oublié le tatouage.

On l'avait droguée. On lui avait prélevé du sang pour le faire analyser afin d'établir si elle était compatible avec son demi-frère mourant. Elle n'avait pas tous ses esprits sur le moment, mais depuis, des souvenirs flous lui reviennent par bribes. Elle n'aurait jamais dû voir le tatouage. Ils la maintenaient sous sédatif presque en permanence, toutefois elle se réveillait de temps à autre et voyait alors les deux hommes, celui qui avait dit être son père et le chauve, planant au-dessus d'elle. Le chauve n'était pas vieux, pourtant il avait le crâne entièrement rasé. Il était furieux contre le père de Bonnie à cause du tatouage, parce que son père ne le comprenait pas, ne le méritait pas. Même s'ils s'exprimaient dans une langue qu'elle ne connaissait pas, elle a parfaitement saisi la situation quand le chauve a arraché la manche de son père biologique et désigné le tatouage.

Le chauve la terrifiait. Parfois, elle émergeait d'un profond brouillard pour le découvrir en train de la regarder froidement. Si son supposé père était prompt à rire et à s'emporter, d'après ses observations, le chauve n'avait manifesté aucun signe d'irritabilité jusqu'à l'incident du tatouage. Ce jour-là, lorsqu'il s'est aperçu qu'elle était consciente, il est sorti, son père lui a emboîté le pas. La porte a claqué et Bonnie s'est retrouvée seule. Effrayée. Affaiblie. Passive. À cet instant, elle s'est juré de ne jamais plus revivre ça. D'apprendre tout ce qu'elle pourrait sur la famille de son père et les gens qui l'avaient embarquée comme si elle ne valait rien.

Elle y a beaucoup réfléchi. D'une certaine manière, elle n'est rien. Ni ceci, ni cela, ni autre chose. Elle s'est rendu compte que sa mère biologique, Nora, est tout aussi larguée. Elles nagent toutes les deux dans le brouillard et la confusion, alors quelle importance, au fond, l'histoire qui l'a conduite ici ? Avec les années – peu nombreuses, elle n'est encore qu'adolescente, après tout –, elle se sent de moins en moins inexistante et de plus en plus partie de tout. Elle n'a rien, donc elle a tout. Ça n'a pas de sens, pas vraiment, alors elle n'en a jamais parlé à sa mère Lynn ni à son autre mère Nora, pas plus qu'à son père, Everett, ni à Tom. Vu qu'elle n'a pas encore d'amis à Toronto et qu'elle n'échange plus guère avec sa meilleure copine de Vancouver, pas besoin de s'inquiéter de leur cacher des choses, Dieu merci. Elle doit simplement garder ça pour elle parce que ça paraît dingue, même à ses propres yeux.

Elle s'appartient.

Comme Nora, elle n'appartient à personne. En songeant à Nora, elle ressent un pincement de regret – ou quelque chose d'approchant. Elle lui a envoyé la photo de la clinique, avec ses pieds dans les étriers, parce qu'elle avait envie de partager ce moment. Comme l'an dernier, quand elle est allée lui rendre visite à l'hôpital. Elle voulait que sa mère biologique sache ce qu'elle avait enduré pour la retrouver. La douleur, la peur et tout ce qui s'était ensuivi. Nora ne l'avait même pas reconnue.

Repenser à cette période lui fait faire des cauchemars, seulement elle ne peut pas s'en empêcher. Elle n'a pas dormi une nuit entière depuis… eh bien, depuis toujours, lui semble-t-il. Il n'y a que le dessin qui lui permette de traverser la nuit. Elle prend son carnet de croquis et son crayon. Après les événements de l'an dernier, son psy l'a encouragée à utiliser l'art comme thérapie. Ses dessins et ses peintures représentent presque toujours des formes de visages dissimulés dans des paysages. Si bien dissimulés qu'elle s'est fait un jeu de composer des scènes où on ne les voit pas au premier coup d'œil, mais où on ne peut plus les oublier une fois repérés. Ça apporte à ses œuvres une énergie qui ne s'explique que lorsqu'on parvient à découvrir ce qu'elles cachent. De temps en temps, elle reproduit le symbole qu'elle a vu tatoué sur le bras de son père. Le symbole dégoulinait de sang. Elle dessine surtout le sang.

28.

Voilà une journée et demie qu'ils surveillent la maison de Burnaby découverte grâce à la balise GPS, et Brazuca ne s'est jamais autant ennuyé. Se représenter la masse de pognon qu'il va récupérer quand il aura bouclé cette affaire l'aide à tenir, mais en oubliant opportunément les honoraires de Warsame. Ce qui n'est pas évident, vu que Stevie y revient sans arrêt.

— Comment on fait ? recommence-t-il au téléphone. Je facture à qui, à Krushnik ou à toi ? Il est au courant que je bosse avec toi, hein ?

— Oui, je l'ai prévenu. Il est sur une recherche d'antécédents et il a un dossier de fraude à l'assurance à terminer. On est tranquilles pour un moment.

— Alors c'est à toi que je facture ?

Brazuca se souvient pourquoi il déteste travailler en équipe. Il soupire.

— C'est à moi que tu factures. La mère s'est montrée ?

— Nan.

Brazuca tourne dans la rue et se gare sur un emplacement à quelques véhicules de la berline de Warsame. Les registres immobiliers indiquent que la baraque appartient à une prof à la retraite du nom de Greta Parnell, qui n'a pas l'air d'y habiter réellement. En revanche, son fils, si, Curtis Parnell, le barbu que Brazuca a suivi jusqu'au port, qui se trouve comme par hasard inscrit au syndicat des dockers.

— J'ai vu deux abrutis aller et venir depuis ce matin, poursuit Warsame.

Brazuca fronce les sourcils. C'est la première fois que d'autres personnes sont repérées sur les lieux.

— Quelle catégorie d'abrutis ?

Le soupir de Warsame résonne haut et fort dans le combiné.

— La catégorie de base. Jeunes. Musclés. Coupe à la con. Je suis quasi sûr qu'ils sont armés. Des branleurs, quoi.

— Branleurs et abrutis, c'est pas la même chose.

— Je sais pas. Pour être un branleur, faut être complètement abruti, non ? Enfin bref, ce qui compte, c'est que je crois bien que j'ai vu un *flasher*.

Bingo, songe Brazuca. Le *flasher* est un écusson octroyé par certains clubs de motards aux candidats en cours d'intégration.

— T'as pu le photographier ?

Comme Brazuca l'a appris en l'interrogeant sur les dispositifs GPS, Warsame adore les joujoux technos. S'il pouvait, il collerait des balises et des caméras sur tout ce qui lui tombe sous la main. Il se pique également de photographie et aime disserter sur des trucs ennuyeux, comme la composition et les objectifs. Tout à l'heure, il a presque refusé de lui prêter un de ses vieux appareils, un Canon ultra-compact, jusqu'à ce que Brazuca accepte de le lui louer au tarif exigé. Qui est salé.

— Eh non. Pas assez de lumière.

Warsame se lance dans des explications sur son matériel lorsque les deux abrutis susmentionnés sortent du pavillon et s'en vont dans une Ford Mustang rutilante.

— Je m'en occupe, dit Stevie en déboîtant pour les suivre. Parnell est au boulot ?

— Comme un brave garçon.

Curtis Parnell ne s'est pas contenté d'aller bosser sur les docks de Vancouver : il a mis un point d'honneur à y arriver en avance. Ce qui veut dire que Brazuca aussi s'est rendu au port ce matin. Fringant, aux aurores et sous-caféiné. Il a observé les autres ouvriers qui arrivaient les uns après les autres et remarqué ce qui les identifiait en tant que groupe : leur look. Pas « docker chic » comme les hipsters qui ont envahi Gastown. Docker authentique. Pas de jeans moulants, des chemises à carreaux qui devaient à peine coûter quelques dollars en solde et une barbe qui servait à leur tenir chaud pendant qu'ils trimaient dehors, au lieu d'être un simple accessoire de mode destiné à cacher un menton fuyant.

Si Parnell se fond bien dans le décor, Brazuca est sûr et certain d'avoir mis la main sur l'associé des Triple 9 au port. D'où que vienne la came de la dealeuse de Clementine, elle transite par son intermédiaire. Cet intermédiaire que Lam veut tellement connaître. Il n'a aucun doute. Maintenant, il n'a plus qu'à trouver d'où et de qui provient la marchandise.

Warsame bâille.

— Parnell doit pas être irréprochable, avec ces deux petits branleurs qui se baladent chez lui.

Oh que non. D'après Lee, non seulement il est affilié aux Triple 9 par un biais ou l'autre, mais en plus, il appartient de plein droit à un gang de motards lié aux Hell's Angels. Deux ans après qu'un indic a fait tomber un gang rival, ses petits camarades et lui ont mis la pédale douce. « C'est comme s'ils avaient trouvé la foi et étaient devenus des citoyens respectables, lui a dit Lee.

— Ça pue l'enfumage, a répondu Brazuca.

— Tu devrais te faire médium, Bazooka. Lâche ton job et passe une annonce dans le journal. Et pendant que t'y es, tâche d'appeler d'autres gens que moi, espèce de pseudo-flic à deux balles. » Et il a raccroché. Lee se montrait de fort mauvais poil à 6 h 30 du matin.

N'empêche, qu'il le traite de pseudo-flic, ça lui a fait mal. Et d'accord, peut-être à deux balles, mais au moins il va toucher assez pour s'ouvrir des perspectives. Peut-être qu'il n'aura pas besoin de jouer les pseudo-flics indéfiniment.

Une fois Warsame parti filer les deux abrutis, Brazuca descend de voiture pour dégourdir sa jambe douloureuse. Depuis que Lam y a fait allusion après avoir balancé comme une bombe le prix qu'il était prêt à le payer, Brazuca n'arrête pas de penser aux télescopes. Il a des visées sur une petite merveille qu'il a repérée à Whistler. Quelques minutes sur l'époustouflante autoroute 99 et la lunette dernier cri est à lui. Il a aussi réfléchi à l'endroit où poser son tout nouveau joujou, peut-être un chouette petit appart avec balcon. Ou un pavillon du style de celui de Parnell – sans prétention, entouré d'une haie pas trop haute qui le protégerait de la rue sans entraver la vue sur le firmament.

Tout à ses histoires de télescopes, il se retrouve à arpenter le trottoir en direction de la maison. À proximité de la discrète caméra de surveillance de la porte d'entrée, il descend la visière de sa casquette. Quelque chose attire son attention dans l'allée menant au garage. Tête baissée, il se rapproche : c'est un téléphone portable. Il le ramasse, mais n'a pas le temps de le fourrer dans sa poche qu'il entend le glissement caractéristique de la culasse d'un semi-automatique.

Il lève les yeux.

Curtis Parnell se dresse au-dessus de lui, figé en une expression glaciale.

Et pouf, sa chance s'envole.

Il ouvre la bouche pour parler, protester, crier… mais d'un geste vif, Parnell lui écrase son arme sur le crâne. Brazuca s'écroule.

Il ne reste plus que le silence.

29.

Sans autre endroit où aller, j'atterris de nouveau à sa porte de derrière. Rien d'étonnant à ça. Si mes années de squat à Vancouver m'ont appris quelque chose, c'est que je suis une fille des portes de derrière.

— Je pensais pas te revoir, fait Nate en m'ouvrant.

— Ouais, ben…

J'hésite, je me sens un peu coupable de ne même pas lui avoir envoyé un texto en partant.

— Je peux dormir chez toi ?

— Ça dépend, répond-il en croisant les bras. Tu comptes t'acquitter du péage ?

Je regarde dans son dos les flyers éparpillés sur la table pour la soirée Angel's Night de Kevin. La pièce est remplie d'une foule bariolée, sauf qu'en plus des étudiants en sciences sociales, il y a un nouveau groupe de jeunes mecs et nanas sérieux vêtus de pantalons cargo et de ponchos à franges.

Ah, les hippies.

Je les connais bien, parce que la côte ouest canadienne est un peu leur Mecque : chaque été, ils débarquent en masse pour se balader dans leur propre puanteur, ployant sous le poids de leur sac à dos, ostensiblement en quête d'eau fraîche et de nouveaux départs mais trop stones pour les trouver ou pour s'y essayer. Néanmoins, la pauvreté ne les a pas encore terrassés et ils crachent toujours des trucs comme « Ça m'interpelle au niveau du vécu » et « L'univers essaie de te dire quelque chose ». J'ai décidé d'interpréter ça comme un signe de l'univers pour me tirer fissa, mais il faut croire qu'ils n'en ont rien à foutre. Ils continuent, chaussés de sandales hideuses et complètement défoncés.

Malgré ma répulsion presque magnétique envers les hippies, je ne peux m'empêcher de visualiser le super studio silencieux de Nate au sous-sol.

— Tu veux que je colle des affiches ?

— Nan, nan. Ils sont là pour ça, dit-il en désignant la faune hétéroclite derrière lui. C'est autre chose que j'attends de toi.

Je le regarde durement, mais son expression n'a rien de salace. J'ai été témoin d'assez de scènes de drague pour reconnaître quand c'est de ça qu'il s'agit, cependant je n'y suis pas trop habituée à titre personnel. Mes interactions avec Alastair, le barman mal embouché de Kovaks, attestent de mon incompétence en la matière.

Le sourire de Nate disparaît.

— Je veux juste que tu chantes avec moi.

Il recule pour me laisser entrer.

— T'as le droit de refuser. J'aime bien ta voix, voilà. J'ai envie de travailler avec toi.

J'hésite un instant. L'attrait de ce qu'il me propose balaie mes dernières réserves. Il touche mon point faible : le désir de recommencer à chanter, que je caresse de si près. Et puis, je ne peux pas rester éternellement sur le pas de la porte. Quelqu'un dans la cuisine vient de dire : « Si tu la lances dans l'univers, cette énergie va revenir, genre, multipliée par mille », qui est mon top de sortie.

— Chanter quoi ? je demande tandis que je suis Nate vers le silence béni de son studio.

— Quoi d'autre ? répond-il, après avoir refermé derrière nous.

Et il me tend les paroles de la chanson qu'il a interprétée au bar, la même qu'il a répétée dans la baignoire pendant que je m'endormais.

Il y a des gens qui sont tellement persuasifs que quand on leur demande un service, l'air de rien, on peut se retrouver bien plus obligé que prévu. Ce n'est qu'une fois tous les deux dans la salle de bains, moi dans la baignoire et lui assis à côté, avec ce qui doit être un micro à quatre mille dollars au milieu, que je me rappelle pourquoi je ne sollicite jamais de faveur de personne. En même temps, je mentirais si je prétendais que c'est désagréable d'être ici. Je suis fatiguée, j'ai la gorge irritée d'avoir tant parlé, et je ressens bien trop la proximité de son corps. Le micro, à condensateur argent, est de style rétro, et malgré sa taille imposante, il ne suffit pas à briser la fine ligne de tension qui vibre maintenant entre nous.

— On va devoir partager, dit-il en brandissant un casque dernière génération, dont les écouteurs pivotent vers l'extérieur de sorte que deux personnes peuvent l'écouter confortablement sans se cogner.

Il pousse la porte du pied et nous voilà seuls avec sa musique. On rapproche nos têtes au son de la lente progression de l'intro de guitare. Il prend la première partie et je n'en reviens pas de la richesse et de l'onctuosité de sa voix. Je le rejoins pour le refrain, un ton nettement plus bas, vibrant juste en dessous. Sa voix de tête sur l'accroche est comme de la barbe à papa, si aérienne qu'elle s'en va presque flotter au travers du plafond. Puis vient mon tour sur le second couplet. On passe une trentaine de minutes comme ça, à chanter l'un pour l'autre puis à nous réécouter sur l'ordinateur portable.

— Je préfère toujours la première prise, dit-il en s'étirant le dos.

On n'a plus de bouteilles d'eau, alors c'est fini pour aujourd'hui. Ni lui ni moi n'avons envie de nous aventurer à l'étage pour en grappiller d'autres.

— La première fois, ça peut être magique.

Un silence gêné s'ensuit. Aucun de nous n'est assez pâle pour rougir, pourtant je suis sûre que le sang qui afflue à mes joues essaie quand même.

— Si tu arrivais à percer, tu quitterais Detroit ? je demande pour combler le silence.

— J'irais me produire ailleurs, c'est clair, mais mes racines sont ici. Ma tante aussi est une chanteuse d'ici. Elle revient encore de temps à autre. Ma famille est éparpillée dans toute la ville. C'est pas parfait, simplement c'est chez nous.

Hormis ce studio et le bar de Kovaks, son chez-lui ne me paraît pas si génial que ça, mais qu'est-ce que j'en sais ?

— Tu t'imagines quitter Vancouver, toi ?

— Non, je réponds au bout d'un moment.

— Eh ben tu vois, c'est pareil. On est tous ancrés quelque part.

Il regarde son ordinateur un moment, puis dit à l'écran :

— J'ai beaucoup réfléchi à ce qui t'a amenée ici. Trouver des réponses sur ton père et tout ça. Ça me semble un peu dingue, mais je comprends. La famille de ma mère est née et a grandi aux States, mais mon père était un Indien des Caraïbes. Il est mort d'une crise cardiaque quand j'avais quinze ans.

À son ton, je vois bien qu'il ne recherche pas la compassion. Il ne s'attend pas à ce que je sois désolée parce que son père est mort. Il ne veut même pas l'entendre.

— Il était Amérindien ?

J'ignorais qu'il en existait encore aux Caraïbes.

Il secoue la tête.

— Indien d'Inde. Je crois que les Amérindiens ont presque tous été anéantis. Les Indiens sont arrivés sur les îles en tant que travailleurs sous contrat après l'abolition de la traite des esclaves par la Grande-Bretagne. On les appelait les coolies. Mon père a grandi là-bas et quand il était petit, il n'arrêtait pas de demander à ses parents d'où ils venaient en Inde, de leur poser des questions sur leurs parents, ses grands-parents à lui. Ils lui disaient que c'étaient des marchands, mais il a toujours pensé qu'ils mentaient. Personne ne voulait être associé à des coolies, parce qu'ils étaient comme des esclaves. Personne ne voulait être pauvre au point d'en devenir presque noir. Même si c'est bien pour ça qu'ils avaient atterri là-bas. Alors il n'a jamais su d'où ses parents étaient originaires. Cette partie de leur histoire s'est perdue.

Je connais bien ce type de réinvention créative. Longtemps, à l'école, j'ai raconté à mes camarades que mon père était dans l'armée et c'est pour ça qu'il ne pouvait pas venir me chercher l'après-midi. Quand ils m'interrogeaient sur ma mère, je prétendais qu'elle était infirmière de nuit à l'hôpital. Je n'avais aucune idée de ce que ça signifiait, à l'époque, j'avais juste entendu une autre gamine donner cette explication aux absences remarquées de sa mère lors des événements scolaires et j'avais trouvé que ça sonnait bien. Et puis mon frère d'accueil a balancé à toute la cour de récré que j'étais orpheline, en même temps qu'il me secouait en me tenant par la gorge. Dès qu'il m'a lâchée, je l'ai collé au tapis. Après ça, j'ai appris à la boucler. Se réinventer présente des risques. Pour moi, ça a été mon frère d'accueil. Pour la famille de Nate, une perte de confiance quand son père a compris qu'on lui mentait. Les faux-semblants ne résistent pas longtemps à un examen approfondi.

Il met « notre chanson », comme j'en suis venue à la considérer. La conversation s'éteint alors qu'on l'écoute. Il y a une éternité que je ne m'étais pas entendue. Ce n'est pas me jeter des fleurs que dire que je sais chanter. C'est un fait. La seule chose que personne ne pourra jamais m'enlever. Nate aussi, il sait chanter. Peut-être même mieux que moi. Et là, je suis épatée de ce qu'on donne ensemble. J'ai envie de lui demander ce qu'il compte en faire, mais je ne veux pas gâcher le moment. Tout comme les faux-semblants de nos passés, ce que j'éprouve à cet instant ne peut pas être révélé au grand jour. Au bout d'un certain temps, il parcourt sa collection d'albums de la Motown, immersion dans l'âge d'or de la soul de Detroit. Je le regarde lancer du Marvin Gaye.

On sait tous ce que ça veut dire.

Le vagin est un organe plus costaud qu'on ne croit. On peut le caresser. Le titiller. Le remplir. Il peut retenir ou expulser des objets indésirables avec une puissance surprenante. Il peut éliminer les muqueuses utérines et combattre la maladie avec l'efficacité militante des lymphocytes CD4. Il peut être cloîtré, attendant l'amour d'un brave homme ou simplement une nuit romantique digne de ce nom. Il peut aussi être lifté, revitalisé ou reconstruit chirurgicalement après un traumatisme. Et moi, je peux cadenasser pour toujours ce vagin chirurgicalement reconstruit aux frais du contribuable canadien, ou bien le libérer enfin pour un vrai galop d'essai. Rien que cette fois. Pour voir comment il négocie les virages.

À mi-chemin, Nate dételle.

— T'es pas avec moi.

Vous voyez, c'est ça le problème quand on ne choisit pas son amant sur Internet. Les attentes ne sont pas clairement exprimées. J'ai envie de répondre : Si, je suis là. Je suis avec toi. Sauf qu'il veut dire autre chose, j'imagine. Et le charme est déjà rompu.

On laisse l'affaire inachevée, moi inassouvie, et on retourne à la chanson. On la réécoute encore une fois. Je voudrais la détester, après ce qui vient de se passer entre nous, seulement elle est trop belle et je n'ai plus de haine en moi, là, tout de suite. Je suis à court d'émotions – de toutes les émotions. La maison est silencieuse, à présent. Les étudiants, militants et hippies ont disparu. Je ne sais pas combien de temps s'écoule, ne me rappelle même pas être allée sur le canapé et m'être endormie. Je me souviens, par contre, de la couverture qu'il étend sur moi et du fait que, avant qu'on s'arrête, j'assurais pas mal dans les virages.

Mieux que je ne l'espérais, en tout cas.

30.

Quand Brazuca revient à lui, un élancement au crâne lui rappelle le coup de démonte-pneu que Nora lui a flanqué l'an dernier, mais en bien pire. Curtis Parnell n'y est pas allé de main morte, alors que Nora voulait qu'il survive, peut-être pour pouvoir l'utiliser sexuellement avant de le planter là.

C'est une pensée injuste parce qu'il avait en partie mérité son châtiment en s'étant montré malhonnête envers elle, sauf que Brazuca ne se sent pas d'humeur très charitable, présentement. Il est sur le flanc dans ce qui ressemble à une cave, pieds et poings liés, les genoux remontés sur la poitrine et les bras vrillés dans le dos. La lumière de la pièce lui arrache les yeux, alors il les referme. Il est sur le point de tomber de nouveau dans les vapes quand il perçoit quelqu'un au-dessus de lui.

Vlan. Une claque cuisante en pleine face.

— T'es réveillé, pédale ?

Brazuca gémit mais ne rouvre pas les yeux. Par principe, parce qu'il n'a pas pour habitude de réagir aux insultes.

Re-claque.

— Réveille-toi !

Brazuca laisse osciller sa tête, sa tempe écrasée au sol.

— Merde.

Parnell s'éloigne. Bruit de porte qui s'ouvre.

Les paupières plissées, Brazuca le regarde fouiller dans un sac de hockey rempli d'armes tiré d'un placard sous l'escalier, choisir soigneusement un fusil d'assaut, puis ranger le sac et verrouiller le réduit à l'aide d'un cadenas. Le fusil d'assaut semble surtout destiné à transmettre un message. De si près, Parnell aurait pu se contenter d'un bon vieux pétard. Comme celui avec lequel il a assommé Brazuca, désormais glissé dans sa ceinture.

Parnell pose le fusil contre le mur et attrape un couperet sur le plan de travail de l'évier. Il entreprend d'essuyer la lame à l'aide d'un chiffon.

— Tu sais ce qui me plaisait chez les Chinetoques qui grouillaient dans le coin y a quelque temps ?

Brazuca abandonne la comédie et ouvre les yeux. Tout simplement parce qu'un soupir écœuré ne marchera pas s'il continue à feindre l'évanouissement. Une fois de plus, il s'accommode à l'idée que sa trogne semble inspirer confiance aux fanatiques de tout poil. Que devant elle, ils se sentent libres d'exprimer ce qu'ils pensent. C'est une qualité qu'il refourguerait volontiers s'il le pouvait, sauf que jusqu'ici, il n'a jamais trouvé preneur – rien qu'une interminable succession de dangereux tocards.

Parnell examine la lame, qui lui renvoie le reflet de ses pupilles vides.

— Ouais, ces gars-là, y savaient ce qu'y faisaient. Ça fout grave les boules, nan ? Le mec, t'y coupes un truc et y te raconte sa vie. Alors dis-moi…

Il s'approche.

— Qui t'es, connard, et pourquoi tu planques devant chez moi ?

— Les 3 Phoenix, lâche Brazuca sur une soudaine intuition.

Parnell s'arrête. Le nom l'a surpris, même s'il essaie de dissimuler l'étincelle de peur dans ses yeux.

— Qu'est-ce que t'as dit ?

— C'est eux qui m'ont envoyé te surveiller.

— Et t'es qui ?

— Pose-leur la question.

Brazuca referme les paupières et repose crânement la tête, exhalant une arrogance qu'il n'a pas ressentie depuis plus de vingt ans. Une insolence de jeune homme.

Parnell lui tire les cheveux en arrière et lui colle le couperet sur le cou. Brazuca se force à rester immobile. Son regard, quand il rencontre celui de Parnell, est calme. Même s'il a les mains moites vu l'effort que ça exige.

— C'est à propos de la fille ? demande Parnell, les sourcils joints.

Il semble nerveux, la paume trempée de sueur.

— Évidemment. Tu croyais quoi ?

— Et merde ! gueule-t-il en reculant.

Une goutte de sang perle au cou de Brazuca, seulement il n'a aucun moyen de l'essuyer.

— Putain de merde, merde, putain ! Je leur ai dit, j'ai mis des mecs de Detroit sur le coup. Ça sera un peu plus long, c'est tout. C'est comme si elle était morte, cette salope.

— Ben ouais, mais elle l'est pas encore.

Brazuca ne sait pas de quoi il parle, mais le sujet a créé une distance plus que bienvenue entre eux.

Parnell fait les cent pas dans la petite cave, puis pivote face à Brazuca.

— Eh, moi, c'était pour dépanner, d'accord ? Ils m'ont demandé des gars pour la surveiller, je l'ai fait. Y a des mois qu'on lui file le train. Je sais même pas ce qu'ils lui veulent, ils m'ont rien expliqué du tout. Une vraie mémère, chiante comme la pluie. Elle faisait que sortir son immonde clébard, emmener le mec malade à l'hosto, deux cours du soir à la fac…

— Quel clébard ? intervient Brazuca, mais Parnell ne l'entend pas.

— Et c'est moi qu'ai décidé de trouver où elle s'était barrée quand elle a quitté la ville. Ça faisait pas partie du marché, ça. C'est encore une fleur que je leur fais. J'étais pas obligé d'appeler les mecs de Detroit pour qu'ils s'occupent d'elle. Ils... Je leur ai proposé une solution, vu nos *relations étroites*, et vous avez dit que c'était ce que vous vouliez. Qu'elle disparaisse pour de bon. Ça prend du temps, ces trucs-là.

— Exact, on veut qu'elle disparaisse, et quelqu'un doit rendre des comptes pour le retard.

Brazuca est sans doute un peu embrouillé, car il répète :

— Quel clébard ?

Et cette fois, Parnell l'entend. Après un instant de flottement, il devient mauvais.

— Comment ça, quel clébard ? Celui qu'est sur les photos qu'on vous balance depuis le début.

Ses yeux injectés de sang se plissent. Il scrute Brazuca.

— Comment t'as dit que tu t'appelais, déjà ? Ah, attends : tu l'as pas dit.

Il pose le couperet et sort son portable de sa poche revolver, le même portable qui était tombé dans l'allée. Il rempoigne Brazuca par les cheveux, le tire en arrière et le prend en photo.

Quand il le relâche, il veille à bien lui éclater la tête par terre. Des éclairs lui fusent dans le crâne et Brazuca gît au sol, pantelant. Parnell ramasse ses armes, couperet compris, éteint la lumière et disparaît dans l'escalier. Un verrou tourne à la porte de l'étage.

Il faut de longues minutes de contorsions à Brazuca pour parvenir à glisser ses jambes douloureuses entre ses bras ligotés afin d'avoir enfin les mains devant lui. Il vient juste de réussir à se hisser en position assise lorsqu'il entend la porte se rouvrir. La lumière s'allume. Après l'aveuglement, sa vision s'adapte.

— Bon Dieu, lance Stevie Warsame. T'es tout seul là-dedans, Bazooka ?

— Ouais, répond Brazuca en se laissant retomber contre le mur. Où est Parnell ?

— Parti en pick-up.

Warsame tranche ses liens à l'aide du canif accroché à son porte-clés.

— Les deux branleurs que je suivais roulaient vers la frontière US, alors je suis revenu. Encore heureux, d'ailleurs.

Brazuca acquiesce, dénoue ses membres ankylosés. Warsame jette un coup d'œil vers l'escalier.

— Faut qu'on dégage.

— Il est pas près de revenir.

Si Parnell avait pu transmettre la photo de Brazuca par téléphone, il ne serait pas parti. Ce qui signifie qu'il devait se rendre physiquement quelque part pour contacter les 3 Phoenix.

— Il a un placard bourré d'armes, ajoute-t-il en se mettant debout.

Il doit un tuyau à Lee et, en son âme et conscience, il lui faut signaler un tel dépôt d'artillerie. Ça ne concerne peut-être pas strictement la crim, mais il n'a rien de mieux.

Ce n'est que beaucoup plus tard, après qu'ils ont fait leur déposition au commissariat, que Warsame ramène Brazuca à sa Mini. Curtis Parnell est officiellement dans la nature avec une photo de lui dans son téléphone, pourtant Brazuca évacue cette idée. Il a une autre préoccupation.

Warsame le regarde en biais.

— Quoi donc ?

— Comment tu m'as trouvé, d'abord ?

— J'avais besoin d'infos pour ma facture alors je t'ai appelé. Tu répondais pas. Je t'ai localisé grâce à l'appareil photo. Il te positionnait dans la baraque et quand j'ai vu Parnell s'en aller, je me suis dit que tu devais avoir des ennuis.

Brazuca plonge la main dans sa poche intérieure et en tire le petit Canon qu'il lui a emprunté. L'objectif est fracassé au-delà du réparable mais sous le boîtier, presque imperceptible, il découvre un autocollant noir qui commence un peu à se décoller.

Un autocollant apparemment pisté par le portable de Warsame.

— Tu géolocalises ton appareil de secours ?

Warsame hausse les épaules.

— Je prête pas mon matos sans un minimum de garanties.

Sentant pointer une migraine, Brazuca coupe la radio. Sa caboche n'est pas en état de supporter la house de Warsame. Il a refusé d'aller à l'hôpital – pourquoi perdre son temps ? Ce serait un miracle qu'il n'ait pas une commotion. Warsame semble du même avis car une fois arrivé à la Mini, il insiste pour suivre Brazuca jusque chez lui.

— Je rentre pas chez moi, réplique ce dernier en ouvrant la portière.

Non loin de là, la baraque de Parnell est toujours bouclée par la police. Des voisins amassés autour du périmètre essaient d'entrevoir quelque chose. D'après les flics du commissariat, ils ont trouvé un véritable arsenal planqué dans la cave, ainsi que des briques d'héro et de coke, peut-être ou peut-être pas coupées au fentanyl et au Wild Ten.

— Je vais me débrouiller. Merci de m'avoir raccompagné, Stevie.

Il pêche sa clé de rechange dans l'étui magnétique fixé sous le silencieux du pot d'échappement tout en tâchant d'ignorer que Warsame lui a emboîté le pas.

Warsame secoue la tête devant le truc de la clé, mais Brazuca a ses raisons. L'an dernier, il s'est retrouvé coincé dans une station-service au milieu de nulle part lorsqu'une certaine bonne femme a balancé son trousseau dans les bois. Hors de question de revivre une telle panique.

— Amateur, raille Warsame.

Il s'adosse à la portière conducteur et fixe Brazuca avec intensité. Son sourire légendaire a disparu.

— T'es imprudent, mec. Ça te ressemble pas. Tu veux pas que je te conduise à l'hôpital ni chez toi. Tu me caches quelque chose. La guerre contre la drogue et tout ça, OK, je suis à fond. Mais je suis pas ton assistant. Je t'ai pas sauvé les miches pour que tu recommences sous prétexte que tu t'es lancé dans je ne sais quelle croisade. T'entends ? Alors tu vas me dire ce qui se passe, et tout de suite.

Dans un autre univers, où il n'aurait pas pris une balle dans la jambe, où il n'aurait pas un marteau-piqueur dans le crâne et où il ne serait pas saisi d'un sentiment de grande urgence, peut-être aurait-il pu écarter Warsame de sa portière. Seulement ils sont ici, dans cet univers, et Brazuca ne se rappelle pas la dernière fois qu'il a avalé quelque chose ni où il a mis sa vraie clé. Il n'a plus la force de se taire. Une peur glaciale a commencé à l'envahir en même temps que la migraine, chacune alimentant et renforçant l'autre. Sans compter le fait de savoir que la bonne femme qui l'a laissé en rade au milieu de nulle part se trouve encore une fois au centre de ses problèmes.

C'est comme si son karma venait à lui, lui flanquait un coup de pied dans les burnes et lui piquait l'argent de son déjeuner.

Il relate à Warsame sa conversation avec Parnell, qui a confirmé le lien avec les 3 Phoenix. Si la triade s'est faite discrète à Vancouver depuis la disparation de son grand patron Jimmy Fang, elle reste active en Chine, où, d'après les documents de Grace, l'accès aux labos clandestins produisant des opioïdes comme le fentanyl et le Wild Ten est on ne peut plus aisé.

Mais ce n'est pas ça qui le tracasse.

— Nora a une chienne, Stevie. Et elle s'occupait de Crow, qui est malade. Jusqu'à ce qu'elle quitte la ville il y a quelques jours.

Il se gratte la tête, tente de se rappeler à quelle date elle est partie. Pas moyen.

— Où est-ce qu'elle est allée ?

— Elle ne me l'a pas précisé.

Warsame marque un silence, le temps de piger.

— Tu crois quand même pas que Parnell parlait d'elle ?

Brazuca ne répond pas. Le motard a dit qu'il connaissait des voyous à Detroit. Que la fille était en danger.

Une fille qui a un chien et qui s'occupait d'un malade.

Il sort son portable et compose un numéro.

Évidemment, Nora ne répond pas.

31.

Il y a un bruit vers l'avant de la maison. Je ferme le frigo et m'apprête à redescendre dare-dare au sous-sol quand je saisis ce qui m'inquiète dans le léger grincement d'un parquet sous un pied. L'odeur de patchouli s'est dissipée, ce ne sont donc pas les hippies. Quant aux militants, ils sont tellement bruyants que je les vois mal se montrer furtifs en quelque circonstance.

La furtivité : c'est ça qui m'inquiète.

Je me dirige vers la porte de derrière mais avant de l'avoir atteinte, j'entends Nate qui monte du sous-sol.

Trop tard pour m'enfuir ou pour l'avertir.

J'attrape le plus grand couteau posé sur le plan de travail et retourne en direction de la cave lorsque Nate pénètre dans la cuisine en frottant ses yeux ensommeillés.

Un coup de feu étouffé résonne. Nate s'écroule à terre. Pas en ralenti, pas comme au cinéma. Un *pan* assourdi et il s'effondre brutalement. Derrière lui se tient une silhouette tout en noir, capuche relevée sur la tête. Le mec fait la même taille que mon cambrioleur de l'hôtel sauf que cette fois je vois son visage. Son nez cassé est recouvert d'un pansement et il a les yeux braqués sur moi. Il lève de nouveau son arme. Dans la fraction de seconde dont je dispose pour réagir, je renverse la table. Elle s'écrase avec fracas. Un nouveau coup de feu éclate le bois dans mon dos, mais je suis déjà dehors.

Il fait nuit, la lumière du matin ne filtre pas encore. La rue est pleine de bâtiments condamnés où me planquer, mais je préfère me réfugier derrière un tas de gravats. Là, j'appelle le 911 depuis mon portable, murmure l'adresse de Nate et indique qu'un homme s'est fait tirer dessus. Venez vite.

Ensuite, je patiente jusqu'à ce que des pas précipités me dépassent, s'arrêtent au bout de la rue et reprennent leur course.

Quand je regagne la maison, Kev est assis par terre avec la tête de son frère sur les genoux. Je ne sais pas si Nate est vivant. Le visage de Kev est noyé de larmes. Ash est au téléphone avec les services d'urgence. Elle leur hurle de se magner, rien à foutre du temps de réponse ! Puis elle cite le nom d'une déesse soul de la ville, une des nombreuses étoiles de la chanson issues de Detroit. Veulent-ils être responsables de la mort de son neveu ?

Tout ce sang…

Soudain, je suis de nouveau une petite fille, débarquant dans une pièce où une violence indescriptible a été infligée à un homme que je connais. Un malaise m'envahit, un malaise qui m'est familier. J'ai besoin de mon groupe de soutien, sauf qu'ils ne comprendraient pas. Whisper me manque, mais elle est l'ange gardien d'un autre, désormais. Je voudrais qu'on me donne quelque chose à faire, seulement tout le monde est trop occupé à regarder se dérouler une tragédie humaine. Kev ne cherche pas à essuyer ses pleurs. Nate n'a pas l'air de respirer.

Personne ne s'aperçoit de ma présence.

Je ressors aussi vite que je suis entrée et attends dehors l'arrivée des premiers secours. Je me demande quelle quantité de violence on peut raisonnablement endurer avant de devenir folle, si on ne l'est pas déjà devenue.

Mes doigts serrent un couteau, pourtant je ne me rappelle pas comment il est arrivé dans ma main. Suis-je en état de choc ? Sans doute. En tout cas, je jurerais que, encore une fois, quelqu'un essaie de me tuer.

IV

32.

— Nora habite avec Crow, maintenant, explique Brazuca à Warsame sur le chemin de la maison de ville. Elle lui a laissé sa chienne. C'est le premier endroit où elle reviendra, elle aime trop ce foutu clebs pour rester loin d'elle.

À leur arrivée, Whisper hurle à réveiller tout le quartier et une ambulance ronronne devant la maison. Brazuca laisse le moteur tourner.

— Excusez-moi, lance-t-il au jeune ambulancier qui s'apprête à refermer le fourgon. Qui est-ce que vous emmenez ?

Il essaie de voir à l'intérieur, mais l'autre claque fermement la portière.

— Désolé, monsieur. C'est vous, le voisin qui a appelé ?

— Non, mais je suis un ami de la maisonnée. C'est une femme ? Nora Watts ?

Le type secoue la tête.

— Un homme. D'après les médicaments qu'on a trouvés à l'intérieur, il était traité pour un cancer.

— « Était » ?

— Pardon, il est traité, mais il est en mauvais état. Excusez-moi, faut qu'on y aille. Si vous êtes un proche, vous pouvez vous occuper du chien ? C'est à cause de son barouf qu'on nous a alertés.

Brazuca regarde le véhicule s'éloigner, gyrophare en marche. Warsame arrive après être allé garer la voiture un peu plus loin.

— Nora ? demande-t-il en désignant l'ambulance.

— Crow.

— Putain de merde, lance Warsame, qui connaît Sebastian Crow depuis qu'il s'est mis en couple avec Leo. Qu'est-ce qu'il a ?

— Cancer.

Brazuca se tourne vers lui.

— L'ambulancier a dit qu'il était au plus mal. Il faut prévenir Leo.

Warsame secoue la tête et recule.

— Han-han. Pas question.

Tous deux sont parfaitement au courant que Leo a très mal digéré la séparation. Ni l'un ni l'autre n'a envie d'être celui qui lui annoncera la nouvelle.

— Je dois tirer au clair l'affaire Nora. Débrouille-toi pour amener Leo à l'hôpital, je me charge de la chienne.

— Tu vois pourquoi je réponds pas à tes appels ?

— Tu réponds à aucun appel.

— À cause de ce genre de merde ! tempête Warsame en s'en allant d'un pas furieux.

Après son départ, Brazuca pénètre dans la maison par la porte déverrouillée et trouve la liste des numéros importants que Nora a collée sur le frigo. Fidèle à elle-même, elle a également noté les adresses, adresses électroniques et description physique de tous les contacts d'urgence. Rien concernant sa destination, en revanche, et ça aussi, c'est du Nora tout craché. Brazuca glisse la liste dans sa poche revolver. Whisper trotte jusqu'à lui, s'assied à ses pieds et le fixe d'un regard pressant.

— Quoi ?

Elle pousse un gémissement.

— On va aller à l'hôpital, d'accord ? Il faut juste qu'on se renseigne sur Nora d'abord.

À ce nom, Whisper se lève et gagne la porte, prête à partir.

33.

Avant Brazuca l'année dernière, je n'avais pas eu de rapports depuis plus de dix ans. Je les évite comme la peste, ou au moins comme une méchante maladie vénérienne. J'ai eu tout le temps de me demander pourquoi et, outre les événements marquants de mon passé que je refuse de nommer, c'est simple : pour moi, le sexe représente une fin. Jamais un début. C'est un adieu, agrémenté d'un petit baise-moi pour faire bonne mesure. Une chanson de rupture qui recommence sans cesse.

Mais ça n'a jamais été une chanson de rupture comme celle-là.

Assise devant la chambre de Nate à l'hôpital, je ne peux m'empêcher de trouver que là, on a dépassé la guimauve pour virer à la merde country, tout droit sortie d'un western. Le cow-boy revient auprès de sa fiancée, passe la nuit avec elle et est prêt à s'installer dans une vie d'éleveur (ou autre truc de cow-boys), seulement au matin, son pire ennemi débarque en ville, défouraille à tout-va et tue la belle. Sauf que cette fois, ce n'est pas une nana anonyme qui attendait les bras ouverts. C'est un mec appelé Nathaniel Marlowe. Un artiste qui chante comme Sam Cooke. Qui joue de la guitare comme Buddy Guy. Un homme qui sait émouvoir et être ému. Un garçon plein d'avenir, qui aurait pu balancer à tout moment qu'il était parent avec une divinité de la soul music, mais a choisi de tracer son propre chemin dans la vie. Dans son studio au sous-sol, il m'a transfigurée. J'ai chanté de nouveau, et comme je ne l'avais jamais fait aussi loin que je m'en souvienne. Sans inhibitions.

Le cœur à nu.

Je n'arrive pas à me décider à franchir la porte pour aller le voir.

Ce que je ressens, c'est que je suis tout sauf un cow-boy.

Je ne saisis pas très bien ce qui se passe, juste que mon pire ennemi n'a pas débarqué dans ma ville avec son chargement de munitions. Inexplicablement, c'est moi qui suis venue dans la sienne. Et je ne sais même pas qui c'est. Le désir de quitter ce trou pourri se transforme en démangeaison, là, juste sous l'épiderme. Hors d'atteinte. Seulement je ne peux pas encore m'en aller parce qu'il y a un élément qui m'échappe. Il y a aussi une vengeance à accomplir, pour être tout à fait honnête.

Deux hippies patientent avec moi dans le couloir, ils discutent à voix basse de ce qu'il va advenir de leur soirée maintenant que la partie musicale est hors-jeu. Ils doivent la fermer car Kev est sur le sentier de la guerre. Toute conversation cesse quand il émerge de la chambre et me regarde.

— T'étais là quand c'est arrivé ?

Je me lève, jette un coup d'œil derrière lui sur le lit où Nate est étendu, inerte et anesthésié. Il vient de subir une thoracotomie. La balle a manqué son cœur, mais elle a perforé le poumon, transpercé une artère. L'hémorragie a bien failli l'emporter dans l'ambulance. Sa vie est toujours suspendue à un fil.

— J'étais dans la cuisine. J'ai entendu un bruit. Nate a déboulé avant que j'aie pu l'en empêcher. Je l'ai vu tomber et j'ai vu le mec armé derrière lui. Il a braqué son flingue sur moi alors je me suis enfuie. Je me suis planquée un peu plus loin et j'ai appelé le 911. Tu connais la suite.

Dans un murmure sur le chemin de l'hôpital, j'ai déjà parlé à Ash de l'homme au tatouage et au nez cassé. Je n'ai pas précisé que j'étais manifestement la cible, c'est une chose que je ne peux énoncer à quiconque.

Kev s'assied sur un banc voisin et enfouit sa tête dans ses mains.

— On se tient à l'écart du bordel ambiant. On s'est accrochés à cette ville quand tous ceux qui le pouvaient sont partis. Et voilà ce qu'on récolte… Nate n'a jamais fait de mal à personne. Jamais.

— Il a servi en Afghanistan.

Décidément, ça ne tourne pas rond chez moi, pour sortir un truc pareil. Kev est du même avis, vu le regard qu'il me jette.

— Tu crois qu'un Afghan est venu jusqu'ici pour lui rendre la monnaie de sa pièce ? Franchement ! Je parle d'ici et maintenant. Les Noirs se font toujours tirer dessus.

— C'est clair, réponds-je, parce qu'on est aux États-Unis et que c'est la vérité.

Je viens de le voir de mes propres yeux

Au bout du couloir, l'ascenseur s'ouvre. Je le remarque avant Kev. Repère les policiers en civil qui approchent sans se presser en vérifiant les numéros de chambre sur leur passage. Je n'ai plus beaucoup de temps. Je demande tout de go :

— Il va s'en sortir ?

Kev se frotte la mâchoire, fixe un point dans mon dos et hausse les épaules. Il a la tête ailleurs.

— J'ai un doctorat en histoire américaine. Il te l'avait dit ?

— Non.

L'un des flics s'arrête pour consulter un truc sur son portable, puis en discute avec l'autre. C'est un binôme homme-femme. Même de loin, je sais qu'ils sont de la police à leur manière de considérer les gens. Il n'y a que les flics et les agents immobiliers pour vous regarder comme ça. L'air de dire : *Ce n'est qu'une question de temps.*

Ils ne nous ont toujours pas vus.

— Ça m'étonne pas. J'imagine qu'il t'a pas non plus raconté qu'il m'envoyait son salaire de l'armée pour m'aider à payer mes frais universitaires ? C'est grâce à lui, si je suis ce que je suis.

Mais qui est-il sans lui ? Telle est la question que nous ne formulons pas.

Kev s'est replié sur lui-même et ses souvenirs de son frère, qui gît là-bas entre la vie et la mort. Il est inaccessible, à présent.

Je m'éloigne, en veillant à garder une démarche tranquille, sans précipitation. Juste après avoir tourné au coin, j'entends les policiers se présenter à Kev. Je m'écrase contre le mur et écoute leurs questions sur la fusillade. Je pourrais me montrer et leur expliquer que c'est moi qui étais visée, qui suis visée, mais je ne le fais pas. Si je ne le comprends pas moi-même, comment le pourraient-ils, eux ?

Le corps immobile de Nate sur son lit, le silence de Seb à l'autre bout du continent, le poids de l'absence de Whisper, la dernière photo de Bonnie : tout cela contribue à ma confusion. Sans compter que je suis dans un lieu public et que je me sens mal avec du monde autour de moi. Un couple de quinquas sort de la chambre d'à côté, en grande conversation.

— Une bonne chose de faite, dit l'homme en poussant un profond soupir de soulagement. Si on demandait à un taxi de nous balader en ville, histoire de voir un peu la décrépitude urbaine ?

Je les foudroie du regard. La décrépitude urbaine comme attraction touristique, on peut difficilement faire plus insultant. Vouloir contempler la mort d'une ville alors qu'elle est encore tellement vivante. Alors que Nate est encore, pour le moment, vivant. Qui sont-ils pour parler de mort ?

Dans l'autre couloir, les flics discutent avec Kev. Leurs voix portent jusqu'à moi.

— … passé le premier appel au 911 pour signaler l'incident qui s'est produit chez vous. Le numéro est enregistré au nom de Nora Watts, une Canadienne qui a porté plainte pour tentative de cambriolage dans sa chambre d'hôtel à Midtown il y a quelques jours.

— Une minute, dit Kev.

Des pas s'avancent et une dame au ton calme demande à parler à Kev en privé. Elle commence à lui exposer quelque chose, puis sa voix s'éteint lorsqu'ils entrent dans la chambre de Nate.

Les deux flics se retrouvent plantés là.

— Qu'est-ce qu'un voyou des quartiers sud-ouest est allé foutre à Midtown, et maintenant dans les quartiers est ?

Comment ai-je pu mettre autant de temps à identifier cette voix ? C'est Sanchez, le lieutenant de l'hôtel. Celui qui m'a suggéré d'emporter mes dollars touristiques à Ann Arbor.

— T'es sûr qu'il vient de là-bas ? répond la fliquesse, dont la voix m'est inconnue.

— Le tatouage de gang qu'a aperçu Nora Watts n'était pas des quartiers est. À la base du cou. C'est une nouvelle signature qui commence à se répandre.

— J'ai déjà vu ça, embraye sa collègue. Il représentait quoi, ce tatouage ?

— Elle a pas bien vu.

— Tu crois qu'il l'avait copié sur un autre ?

— Ça arrive. Ces petits cons se font tatouer des trucs sans même savoir ce que ça veut dire, des fois. À croire qu'ils connaissent pas Google.

— Mais quel rapport avec la Canadienne ?

Sanchez soupire. Il semble vieux de cent ans lorsqu'il déclare :

— Came et cadavres. C'est ça, les gangs de Detroit, aujourd'hui. Il y a un contrat sur sa tête, tu vois pas ?

Kev et la doctoresse reviennent, mais je ne distingue pas bien leurs propos. La fliquesse s'adresse à Kev :

— La témoin de la scène de la fusillade... Vous savez où on peut la trouver ?

— Ouais, elle doit être sur le parking.

— Elle est ici ?

— Elle y était. Elle est partie par là.

Je ne doute pas qu'il pointe le doigt dans ma direction.

Je me précipite dans la première chambre à ma portée pour attendre qu'ils soient passés. C'est celle d'où sont sortis les touristes de la décrépitude urbaine. La vieille dame alitée me fixe d'un air soupçonneux, serrant sa couverture sur son cou. Elle va parler, mais je lui dame le pion.

— Vos proches sont des gros cons.

Ses mains se relâchent et elle soupire pesamment.

— À qui le dites-vous. Ces abrutis se déplacent jusqu'ici pour me présenter leurs respects alors qu'ils m'ont donné aucune nouvelle depuis cinq ans. Ils croient qu'ils sont sur mon testament. Ah !

Elle se tait et m'étudie des pieds à la tête.

— Vous êtes là pour me voler ?

— Simplement pour éviter quelqu'un.

Elle ferme les yeux.

— Ah, alors dans ce cas, ma petite, restez tant que vous voulez.

Je patiente une trentaine de minutes, puis je m'en vais par l'escalier de service, capuche remontée et mèches rebelles coincées dans mon col. Je marche d'un pas régulier, ni trop lent ni trop rapide pour attirer l'attention, mais je me sens toujours observée. Exactement comme à Vancouver, sauf que cette fois je n'ai aucune envie de me retrouver face à face avec mon traqueur. Je n'aurais jamais dû venir à l'hôpital, c'est le premier endroit où mes poursuivants iront chercher. Je n'ai que mon téléphone sur moi, ainsi que mon portefeuille, qui était déjà dans ma poche de jean quand je me suis habillée. Tout le reste, passeport compris, se trouve dans mon sac à dos chez Nate. Où je ne peux pas retourner car c'est désormais une scène de crime. Je n'aurais jamais dû aller là-bas non plus, mais comment aurais-je pu deviner que le cambriolage de l'hôtel n'en était pas un ? Comment aurais-je pu savoir que je risquais encore d'être suivie, même ici ? Même à Detroit ?

C'est dur, d'être un cow-boy. Il faut sans cesse surveiller ses arrières.

34.

Ce n'est que lorsque l'étudiant voit Whisper qu'il fait le rapprochement. Il détale, son sac à dos lui glisse sur le bras et rebondit sur sa cuisse. Whisper arrache sa laisse de la main de Brazuca et s'élance à ses trousses. Ils ne sont qu'à deux rues de chez Crow. Elle referme la gueule sur la jambe du gamin, qui s'affale par terre. Puis elle se dresse, tous crocs dehors, un filet de bave oscillant au-dessus du visage du garçon, qui n'est pas loin de pisser dans son froc, jusqu'à ce que Brazuca les rattrape.

— Salut, Sunil, dit-il, un peu essoufflé.

— Éloignez cette sale bête !

Les grands yeux de biche du promeneur de Whisper sont remplis de peur.

Whisper gronde. Il est clair que l'antipathie est réciproque.

Brazuca croise les bras et s'appuie à un lampadaire. Il a passé ces dernières heures à somnoler dans sa voiture en attendant que l'étudiant sorte de chez lui. Il a la jambe raide et endolorie, mais le gamin n'a pas besoin de le savoir.

— Hum, tu m'as pas l'air bien taillé pour être promeneur de chiens, toi.

— Tu m'étonnes ! J'avais besoin de fric, voilà ! Vous savez combien ça coûte, la fac, pour les étudiants étrangers ? La chienne m'a pourri la vie et quand ces mecs blancs effrayants ont débarqué…

Brazuca réprime un grognement. De justesse.

— Tu as dit « mecs blancs effrayants » ?

— Eh, la peur, ça se contrôle pas, vieux. Ces gars-là… Vous avez déjà vu un film d'horreur ? Qui c'est, le méchant, dans les films d'horreur ?

— Une petite fille flippante, en général. Ces mecs blancs effrayants, ils avaient des crosses de hockey et des masques ?

Sunil le regarde, abasourdi.

— Nan, des flingues. Vous sortez de quelle planète, vous ?

Et Sunil de décrire les deux branleurs que Warsame a suivis depuis la maison de Burnaby.

Bizarrement, Brazuca n'est pas du tout surpris.

— Qu'est-ce que tu leur as dit ?

— Ils posaient des questions sur la nana qui m'a engagé. Je leur ai tout balancé. Qu'elle paie au lance-pierre. Qu'elle est allée à Detroit. Après, ils m'ont demandé de l'appeler pour savoir où elle était descendue.

— Et tu l'as fait.

— Ils m'ont pas laissé le choix !

Whisper gronde lorsqu'il hausse la voix, alors il reprend un ton plus bas, sans cesser de la surveiller.

— Je vous ai pas dit qu'ils étaient armés ? Quand j'ai raccroché, ils m'ont ordonné de tout oublier et de continuer comme si de rien n'était. Sauf que je pouvais plus regarder la chienne en face. Pas moyen. C'était comme si elle savait ce que j'avais fait.

Brazuca réfléchit un moment. Pianote sur sa jambe blessée.

— Elle logeait où ? demande-t-il.

— Hein ?

— L'adresse que tu leur as donnée.

Sunil hausse les épaules.

— Un hôtel de Midtown. Je crois que c'était sur la Deuxième Avenue – c'est possible, ça ? Style Motor Midtown Hotel ou Midtown Motor…

— C'est bon.

Brazuca se rapproche et se campe juste au-dessus de Sunil.

— S'il arrive malheur à Nora à cause de toi, t'auras de nos nouvelles. Viens, ma belle, achève Brazuca en faisant signe à Whisper.

Elle bondit et trotte derrière lui sans un regard pour son ex-promeneur étalé par terre.

— J'appelle les flics ! crie-t-il dans leur dos.

— Vas-y, répond Brazuca, sachant qu'il ne le fera pas.

Comment expliquerait-il toute cette sale histoire ?

En retournant à sa voiture, il envisage de mettre Whisper en laisse, mais elle semble satisfaite de marcher à côté de lui. L'an dernier, ils ont ratissé ensemble la côte sauvage et escarpée d'Ucluelet, sur l'île de Vancouver. Là aussi, ils cherchaient Nora. Comme il n'a jamais eu d'animal, pas même dans son enfance, il ne sait pas si l'instinct de Whisper vis-à-vis de Nora relève de l'ordre naturel des choses ou si elle est dotée d'un sixième sens particulier. Il n'arrive pas à se départir du sentiment qu'elle sait qu'il y a un problème. Son aversion pour Sunil, sa démarche pressante, ses yeux avertis, tout indique qu'elle est en alerte maximale. Le jour où elle a découvert Nora échouée sur le rivage, le corps masqué par l'ombre des arbres et des rochers, Brazuca a eu un aperçu de l'amour de Whisper pour sa maîtresse. Jamais plus il ne le sous-estimera. Il se demande ce qui a bien pu éloigner Nora de sa chienne – et de Seb.

Que peut-il donc y avoir de si important à Detroit ?

Il a comme un pressentiment, une sorte de mauvais présage. Ou qui le serait s'il croyait à ces choses-là. Ce qui n'est pas le cas.

Une fois en voiture, il s'apprête à filer chez Bernard Lam pour clore l'affaire Clementine, seulement Sunil avait raison. Il y a quelque chose de catégorique chez cette chienne.

Comme maintenant. Elle le fixe depuis la banquette arrière, un grondement montant du fond de sa gorge. Qui lui dit, sans paroles, qu'il y a plus urgent à faire.

35.

À deux pas de l'hôpital, il y a un petit resto qui propose des parts de cornbread de la taille d'une boîte à chaussures avec du poulet frit pour l'accompagner, si vous êtes curieux de savoir comment commence une crise cardiaque. Ils ont aussi le wi-fi gratuit, grâce auquel ils retiennent les gens une fois passée la porte. Je n'ai pas beaucoup mangé depuis hier, et mon estomac me rappelle que si j'arrive parfois à tenir avec un seul repas par jour, c'est quand même le minimum vital.

L'afflux de graisses et de sucre me dit que j'ai besoin d'un petit somme, sauf que le soleil de la fin d'après-midi qui ruisselle par la fenêtre me maintient éveillée. Mon ordinateur portable est dans le studio de Nate. Je ne peux pas y retourner maintenant, surtout depuis que je sais que Sanchez me cherche, mais j'ai encore du boulot. Je m'assieds en tailleur sur un banc, mon mobile branché sur un chargeur que j'ai acheté à la boutique de l'hôpital. Un morceau de cornbread entrave ma vision périphérique. Depuis que j'en ai mangé sur le perron de Retta, je suis devenue accro. Et je commence à prendre goût au principe américain qui privilégie la quantité sur la qualité.

Pendant que je me sustente, je réfléchis aux logos sportifs. Les maillots des Red Wings que j'ai vus au bar ont déclenché un truc. Ils m'ont fait penser aux Hell's Angels. Si je n'ignore pas jusqu'où peuvent aller les supporteurs forcenés de hockey, je suis à peu près sûre que le mec de ma chambre d'hôtel ne s'est pas fait tatouer le symbole des Red Wings de Detroit dans la nuque. Ni celui des Hell's Angels, je l'aurais reconnu tout de suite. Maintenant que j'y pense, le dessin ressemblait un peu à une aile. Sans autres indices, je concentre ma recherche de tatouages sur les oiseaux. Au bout d'une heure à contempler des corps de voyous sur mon téléphone, je n'ai pas de réponse mais je sais désormais comment choisir un bon tatoueur pour se faire encrer un aigle en vol très original. En résumé, c'est d'une importance capitale.

Je lance une autre recherche, celle pour laquelle je m'échauffe depuis mon arrivée. La coupure de journal est dans mon sac chez Nate heureusement, je l'ai prise en photo. De toute façon, je n'en ai pas besoin pour me souvenir des noms auxquels je pense. La ville de Dearborn, Michigan, accueille la plus grande communauté libanaise du pays. Beaucoup se sont enfuis après la violente guerre civile qui a coûté d'innombrables vies. Comme dans n'importe quelle zone de guerre au monde, ceux qui le pouvaient ont déguerpi, et la plupart ont curieusement atterri dans le Michigan, entre toutes les contrées inhospitalières qu'ils auraient pu choisir. Je ne comprends pas ce qui a bien pu les attirer ici, mais ça semble avoir très bien réussi aux Nasri. La jeune mariée de la photo a fait ses études à Montréal, elle a donc un lien avec le Canada en plus du Liban. Peut-être qu'elle s'est fait quelques copines là-bas, et peut-être que l'une d'elles était ma mère.

Je n'ouvre pas la photo sur mon téléphone parce que je n'ai nul besoin de regarder le visage méconnu de ma mère, imprimé sur une archive publique depuis tant d'années, pour me le rappeler. Il s'est gravé dans ma mémoire à la seconde où je l'ai vu. Sur mon acte de naissance, elle s'appelait Sabrina

Watts. En hindi, Sabrina dérive d'un mot signifiant « tout ». En arabe, ça a quelque chose à voir avec la patience. En latin, ça renvoie à une rivière. Je crois qu'il y a aussi une origine celtique, mais j'ai totalement oublié ce que c'était. Lorelei et moi savions que notre mère se prénommait Sabrina. Enfants, on s'imaginait en princesses vêtues d'atours typiques de telle ou telle culture. On n'a jamais pris les étymologies hindi ou arabe très au sérieux, cela dit, parce que son patronyme sur nos actes de naissance était Watts et qu'il n'y a pas plus anglophone. Je suis bien placée pour savoir ce qu'on peut omettre sur un acte de naissance : pour que le nom de jeune fille de la mère n'y soit pas mentionné, il faut qu'elle en ait légalement changé avant le mariage. Ce qu'elle a dû faire, donc. Apparemment, elle ne voulait être connue, y compris de nous, qu'en tant que Sabrina Watts.

Je refoule l'envie de téléphoner à ma sœur pour lui demander directement si elle a déniché quelque chose sur notre mère, quoi que ce soit que j'ignorerais. Il n'est pas certain, comme ce pourrait l'être dans d'autres familles, qu'elle m'en ait informée. Son amour sororal ne va que jusqu'à me raccompagner à la porte. Je chasse Lorelei de mon esprit, parce que le fait qu'elle m'ait excisée de sa vie me lacère le cœur en permanence. Je reporte mes pensées sur la femme de la photo. A-t-elle su ce qui était arrivé à mon père ? Et pourquoi on aurait voulu le tuer ? Lorelei a déterré tout ce qu'elle a pu sur sa mort avant d'entrer à la fac. On se parlait encore, à l'époque. Les autorités ont formellement conclu au suicide.

Et si ce n'en était pas un, pourtant ? Le fait est que depuis ma conversation avec Kovaks, je ne crois plus qu'il se soit donné la mort.

Le cornbread qui entrave ma vision périphérique diminue de minute en minute, mais pas encore assez pour que je voie correctement la porte. Du coup, je tombe des nues quand Sanchez vient se poser à côté de moi sur mon banc.

— Salut, Nora, lance-t-il, en lorgnant le pilon froid dans mon assiette. Je passais devant et je vous ai vue assise là. Je me suis dit : Eh, mais c'est la Canadienne qui s'est fait cambrioler dans un hôtel ! Enfin, presque cambrioler. Vous vous souvenez de moi ? Lieutenant Sanchez ?

— Non.

C'est un mensonge éhonté, mais je m'en veux tellement d'avoir baissé ma garde que c'est plus fort que moi. Je suis peut-être pardonnable puisque cette fois, il porte un sweat de l'université du Michigan et une casquette enfoncée jusqu'aux sourcils. Il ne fait pas particulièrement flic aujourd'hui, cependant je l'ai vu tout à l'heure à l'hôpital, j'aurais dû me méfier.

— Oh, je crois que si. Je crois que vous devriez venir avec moi.

— Mais non. Je suis bien, ici.

— Vous êtes sûre ? Parce que moi, pas. On pourrait passer un bon moment ensemble, tous les deux. Au poste. Histoire de bavarder. Vous me raconterez ce qui est arrivé à Nate Marlowe et j'écouterai gentiment en prenant des notes. Allez, venez. Ça va être sympa.

Perso, j'en doute fort. Bien que ce soit présenté comme une invitation, ce n'en est pas une. Sanchez sourit, mais ça ne monte pas jusqu'aux yeux. Je suis habituée à ce que les flics me regardent comme ça, ça ne me démonte pas. J'évalue mes possibilités. Il n'y en a pas tant que ça.

Au final, Sanchez et moi savons très bien que je n'ai pas le choix.

36.

Sanchez paraît tout guilleret en m'entraînant vers une Ford Taurus garée sur un emplacement interdit. Il s'est pris un sandwich à la poitrine de bœuf fumée pour la route, qu'il engloutit en un temps record. Son humeur s'égaie encore sur le chemin du commissariat, dont j'apprends qu'il a déménagé dans un ancien casino.

Je regarde par la vitre, contemplant le coucher du soleil. La dernière fois que j'ai observé un coucher de soleil, c'était au bord de l'océan à Vancouver avec Whisper. Le Pacifique léchait le rivage et Whisper s'est endormie à mes pieds. Après, on est allées récupérer Seb à la sortie de sa dernière séance de chimio et on est tous rentrés à la maison. En repensant à ce moment, je m'aperçois que la différence entre Detroit et Vancouver ne tient pas seulement à l'éloignement géographique. C'est presque deux planètes différentes. S'il existe de la beauté naturelle à Detroit, elle est si bien cachée qu'on ne la retrouvera peut-être jamais.

Sanchez continue à me vanter les mérites du nouveau commissariat.

— Il y a même un labo de criminalistique, explique-t-il. Et le quartier général des pompiers est installé là aussi.

On monte au cinquième niveau du parking, d'où on franchit plusieurs portes grâce au badge de Sanchez. Il y a une série de couloirs, puis une autre. J'ai perdu tout sens de l'orientation quand on arrive à une petite salle équipée d'une table flanquée de chaises en plastique dur.

Sanchez s'excuse un instant et sort sans verrouiller la porte. Je ne suis pas dupe de sa manœuvre : dans l'angle, la caméra est allumée, je sais pertinemment qu'on me surveille. Qu'on m'épie depuis la minute où je me suis assise. Je me demande si, à son retour, Sanchez la jouera bon flic ou mauvais flic. Je m'endors en y réfléchissant. Quand je me réveille, j'ai une tasse de café froid à côté du coude et Sanchez est installé face à moi, la tête en arrière et les yeux fermés.

Je n'avais pas prévu le flic crevé.

— Eh, je lui lance tout doucement.

— Mmm, oui, encore! répond-il.

Puis il ouvre un œil pour voir ma réaction. Il se marre devant mon air irrité. Vire au flic agaçant.

— Oh, je rigole!

— On peut s'y mettre?

— Mais oui. Vous voulez un café chaud?

— Non.

— OK.

Il dégaine un calepin et le consulte sans se presser. Je pourrais m'étonner qu'il n'ait pas fait ça pendant que je roupillais, sauf que je sais bien qu'il ne cogite sur ses notes que pour la mise en scène. Il veut que je sache qu'il a des infos sur moi. Seulement je refuse de me laisser manipuler comme ça. Je repose ma tête sur la table.

— C'est bon, ça va. On arrête les petits jeux.

Quand je me redresse, il est repassé en mode flic crevé.

— Nora Watts, énonce-t-il. Citoyenne canadienne, domiciliée à Vancouver, province de Colombie-Britannique.

Il me regarde par-dessus son calepin.

— C'est loin, Vancouver. Quel est le motif de votre visite?

— Tourisme.

Motif que je lui ai déjà donné à l'hôtel.

— Connerie. Qu'est-ce qui vous amène à Detroit, Nora ?

Je me dis que la véritable raison de ma venue, c'est que je n'ai rien à quoi me raccrocher à part le passé. Quand Seb mourra, ma vie va encore changer. Je me retrouverai seule avec Whisper et, tout engagée qu'elle soit dans notre vie commune, elle manque un peu de conversation. Je suppose que j'ai aussi Bonnie, sauf que non. Pas vraiment. Elle m'est aussi étrangère que je le suis pour elle. Si elle voulait, mettons, savoir comment filer quelqu'un sans se faire repérer, là, on aurait un sujet de discussion. Je pourrais aussi lui apprendre à crocheter une serrure ou à coller un coup de poing dans la gorge d'un agresseur histoire d'avoir le temps de s'enfuir. J'espère toutefois du fond du cœur qu'elle n'aura jamais besoin de recourir à ce genre de pratique. Et qu'elle ne cherchera pas à me connaître, ni moi ni mon histoire. Mais si d'aventure elle venait m'interroger sur ses grands-parents, je n'aurais rien à lui raconter. Je n'ai rien à me raconter à moi-même.

Sanchez attend une réponse. Comme je n'en ai pas, je me décide pour :

— Je cherche des informations sur mon père.

— Eh ben voilà, on avance. Quand est-ce que vous l'avez vu pour la dernière fois ?

— Il y a une trentaine d'années.

Il secoue tristement la tête.

— Vous ne vous aidez pas, là.

Ce qu'il veut dire, c'est que je ne l'aide pas à rentrer chez lui pour piquer son petit roupillon.

— C'est la vérité, lui dis-je. Mon père est mort il y a plus de trente ans. Récemment, j'ai reçu la visite d'un homme qui a servi avec lui dans les marines. Il m'a laissé entendre que quelque chose était arrivé à mon père au cours de sa carrière militaire, mais il est parti avant que j'aie pu en savoir plus.

Ça m'a secouée, alors je suis venue ici pour voir si quelqu'un se rappellerait quelque chose. Il a grandi à Detroit.

— Comment il est mort ?

— Suicide.

Il griffonne ça dans son carnet.

— À Detroit ?

— Non, à Winnipeg.

Il fronce les sourcils.

— Et vous êtes ici maintenant pour chercher des renseignements sur un suicide qui a eu lieu il y a trente ans dans un autre pays ? Franchement, ça ne tient pas trop debout. Il vous suffit de me dire la vérité et vous pourrez partir. Vous aurez une jolie escorte pour vous conduire à l'aéroport. On se serre la main et vous grimpez dans l'avion. Plus de dégâts. Plus de blessés.

Il laisse un instant tomber son numéro de sollicitude et prend un ton dur.

— Alors ce coup-ci, veillez à me raconter une histoire qui soit la vérité.

Je trouve un peu fort qu'il veuille une histoire qui tienne debout *et* qui soit vraie. Je suis déjà au max, là, en visant la vérité. Du coup, je me tais.

— OK, lâche-t-il en reprenant ses notes. Il y a quelques jours, vous avez porté plainte pour une tentative de cambriolage dans votre chambre d'hôtel, mais vous affirmez qu'aucun objet de valeur ne vous a été dérobé.

— C'est exact.

— Vous avez affronté l'intrus, qui, selon les témoins, était armé.

J'acquiesce.

— Votre réactivité vous a permis de vous en tirer vivante. Peu de gens font preuve d'une telle présence d'esprit.

— Je suis assez spéciale.

— Sans blague, réplique-t-il, quoique d'un air tout sauf admiratif. Moins d'une semaine plus tard, on vous retrouve sur les lieux d'un autre crime. Cette fois, un homme est blessé par balle.

— Un homme qui a une tante importante.

Il poursuit sans sourciller.

— Tout le monde est important pour la police de Detroit. Le premier appel au 911 concernant l'incident a été passé depuis votre mobile.

Ce qui me rappelle que je dois m'en débarrasser.

— D'après les témoins, vous étiez poursuivie par un homme armé qui semble correspondre à la description du cambrioleur de votre chambre d'hôtel. Nous n'avons pas pu identifier son tatouage, ment-il, mais il avait le nez cassé.

— Oh !

Ma voix est tout sucre tout miel, maintenant. J'ai horreur qu'on me mente.

— Vous pensez que c'est le même individu ?

— Dites-moi ce qui se passe, Nora.

— Aucune idée.

C'est l'absolue vérité. Et ça m'embête autant que lui.

— Vous savez à quel point c'est facile de mettre un contrat sur la tête de quelqu'un à Detroit ? Machin connaît Trucmuche qui connaît Bidule dont le frère est membre d'un gang. Ça n'a rien de compliqué. Ces gars-là ne sont souvent que des mercenaires – et ils sont prêts à tout pour du pognon. Quinze mille dollars. C'est ce que vaut une vie humaine pour certains ici. Dix mille s'ils sont dans une mauvaise passe.

— Il y a des gens pour qui ça représente une vraie fortune.

Il n'en revient pas.

— Vous prétendez que c'est tout ce que vaut votre vie ?

On toque deux fois, puis la porte s'ouvre. C'est la fliquesse en civil que j'ai vue à l'hôpital.

— Sanchez, faut qu'on y aille.

Il se lève. Me décoche un regard sévère avant de se tourner vers elle.

— OK. En fait, je vais l'interroger tout seul. Emmène donc Mme Watts au dépôt. J'en ai pas encore fini avec elle.

La nana ne l'entend pas de cette oreille.

— Je dois être présente et tu le sais. Me refile pas le bébé sous prétexte que je suis la seule femme au poste aujourd'hui. En plus, t'es au tribunal à partir de demain. T'auras pas de mandat en 48 heures pour ça. D'autant qu'elle n'est que témoin.

Sanchez se passe la main sur son crâne rasé.

— Merde. Et j'ai les gosses cette semaine…

— Sans oublier que c'est un témoin étranger, renchérit-elle sur un ton sous-entendant que ma canadianité puisse entraîner un surcroît de paperasserie.

— Ouais, ouais…

Il pianote sur la table. Parvient à une décision.

— Où est-ce que vous logez ?

— Chez mon oncle.

Je lui donne l'adresse d'Harvey, qu'il ajoute consciencieusement à ses notes.

— Qui d'autre sait que vous êtes chez lui ?

— Personne.

Même pas Harvey.

— On prend ma voiture, dit sa collègue. Je t'attends sur le parking.

Et elle s'en va pour entreprendre leur voyage secret dont elle refuse d'être privée.

Après son départ, Sanchez se retourne vers moi.

— Vous savez qui a tiré sur Nate Marlowe, Nora ?

— Non.

— Très bien. Ne révélez à personne que vous êtes chez votre oncle. Gardez votre téléphone sur vous. On sait tous les deux que ce n'était pas Nate qui était visé.

— Je ne comprends pas.

— C'est ça. Je crois que vous êtes en danger, ma petite dame. Vraiment.

Là-dessus, il s'en va.

Peu après, on me reconduit à la porte du beau commissariat tout neuf. Je ne sais pas très bien combien de temps s'est écoulé depuis que Sanchez m'a embarquée, en tout cas je suis aussi épuisée que lui. Mon regain d'énergie post-sieste s'est dissipé. Je me paie un café dans les parages, parce que ma journée est loin d'être terminée. Il ne fait pas encore totalement nuit. Aux toilettes du café, j'enlève la batterie de mon portable. La tentation de le jeter est forte, je n'arrive pourtant pas à m'y résoudre. C'est terrible, mais je m'y suis attachée.

37.

Came et cadavres, a dit Sanchez à l'hôpital.

C'est sans doute la première fois de ma vie que j'aimerais être dealeuse, au moins il y aurait un semblant d'explication au fait qu'un gang des quartiers sud-ouest de Detroit me poursuive. Dans mon désarroi, je décide de chercher refuge auprès de mes frères arabes. Je n'ai eu aucun mal à dénicher l'adresse du couple de l'article d'Harvey. Ce sont des membres éminents de la communauté et leur résidence est dans la famille depuis des années.

Une dame vient m'ouvrir la porte de leur vaste demeure de Dearborn. Dania Nasri, la jeune mariée de la photo où figure ma mère, doit avoir environ soixante ans. Sous son maquillage impeccable, elle en paraît dix de moins. Elle affiche une élégance et une distinction qui semblent presque naturelles – c'est le genre de femme capable de faire passer des leggings et une tunique pour une tenue stylée.

— Oui ? dit-elle d'une voix douce et chantante.

Je me présente et remets la batterie de mon portable pour lui montrer la photo de la coupure de presse de son mariage.

Elle me prend l'appareil et examine l'image à l'écran. Elle a les mains fines, les ongles vernis d'un voile doré.

— Sabrina Awad. Oui, je me rappelle très bien. J'ai souvent pensé à elle.

Dania Nasri m'étudie longuement, puis recule pour me laisser entrer. Je la suis dans le séjour, dominé par un magnifique tapis persan aux tons rouge et or.

— Je viens de me préparer un thé, il y en a assez pour deux. Assieds-toi donc, si tu veux que je te parle de ta mère.

Je vais te raconter une histoire, commence-t-elle.

Une jeune Palestinienne vivait avec de lointains parents à la périphérie d'un camp de réfugiés de Beyrouth. Dernière survivante de sa famille directe, elle demanda à une tante éloignée installée au Canada de l'aider à quitter le Liban. Elles ne se connaissaient pas très bien, mais sa tante était redevable au défunt père de la jeune femme. La demande fut déposée et la nièce prit un travail de femme de ménage pour s'occuper et gagner un peu d'argent en attendant. Enfin, les papiers d'émigration arrivèrent et elle s'envola pour Montréal.

Une fois à Montréal, elle entra à l'université afin de poursuivre ses études. Elle n'était pas politiquement active à cette époque, ne voulait plus rien avoir à faire avec son pays. Quand nous nous sommes connues, par l'intermédiaire d'une amie de fac commune, nous sommes devenues très proches. Elle pouvait être charmante quand elle voulait. J'avais du mal à croire qu'elle ait pu être domestique. Elle avait quelque chose de singulier. Elle est venue à Dearborn avec moi pour mon mariage. Je lui avais dit que ce serait l'occasion de se faire belle, de rencontrer d'autres Libanais. Elle détestait être prise en photo, alors qu'elle était magnifique. Elle n'apparaît que sur un cliché de toute la cérémonie, et encore, par accident. C'est celle-ci, celle que tu as dans les mains. Mon beau-père est quelqu'un d'important au Liban. Il est issu d'une vieille famille, dont beaucoup sont dans la politique. Lorsque l'affaire des otages a éclaté dans les années 80, il a participé aux négociations là-bas et les journaux ont publié quelques articles sur lui et sa vie ici. Quand ils sortent un papier sur lui, il leur arrive d'utiliser cette photo de mariage parce que toute la famille est dessus.

Quelle belle femme refuse d'être prise en photo ?

Un journaliste est venu me trouver lorsque la presse nationale a commencé à analyser le travail politique de mon beau-père au Liban. Il voulait en savoir plus sur les personnes présentes sur la photo. Il m'a questionnée sur tout le monde, mais semblait particulièrement intéressé par Sabrina. J'ai cru que c'était à cause de sa beauté. Après son départ, je l'ai appelée, c'est ton père qui a répondu. Je l'ai rencontré une fois, en même temps qu'elle. Un homme discret, très gentil. C'était bien le style de Sabrina de dédaigner tous les riches pour jeter son dévolu sur l'homme le plus pauvre qu'elle puisse trouver. Quand ils se sont connus, ici, à Detroit, il sortait tout juste de l'armée et envisageait de retourner au Canada, où il était né. Elle disait toujours qu'il y avait quelque chose en lui. Il était si bon… Elle aimait l'idée de le ramener dans son pays natal parce que, tu comprends, elle ne pourrait jamais retourner dans le sien. La Palestine était un rêve.

Où en étais-je ?

Ah, oui, le journaliste et la photo. J'ai dit à ton père que je lui enverrais une copie de l'article. Il m'a répondu de ne pas m'embêter, qu'il en trouverait un exemplaire. Sabrina m'a rappelée deux jours plus tard, elle avait l'air bizarre. J'ai essayé de lui poser des questions sur toi et le nouveau bébé, mais tout ce qui la préoccupait, c'était ce journaliste qui s'intéressait à elle. Je n'ai pas senti une jeune maman épanouie. Elle paraissait… je ne sais pas. Absente. Comme détachée de tout. Certaines femmes ont ce genre de contrecoup après l'accouchement, sauf qu'on n'en parlait pas, à l'époque. Je lui ai dit que tout irait bien. De ne pas s'inquiéter du journaliste, il allait juste écrire un article insignifiant sur les Libanais émigrés aux États-Unis. Il m'avait indiqué que son journal ne s'intéresserait sans doute pas à ceux qui ont émigré au Canada, mais je lui avais quand même donné leur nouvelle adresse à Winnipeg pour qu'il puisse lui écrire. Il était sympathique. Il voulait uniquement parler de notre vie ici, pas de politique. Comme Sabrina s'était mariée à un non-Libanais, il pensait que son point de vue pourrait être instructif. Et puis elle avait épousé un ancien militaire américain – enfin, canadien, en fait – et cet aspect-là l'intriguait aussi. Comme si c'était une sorte d'histoire d'amour par-delà les frontières.

Ta mère… elle n'a rien dit pendant une minute. J'ai senti qu'il se passait quelque chose de grave. Je n'ai jamais oublié ce sentiment. Je répétais : Sabrina ? Sabrina, tu es là ? Et puis, elle m'a demandé de lui décrire le journaliste. J'ai répondu : taille moyenne, blond, yeux bleus. En pleine forme physique, ça se voyait. Bel homme, à part sa cicatrice au cou qu'il tripotait sans arrêt. Brusquement, elle a raccroché. Sans dire au revoir ni rien. Et je n'ai eu aucune nouvelle depuis. Je n'ai jamais compris. Je n'avais dit que du bien d'elle au journaliste. J'ai essayé plusieurs fois de la rappeler pour lui parler et au bout d'un moment, j'ai fini par avoir ton père. Je m'en souviens comme si c'était hier. Tu connais London Bridge, *la comptine ? Elle passait en arrière-plan. Ton père m'a appris que Sabrina était partie. Après notre coup de fil, elle avait fait ses bagages et filé dans la nuit pendant que tout le monde dormait. Leur couple traversait une période difficile et elle ne s'en sortait pas très bien avec le nouveau bébé. Il pensait… Il pensait qu'elle finirait par revenir, il m'avertirait à son retour. C'était quelqu'un, ton père. Je l'aimais beaucoup. Il comprenait le besoin de fuite mais il pensait qu'on revient presque toujours auprès de ceux qu'on aime. Il avait foi en elle.*

Tu sais ce qui me chiffonnait, pourtant ? Un truc qu'elle avait dit quand on était étudiantes, le soir où on a pris notre première cuite. Qu'elle était fatiguée, tellement fatiguée de fuir. Qu'elle voulait vivre comme quelqu'un de normal, sans avoir à regarder par-dessus son épaule. Sur le moment, j'ai cru qu'elle parlait de la guerre, mais si ce n'était pas ça ?

Pourquoi regardait-elle par-dessus son épaule ?

La porte s'ouvre, se referme, et une ribambelle de jeunes filles débarque dans la pièce. Elles ne sont que cinq, mais ma définition d'une ribambelle commence assez bas.

Dania me sourit.

— Tu veux rester dîner ? Il n'y a que moi et mes petites-filles.

Ai-je envie de dîner avec une meute d'ados et leur mamie poule ? Je secoue la tête et lui tends la main.

— Vous m'avez beaucoup aidée.

Son sourire est spontané, quoiqu'un peu triste.

— Je t'en prie. Je tenais à elle, tu sais. Sabrina. Elle était tellement indépendante, tellement obstinée. Elle avançait à son propre rythme, ça, c'est sûr.

Elle incline la tête de côté et m'étudie.

— Tu lui ressembles.

Sur cette ineptie, elle me raccompagne. Moi, je ressemble à ma mère ? La femme qui a laissé plus de questions que de réponses, qui a abandonné sa famille à la première alerte ?

Je frappe encore à la porte qu'elle vient de fermer. Elle la rouvre presque aussitôt.

— Tu as changé d'avis pour le dîner ?

— Non. Quand vous dites que je lui ressemble… c'est sûrement la pire chose que vous pouviez me sortir. Elle nous a laissé tomber.

Je ne peux retenir la colère dans ma voix.

— Ma sœur et moi, on a grandi sans mère. Quand mon père est mort, on a été envoyées en familles d'accueil. Il se trompait. Elle est jamais revenue.

Elle acquiesce.

— C'est exactement ce que j'entendais par là – le fait que tu reviennes pour me dire ça. Sabrina avait eu pas mal d'ennuis, ça se sentait. Pourtant, la confrontation ne lui faisait pas peur.

Elle penche légèrement la tête.

— Elle arrivait d'un lieu qui était l'enfer sur terre. En guerre, on apprend à cerner le moment où il faut se lever et partir. Peut-être qu'elle était en lutte et qu'elle a refusé de livrer un combat perdu d'avance.

Mon sourire n'a aucune chaleur. Pas une once.

— Alors elle n'était pas du tout comme moi.

38.

Quand Brazuca débarque à l'hôpital, contraint d'expliquer en long et en large qu'il a amené Whisper en tant que chien d'assistance, Warsame lui fait signe du seuil de la chambre. Brazuca y pénètre en compagnie de Whisper, parce qu'il ne conçoit pas de la laisser dehors. Elle s'approche du lit où gît le corps inanimé et grimpe sur le fauteuil. De là, elle met les pattes sur la poitrine émaciée de Sebastian Crow et pose sa tête sur son cœur.

Un bruit retentit au coin de la pièce. Leo Krushnik est là, debout contre le mur, le poing dans la bouche et les yeux noyés de larmes.

Brazuca voit l'amoureux de Seb se décomposer.

Son visage perd toute expression.

Puis c'est son corps qui s'effondre.

Assommé de comprendre que l'homme qu'il aimait est mort et qu'il a choisi de mourir seul, loin de lui.

Brazuca s'agenouille à côté de Krushnik et le prend dans ses bras.

— Où est Nora ? demande Warsame, bien plus tard.

Ils sont dans le couloir juste devant la chambre, qu'ils surveillent du coin de l'œil. Whisper a quitté le corps de Seb pour aller se coucher à côté de Krushnik, la tête sur ses genoux.

— À Detroit.

— Alors c'est bien elle.

— Apparemment.

— Cette nana… C'est comme si elle avait une cible dans le dos. Elle est mouillée dans quoi, ce coup-ci ?

Au bout d'un moment, Brazuca répond :

— J'en sais rien…

Whisper dresse le museau. Elle regarde Warsame, appuyé au chambranle, puis s'arrête sur Brazuca. Comme si elle attendait qu'il intervienne.

— Avant de mourir, Crow n'arrêtait pas de dire à Krushnik de lire le livre. Tu sais de quoi il parlait ?

— Tiens, fait Brazuca en lui tendant les clés qu'il a trouvées chez Seb. T'es détective. Cherche et trouve.

— Et tu t'occupes de Nora ?

Brazuca se contente de hausser les épaules – s'il le dit, il faut que ce soit vrai. Il ne veut pas de Nora. Nora n'est pas son problème. Pourtant, il ne peut pas nier qu'elle compte pour lui. Il ne sait pas si c'est à cause du lien sacré des alcooliques ayant assisté aux mêmes réunions ou parce qu'elle a eu confiance en lui autrefois, mais le fait est là. Il a envie de la laisser se débrouiller, seulement il n'est pas sûr d'en être capable. Il commence à s'éloigner quand Warsame lui crie :

— Eh, t'oublies la chienne.

— C'est pas un oubli.

Quand il a vérifié il y a un instant, Whisper le fixait, c'est vrai, toutefois elle est restée fermement à sa place auprès de Krushnik. L'an dernier, avant de s'en aller voler au secours de sa fille, Nora a confié l'animal à Crow et Krushnik. Ils vivaient encore ensemble à l'époque, dans la maison aujourd'hui déserte. Tous les deux ont adoré cette chienne. Si Brazuca ne peut pas faire grand-chose pour Krushnik, il peut au moins ça : lui laisser quelqu'un avec qui partager son chagrin. Quelqu'un qui soit là pour lui. Quelqu'un de vivant.

Il monte dans sa voiture, met une bonne minute à la faire démarrer. Il est trop éreinté pour foncer à Detroit et de toute façon, il doit voir Lam avant. Pour le moment, il ne pense qu'à dormir. Il se sent totalement claqué, tout à coup.

39.

Après moult tergiversations, je remets la batterie de mon portable, l'allume et envoie le mail que je redoute depuis que Nate s'est fait tirer dessus. J'y décris exactement ce qui s'est passé depuis que j'ai quitté le Canada. Ensuite, je marche jusqu'à la rivière. Je ne peux pas retourner à l'hôpital, ni au bar, ni à aucun des endroits où je suis allée depuis mon arrivée en ville, alors je m'assieds au bord de l'eau et regarde vers le Canada. Il n'y a que cette rivière étroite, la Detroit, qui sépare les deux pays, reliés par un pont appartenant à quelque magnat de l'industrie. Si j'empruntais ce pont, franchissais la douane et roulais quelques heures, j'arriverais pile à l'heure pour boire un thé avec ma fille adolescente. Je pourrais lui envoyer une photo de l'endroit où je me trouve, mais une partie de moi ne tient pas à ce qu'elle sache que je suis tout près.

J'imagine que je me satisfais, pour le moment, de savoir qu'elle va bien et qu'elle va régulièrement chez le gynéco.

Je ne sais pas très bien combien de temps je reste là. En heures détroitiennes, ça équivaut au passage d'une bonne vingtaine de personnes sur des vélos équipés de haut-parleurs diffusant de la soul à plein volume. On ne peut pas détester des cyclistes qui pédalent sur Luther Vandross ou Aretha Franklin, même s'ils sont à deux doigts de nous rouler dessus.

Entendre Aretha me fait penser à la tante de Nate.

C'est surprenant qu'un endroit comme celui-ci ait pu engendrer l'une des plus grandes légendes de la soul d'aujourd'hui, et en même temps, il y a une certaine logique. La musique naît lorsqu'on ouvre les volets pour laisser entrer la lumière ou l'obscurité. Du moins en ce qui concerne le blues. Ce n'est pas pour rien que la soul s'appelle ainsi – la musique de l'âme. Or, s'il existe une ville qui s'est dépouillée du superflu, c'est bien Detroit. La seule métropole qui, après avoir crû jusqu'à dépasser le million d'habitants, est redescendue bien en deçà de ce chiffre en connaissant l'exode urbain le plus massif et le plus célèbre d'Amérique. Si Detroit n'est pas joli, ceux qui sont là pour ramasser les morceaux me semblent bien réels. Je ne peux pas en dire autant de la magnifique mais lointaine Vancouver, où aucun cycliste ne balance des chansons d'amour pour remonter le moral des opprimés. Peut-être que je commence à m'attacher à cette ville, même si elle abrite quelqu'un qui cherche à me buter.

J'ai le trouillomètre à zéro, et ça ne fait qu'empirer.

Après ma quasi-noyade de l'an dernier, j'ai perdu mon instinct. Il m'est bien arrivé de me sentir observée, sauf que j'ai mis une éternité à comprendre que ce n'était pas qu'une impression – que l'ancien militaire me surveillait et que, contrairement à ce que je croyais, je n'étais pas en train de virer parano. Si j'avais eu toute ma tête, rien de tout ça ne serait arrivé, seulement la maladie de Seb et l'irruption de Bonnie dans ma vie m'ont déstabilisée.

Mon portable couine et je reçois une rafale de mails de Simone. Une chance qu'il existe des points d'accès wi-fi gratuits pour me permettre de me faire harceler numériquement sans frais de données supplémentaires. Ses premiers messages m'avertissent d'être prudente, sinon… Elle ne précise jamais quoi.

La seconde salve contient une liste de noms et d'images de marines blessés à Beyrouth pendant que mon père était soldat. Si seulement j'avais eu la présence d'esprit d'aller récupérer mon sac quand je suis revenue chez Nate après la fusillade, je pourrais regarder tout ça sur un écran plus grand. J'hésite à y retourner, au cas où mon poursuivant rôderait encore dans les parages. Et je ne veux pas croiser Kev. Je ne me sens pas capable d'affronter d'autres questions de sa part pour l'instant. Je suis donc toujours sans fringues de rechange, sans passeport et sans ordinateur portable. Au moins, j'ai mon portefeuille et mon téléphone, mais bon. J'aurais pu être mieux préparée. Évidemment, ce genre de considérations n'est qu'une perte de temps. La place des « si j'avais su » est au fond d'un puits obscur. Là où se trouve Nate. Là aussi où je remise le souvenir du jour où, enfant, j'ai découvert un homme baignant dans son sang, ce qui est en partie la raison de ma présence dans cette jungle urbaine.

Je me force à lire les courriels de Simone sur mon mobile. L'ancien militaire n'y figure pas. Si j'avais été plus maligne, je lui aurais demandé son nom quand je l'ai interpellé à Vancouver. À cause de cette erreur, je suis là, à loucher sur de vieilles archives. Par désespoir, j'entreprends de chercher des images de reporters américains au Liban dans les années 70, puisque, selon Dania Nasri, l'individu que je connais comme un ancien militaire s'est fait passer pour journaliste. Peut-être y avait-il une part de vérité là-dedans.

Mon téléphone sonne. C'est un numéro masqué.

— Allô ?

— C'est moi, Simone. Tu as reçu mes mails ?

— Je suis en train de les consulter. Avant que tu dises quoi que ce soit sur l'attaque…

Dieu me protège, j'étais bien obligée de lui raconter pour qu'elle me réponde tout de suite. Ce qu'elle a fait, comme je n'en doutais pas.

— Ah, m'en parle pas, hein ! J'en ai ras le bol, de tes conneries. Toute la presse locale y va de son article sur le chanteur célèbre qui est entre la vie et la mort. T'es au milieu d'un beau merdier. Encore une fois.

Donc, elle est en rogne. Ma stratégie pour l'inciter à réagir rapidement a fonctionné, non sans conséquences. On ne peut pas tout avoir. Et encore, je ne lui ai pas dit que c'était moi qui étais visée. J'ai peut-être insinué que quelqu'un en voulait à mon nouvel ami Nate.

— Simone…

— Non. Tais-toi. Tu me fatigues.

— Écoute, je te jure que tout ce que j'ai fait, c'est poser des questions sur mon père à droite et à gauche. Rien d'autre.

Un silence. Je pense qu'elle me croit, mais je n'en suis pas sûre. Je m'apprête à pousser une nouvelle protestation d'innocence quand elle reprend la parole.

— Bon, donc, tu cherches des infos sur des Américains au Liban pendant une période extrêmement difficile de l'histoire de ce pays. Il y a de quoi faire. D'ailleurs, le Liban n'a jamais connu de période facile, non ?

La grande majorité des photos remontent aux années 80, à partir des attentats contre l'ambassade US et la caserne des marines. Il y a aussi des articles sur l'affaire des otages qui a étranglé le pays pendant une dizaine d'années, où les étrangers étaient des proies qu'on kidnappait n'importe où et pour n'importe quelle raison. La vague d'enlèvements a véritablement éclaté quelques années après le retour de mon père à la vie civile, après l'émigration de ma mère au Canada et le mariage à Dearborn, mais avant déjà, il y avait certains signes que Beyrouth n'était pas un endroit sûr pour les étrangers.

— Parle-moi de l'ancien militaire, là. Quelle impression il t'a faite ?

— Difficile à cerner. Il avait une drôle de voix et une cicatrice d'un côté du cou.

— Alors la blessure a peut-être touché les cordes vocales ou la trachée, un truc comme ça.

— Ça, j'ai senti que c'était vrai. Quand il m'a dit qu'il s'était retrouvé dans une explosion.

— Parfait, c'est ça, ton talent, Nora. C'est ta force. Oublie ses bobards, oublie qu'il t'a suivie. Il y a autre chose qui t'a paru sincère dans ce qu'il t'a raconté ?

— … Quand il a parlé des histoires au Liban.

Jusqu'ici, j'ai considéré la vie de mon père dans son ensemble, j'ai fouillé son enfance et sa vie militaire, mais mes investigations ne m'ont rien appris sur sa mort.

— Il le disait par rapport à mon père, seulement je n'ai rien trouvé pour étayer ça.

J'entends les doigts de Simone pianoter sur une table.

— Donc, un Américain qui a eu des ennuis au Liban. Tu es sûre qu'il ne figure sur aucune des photos que j'ai réussi à dénicher ?

— Certaine.

— Ton père était sur un bâtiment stationné en Méditerranée, c'est ça ? Et il est rentré dans les années 70.

— Exact.

— Ta mère était une réfugiée invitée à un mariage à la fin des années 70.

— Voilà.

— Désolée, fait-elle après un silence. Je repensais aux horribles tenues disco. Les mecs qui ont le physique pour porter des moule-burnes pattes d'eph sont rares… Bref, j'en étais où ? Ah oui, à Dearborn, ta mère assiste à un mariage où elle rencontre ton père…

— Pas au mariage. Ailleurs en ville.

— OK. Quelques années plus tard, un canard local sort un article sur la famille du marié parce que son père est un genre de gros bonnet de Beyrouth qui a participé aux négociations dans l'affaire des otages. La presse nationale reprend le papier. On publie des photos de la cérémonie pour illustrer ses liens avec les États-Unis. Un journaliste débarque chez eux et pose des questions.

— Quand ma mère l'apprend, elle s'en va. Un an plus tard, mon père meurt.

— D'accord. Donc, il s'écoule un certain temps entre le départ de ta mère et la mort de ton père…

— Si l'ancien militaire la cherchait, pourquoi il a attendu ?

— Ça ne colle pas.

Elle marque une pause. Réfléchit. Je l'entends couvrir le combiné et s'adresser à quelqu'un en chuchotant. Elle revient très vite à moi.

— Laissons ça de côté pour l'instant. Je vérifie des trucs. J'ai peut-être d'autres photos à te montrer, Nora. Attends.

Clic.

J'attends, seule et bien en vue, tandis que le crépuscule tombe autour de moi. Un fil ténu, voilà ce qui me retient de sauter dans le prochain avion pour Vancouver. Le maigre réconfort que j'ai pu éprouver à me trouver dans un lieu public animé pendant la journée s'est estompé. Impossible de retourner à l'hôtel, ni chez Nate, ni chez Harvey. Simone n'a pas besoin de le savoir. Je reste assise à regarder les gens, particulièrement fascinée par un type en pantalon bleu marine, blazer marron, chemise rose, cravate violette et chaussures noires, qui réussit à paraître mieux coordonné que moi alors que mon blouson et mon jogging sont du même gris foncé. Il y a des gens qui savent porter les couleurs. Toutes sortes de couleurs et toutes en même temps.

L'écran de mon portable s'allume. Une photo de Bonnie. Ses pieds sont posés sur un tableau de bord de voiture et, tiens, on voit son bras sur le côté. Derrière le pare-brise se déploie une étendue d'eau que je présume être le lac Ontario. Au-dessus, le ciel est rose tendre. Comme je n'ai plus de photos de Whisper, il me faut une minute pour trouver comment répondre. En attendant les mails de Simone, je m'approche d'un réverbère et me tire le portrait en dessous. Sur l'image, on voit nettement ma tête et mon buste. Ç'aurait été sympa qu'elle soit plus flatteuse, mais ça, c'est une cause perdue. Je l'envoie vite fait, avant de pouvoir m'en empêcher.

Toutes les filles devraient avoir une photo de leur mère.

Ensuite, je prends une chambre dans un hôtel bon marché non loin de la rivière. Il n'est guère mieux que le précédent, si ce n'est qu'au moins, la porte ferme à clé. Je décolle le mini-frigo du mur et le cale devant – pour plus de confort et d'intimité – puis m'effondre sur le lit tout habillée.

Je dors lorsque Simone m'envoie un fichier d'infos compressé.

40.

Il arrive que des étrangers se fassent blesser, à Beyrouth.

J'ai filé vingt dollars au réceptionniste pour qu'il me permette d'utiliser son ordinateur et il m'a laissée seule dans son bureau en me prévenant que mon temps serait écoulé dans une heure. C'est dans la troisième série d'articles envoyés par Simone que je trouve l'ancien militaire, qui en réalité n'était pas militaire du tout. Pas plus que journaliste, même si ça s'en rapproche.

Il était photographe, et avait été blessé dans un attentat à la voiture piégée à Beyrouth ouest.

Sur la photo, Ryan Russo est étendu sur une civière qu'on pousse dans une ambulance. Son visage est caché par un bras tendu, mais ses yeux grands ouverts fusillent la personne qui tient l'objectif. La bombe, indique le papier, se trouvait dans un véhicule en stationnement devant lequel Russo venait juste de passer.

Je survole les paragraphes sur les dangers de travailler en pays étranger et m'arrête sur les détails concernant Russo lui-même. Rejeton d'une famille qui dirigeait une chaîne de canards locaux en Californie, il a suivi des études de journalisme à Stanford mais sa passion était le photojournalisme. Il bossait pour l'entreprise familiale lorsqu'il a appris qu'un de ses photographes préférés avait été tué à Beyrouth. Il espérait écrire un livre sur l'œuvre de son idole et sa mort au Liban. Il était jeune, en mal d'aventure et armé d'un appareil photo. Il se prenait pour un baroudeur, déclarait son logeur beyrouthin. C'était un type un peu casse-cou qui embauchait parfois un « fixeur » pour l'aider à naviguer dans la ville, tant géographiquement que politiquement, mais avait pris goût à circuler tout seul. D'après l'article, l'explosion lui avait valu de profondes brûlures au cou, au bras et au torse, une côte fracturée et une clavicule cassée.

Quelques recherches complémentaires m'apprennent qu'à son retour du Liban, Russo a fait des photos pour la boîte familiale pendant une dizaine d'années. Ensuite, le groupe de presse a été vendu et Ryan Russo a disparu de la surface de la Terre.

— C'est lui, dit Dania Nasri quand je frappe à sa porte pour la seconde fois.

On est assises dans son salon et elle examine l'image sur mon téléphone. C'est un portrait d'avant Beyrouth. Russo regarde directement l'objectif, sans sourire. Même là, son charisme transparaît.

— Vous êtes sûre ?

Elle opine lentement tout en parcourant l'article.

— Mais je ne comprends pas. Il est écrit qu'il a été victime d'un attentat au Liban. Il ne m'en a pas touché un mot quand il est venu me voir, et on a bavardé tout l'après-midi.

Elle remonte la page, consulte la date.

— Il se trouvait à Beyrouth en même temps que ta mère. Tu crois que ce n'est pas une coïncidence, n'est-ce pas ?

Et plus tard, il a vu la photo dans le journal, il est venu poser des questions et quand elle l'a su, elle a abandonné sa famille sans plus jamais se retourner ?

— Non, réponds-je. Je ne crois pas.

Avoir cinq petites-filles a dû rendre Dania hyperréceptive aux moindres variations d'attitudes féminines. À moins que ce ne soit la peur soudaine que je laisse transparaître. Elle pose une main sur la mienne.

— Tu as des ennuis, Nora ?

— Ma mère, dis-je en l'étudiant attentivement. Vous m'avez dit qu'elle n'était pas engagée politiquement quand vous l'avez connue à Montréal. Est-ce qu'elle l'était au Liban ? Est-ce qu'elle aurait pu être mêlée à quelque chose ?

Elle sourit et me tapote la main.

— Non, je ne pense pas.

C'est douloureux quand une personne en qui vous avez confiance vous ment effrontément. Ce qui arrive même aux femmes élégantes qui aiment leurs petites-filles. Peut-être est-ce pour ça que je retiens sa main, avec un peu plus de force que nécessaire. Je serre, pas assez pour lui faire mal, mais assez pour lui signifier que je ne lâche pas. Ses doigts paraissent fragiles sous mon emprise. Elle porte une bague de fiançailles en diamant en plus de son alliance. Le diamant me transperce la peau, pourtant je le sens à peine. Je suis tellement épuisée que ça m'anesthésie presque.

— Dites-moi la vérité.

Dania me regarde, outrée. Elle tente de retirer sa main.

— Il ne vaut mieux pas.

— C'est à moi d'en décider, non ? J'ai besoin de savoir.

Je suis trop avancée pour m'arrêter là. Je la sens fléchir, alors je la libère.

Elle se lève et va se poster à la fenêtre.

— Un ami commun qui a connu le frère de ta mère au Liban m'a raconté… Elle vivait aux abords du camp de réfugiés de Sabra avec des cousins éloignés qui l'ont recueillie lorsque son frère s'est fait tuer d'une balle dans la tête. Pour avoir refusé de montrer ses papiers à un poste de contrôle. Il avait intégré un groupe marxiste qui luttait pour la Palestine.

Une bande discrète, mais dont certains membres étaient impliqués dans des actes de délinquance. Enlèvements, cambriolages. Selon cet ami commun, Sabrina les a pas mal fréquentés après la mort de son frère, ce groupe était tout ce qu'il lui restait de lui. Ça peut être important ou pas. Je ne sais rien de plus.

Pourtant, je vois les rouages qui continuent à mouliner dans sa tête. Elle ne me dit pas tout. J'attends sans broncher qu'elle continue. Qu'elle se rende compte que je ne suis pas dupe.

Elle se détourne de la fenêtre et me regarde. À ce moment-là, j'aimerais ressembler à ma mère : ça pourrait peut-être provoquer une étincelle chez cette dame. L'inciter à me révéler ce qu'elle a trop peur de dire.

Je crois que, au final, c'est mon entêtement qui emporte le morceau.

Elle pousse un grand soupir.

— À Montréal, ta mère vivait seule. Sa tante qui l'avait aidée à émigrer… Sabrina n'habitait pas avec elle, n'en parlait presque jamais. Je n'ai jamais compris comment elle se payait tout ça. J'ai toujours eu la sensation qu'elle cachait quelque chose. Je l'aimais beaucoup, énormément même à certains moments. Seulement je n'arrivais pas à lui faire confiance. C'était comme si elle dissimulait toujours quelque chose. Tu sais quel était son roman préféré ? *Catch 22*. Elle ne se voyait pas comme faisant partie d'un peuple révolutionnaire. Tout le temps où je l'ai connue, il n'y avait pas de lutte en elle. Elle s'imaginait comme une personne lasse du monde qui grimpe dans une barque et s'éloigne à la rame. Elle pouvait être… Elle pouvait être glaciale. Pas toujours, mais de temps à autre, je percevais une pointe de froideur. Au téléphone, quand elle n'a pas voulu discuter de sa seconde fille, ta sœur, je l'ai sentie affleurer.

Je freine des quatre fers. Je refuse de penser que ma mère ait pu regarder Lorelei avec autre chose que de l'amour au fond des yeux. Sinon, je serai obligée de me confronter au fait que, pour compenser, j'ai passé toute mon enfance à regarder ma sœur avec uniquement de l'amour au fond des yeux. Y compris quand ça me faisait tellement mal que je pouvais à peine lui parler.

— Elle ne vous a jamais expliqué comment elle subvenait à ses besoins ?

— Les quelques fois où je lui ai posé la question, elle a changé de sujet. Elle excellait à esquiver les conversations qui l'indisposaient.

Un court silence, puis le dernier barrage cède.

— J'ai toujours pensé qu'il y avait un homme dans l'histoire. On parlait des garçons, évidemment, mais elle se montrait extrêmement cynique. Il y en avait eu un à Beyrouth, seulement elle avait découvert sa face cachée. Il s'était servi d'elle. Elle m'effrayait un peu quand elle l'évoquait. Elle n'était pas du genre à pardonner.

Dania Nasri détourne la tête. Elle a l'air d'avoir vieilli de dix ans depuis le début de notre entretien. Il faut croire que j'ai cet effet-là.

— Merci de m'avoir reçue, dis-je en me levant afin de mettre de la distance entre nous.

Je m'arrête sur le pas de la porte.

— Comment se fait-il que vous vous rappeliez tout ça ?

Elle hésite. Me regarde sans me voir.

— Quand ma famille a quitté Jaffa, en Palestine, ils ne partaient que pour quelques jours, peut-être un mois. On avait des orangeraies, là-bas, nos terres produisaient les meilleures oranges du monde. Et aussi une oliveraie. On avait au Liban des cousins qu'on allait voir régulièrement, alors ce n'était que des vacances en famille comme les autres. Et puis… Et puis on ne nous a pas laissé rentrer. D'autres gens habitaient chez nous. Au fil des années, mes parents ont continué à parler de la maison jusqu'à ce que leurs souvenirs se brouillent. Ils se disputaient sur le contenu de telle étagère, la couleur de tel tapis ou de tel rideau. Au bout d'un moment, ma mère a jeté les clés parce que, à quoi bon les conserver ? Ce pan de notre histoire s'est envolé et on ne le retrouvera jamais.

Elle s'approche d'une bibliothèque remplie de gros albums. Ses doigts les effleurent pour s'arrêter sur l'un d'eux. Elle l'ouvre à une certaine page et me le tend. C'est l'article que je lui ai montré lors de ma première visite, avec la photo de mariage où figure ma mère.

— Tout ce qui nous concerne atterrit dans un de ces albums, explique-t-elle. Mes petites-filles se moquent de moi, mais c'est notre histoire, tu comprends.

— Elles sauront toujours de quelle couleur étaient les rideaux.

— Non, elles peuvent oublier les rideaux. En revanche, personne ne jettera plus de clé ouvrant sur notre histoire. Les clés, c'est le plus important. Si elles en cherchent une, elles la trouveront en fouillant là-dedans. Je ne veux plus que ma famille perde un seul souvenir.

Elle s'interrompt et un air de regret flotte sur ses traits. C'est la première fois que je la vois vaciller.

— Comme celui d'une amie proche qui a déserté son foyer juste après une conversation avec toi. Des milliers de fois, je me suis repassé ce coup de fil et j'ai repensé à ce que j'avais dit à ce journaliste. Je savais que j'avais joué un rôle dans son départ, tu comprends ? Simplement, je ne voyais pas lequel. À l'époque, j'étais enceinte et préoccupée, mais je n'ai jamais oublié et j'y ai souvent songé. J'ai même mis tout ça par écrit, avant de le détruire. Ce que j'ai pu être bête, de donner ses coordonnées ! Quand je suis arrivée en Amérique, moi aussi, j'espérais une nouvelle existence. Je ne voulais plus vivre dans la peur et la suspicion. Tu n'imagines pas comment ça peut t'affecter, au bout d'un moment.

Sa voix s'adoucit. Sans m'en rendre compte, je me suis penchée pour mieux l'entendre. Elle sourit, du sourire le plus triste que j'aie jamais vu.

— Ces années à la fac avec ta mère, ç'a été les plus libres de toute mon existence. On passait nos soirées à bosser et à pouffer comme des gamines. Quand elle avait une bêtise à sortir, une monstruosité, elle attrapait le premier truc qui lui tombait sous la main et le portait à son oreille : « Allô, qui est à l'écoute ? », puis elle se mettait à rire de tout son corps, un grand rire retentissant qui lui montait du ventre. Dans ces moments-là, je l'adorais. C'était ma meilleure amie. Quand elle a quitté ton père, elle m'a quittée aussi.

On ne se serre pas la main sur le seuil, parce qu'on a dépassé ce stade. Elle s'approche pour m'enlacer, mais je recule. Je n'ai pas oublié ce qui est arrivé à la dernière personne que j'ai serrée dans mes bras. Je n'ai aucune envie de voir quelqu'un d'autre en miettes sur un lit d'hôpital.

— J'ignorais que ton père était mort quand tu étais enfant. Je suis sincèrement désolée pour ta sœur et toi. Et pour mon implication bien involontaire dans le départ de votre mère.

Dania Nasri plonge dans sa poche et me tend un objet qu'elle y tenait caché. C'est une vieille clé rouillée du siècle passé, toute tiède de la chaleur de sa main.

— Vous avez dit que votre mère avait jeté les clés.

Elle secoue la tête.

— C'est celle de Sabrina. Un soir qu'on était chez elle à se soûler à l'absinthe et à la piquette, elle me l'a montrée. Et puis elle a rigolé et elle l'a balancée par la fenêtre. Je l'ai aperçue par terre en m'en allant et je l'ai ramassée. J'avais l'intention de la garder pour elle au cas où elle voudrait la récupérer un jour. Elle n'en a plus jamais parlé. J'attendais de recevoir un signe qui m'indiquerait quoi en faire, mais aujourd'hui tu es là, et tu sais tout ce que je sais sur ta mère. Alors je crois que cette clé te revient aussi.

Elle me regarde avec espoir, l'air d'attendre quelque chose. De la compréhension. Le pardon, peut-être. Elle pourrait même se satisfaire d'un simple merci, sauf qu'elle devra faire sans. Je m'en vais sans prononcer un seul mot, avec l'impression d'être observée. Comme d'hab, quoi. Observée. Traquée. Tout comme ma mère froide et secrète, à qui je dois bel et bien ressembler, finalement.

Sa vieille copine avait tort. Je sais très bien ce que c'est de vivre dans la peur et la suspicion. Que j'en aie hérité de ma mère, après tout, pourquoi pas ? Ma mère était une migrante, une réfugiée – une parmi tant d'autres. Une chanson triste qui repasserait en boucle pendant des années. Un disque rayé qui laisserait dans son sillage une traînée de désespoir d'un pays à l'autre, d'un rivage à l'autre. Et la traînée continuerait à se déplacer, en même temps que les corps. Aussi mouvante que les arguments politiques pour ou contre l'intervention, sans perdre de vue la sauvegarde des divers intérêts économiques de la région.

Aussi fluide que la capacité du monde à s'en contrefoutre.

41.

Assise dans un troquet de Dearborn Heights, je bois un café turc en méditant ce que Dania m'a raconté. Peut-être que je suis là pour tenter de recréer un lien avec mes origines. Et comme toujours, c'est peine perdue. Mon cœur n'y est pas. Et ma tête est ailleurs. Il y a trop de fenêtres ici, alors j'ai choisi une place au fond de l'établissement avant de foudroyer des yeux tous ceux qui passent la porte. J'ai annexé l'unique prise pour charger mon téléphone. Les employés n'apprécient guère ma présence, mais la clientèle est rare à cette heure de la soirée et ils pensent surtout à leur recette du jour.

Simone m'envoie un mail. J'y découvre une demande d'ordonnance de protection à l'encontre d'un certain Ryan Russo, déposée par sa petite amie à la police de Chicago il y a près de quarante ans.

J'aimerais bien savoir comment Simone a mis la main sur ce document. Elle ne m'a toutefois jamais révélé ses secrets et je parie qu'elle ne le ferait pas davantage aujourd'hui. Le fait qu'elle soit remarquablement introduite dans les milieux hackers n'est pas franchement un scoop.

Le courriel ne contient rien d'autre. Simone le conclut par « Plus d'infos bientôt », sauf que « bientôt » manque de précision à mon goût. Je commande un deuxième baklava et rêvasse en attendant qu'on me l'apporte. Le téléphone de Seb bascule directement sur messagerie à présent, pourtant j'entends toujours sa voix dans ma tête. Qui me pousse à essayer de démêler les fils. Dania a posé de nombreuses questions rhétoriques en évoquant ma mère, mais celle sur laquelle je me concentre, c'est : Quelle belle femme refuse d'être prise en photo ?

Une femme en fuite, évidemment. Qui fuit son passé, et un homme qui l'a vue dans le journal et s'est lancé à ses trousses. Un homme qui a tenu ses filles à l'œil au fil des ans. Qui m'a suivie à Vancouver et m'a orientée sur cette voie. Aujourd'hui, je fouille l'histoire de mon père, je fouille la vie de ma mère. Qu'est-ce que je trouve, à part cet homme qui s'est présenté comme un ancien marine ?

Et qui veut ma mort, apparemment.

Dania Nasri a parlé de coïncidences. J'ai beau retourner ça dans tous les sens, je n'arrive pas à croire que c'en soit une si ma mère a disparu au moment où l'article sur le beau-père de Dania est sorti. Une photo d'elle est publiée. Peu de temps après, Dania reçoit la visite d'un individu qui se fait passer pour un journaliste et qui, des années plus tard, prétendra être un ancien combattant. Ensuite, un type se pointe au bar de Kovaks pour lui annoncer la mort de mon père, tout en essayant de localiser ma mère au passage. J'ai envoyé la photo de Russo à Kovaks, qui a confirmé qu'il ressemblait au fameux ami inquiet sans pouvoir le certifier à 100 %.

Mais ça me suffit.

Tous les chemins me ramènent à Ryan Russo, un personnage aux intentions cachées. Qui a survécu à un attentat à la voiture piégée – chose fréquente à Beyrouth à cette époque-là.

Quand je consulte à nouveau mon portable, j'y trouve plusieurs messages de Brazuca me demandant de le rappeler. Je m'apprête à le faire quand je reçois un texto de Leo. Leo n'a pas cherché à me joindre depuis qu'il a pris comme une trahison le fait que j'aille travailler avec Seb après leur séparation.

J'ouvre le SMS. *Il est parti. Whisper est avec moi.*

Je l'appelle aussitôt. Il ne répond pas. Je sais qu'il est à Vancouver devant son téléphone car quelques minutes plus tard, il m'envoie un nouveau texto.

J'ai lu le livre.

Ce qui signifie qu'il sait tout, désormais. Je sens sa douleur palpiter à travers les milliers de kilomètres qui nous séparent. Il n'y a rien de plus à dire que ce qui est écrit dans les mémoires de Seb. Il n'y a que le pardon à accorder, si Leo y parvient.

Harvey Watts a déclaré que ma tante n'était pas la sœur biologique de mon père, il me l'a sorti comme si je l'ignorais. Quand j'ai tenté de m'échapper du foyer la première fois, ça m'a été annoncé sans détour. Elle n'était pas de ma famille, elle était trop malade pour nous élever seule, mais elle aimait mon père. Tous les deux se fichaient complètement de n'être pas liés par le sang. Ce que tous les téléfilms de Noël qui vous bourrent le crâne de la puissance réparatrice de la réconciliation familiale ne veulent pas que vous sachiez, c'est qu'il existe des liens plus forts que ceux du sang.

Un jour, Sebastian Crow a eu besoin d'aide pour ses recherches et il a parié sur moi. Je l'ai aidé à dégoter plusieurs entretiens il y a des années.

Depuis, on n'a plus jamais regardé en arrière.

Je n'ai pas grand-chose à moi dans cette vie. J'habite une ville au-dessus de mes moyens. Tout près, j'ai une sœur qui a honte de moi et un ancien parrain de sobriété qui m'a trahie. Mon mentor vient de sauter dans l'au-delà et son amoureux ne me pardonnera peut-être jamais mon silence sur la question. Je n'ai plus aucun droit d'habiter dans la maison de ville puisque Seb n'est plus là. Et ma chienne va me faire payer mon absence.

Ce n'est peut-être pas grand-chose, mais tout ce que j'ai, je le dois à Mike Starling et à Seb Crow, désormais tous les deux disparus. Je les ai perdus, et avec eux, le monde fragile que je m'étais construit autour d'eux.

Came et cadavres.

La came et moi avons coupé les ponts depuis le lycée mais côté cadavres, j'en connais un rayon. Et ils ont l'air de s'accumuler.

Inutile de rappeler Brazuca puisque je connais déjà la nouvelle. En plus, je ne veux surtout pas l'entraîner dans le merdier où je me trouve. Les hommes qui m'entourent ne vivent pas bien vieux, et même si je ne lui ai pas pardonné sa traîtrise, Brazuca mérite une vie sans coups de feu, avec un bon smoothie vitaminé pour l'accompagner. Une vie sans ombres mystérieuses surgies du passé de ma mère et revenues périodiquement la chercher au fil des ans. Je ne sais pas ce qu'elle a fait pour s'attirer ça, pour nous attirer ça, mais jamais je ne sous-estimerais la haine qu'une personne peut nourrir pendant des années. Des décennies, même.

À Detroit, un type a acheté la maison voisine de celle de son ex-femme et a fait ériger un gigantesque doigt d'honneur au milieu du jardin. Il a veillé à ce que la statue soit installée côté rue et éclairée la nuit. Cette monstruosité visuelle était destinée à scandaliser tout le quartier. Une représentation coûteuse de son indignation, bien innocente par rapport à ce à quoi je suis confrontée aujourd'hui.

On dit qu'il n'est pire furie qu'une femme bafouée. Ah ouais ? Essayez donc un homme, pour voir.

V

42.

— Alors comme ça, vous cherchez des infos sur ces vieux briscards ? demande la femme sur le banc.

Ce matin, j'étais encore au lit quand une certaine Julie Dubois m'a appelée, m'a dit que Mark Kovaks lui avait demandé un service pour moi et que si je voulais la voir pour parler de la vie au Liban il y a trente ans, je ferais mieux de rappliquer fissa à Forest Park. Qui est l'endroit où elle passe ses matinées. Je croyais qu'elle avait choisi ce parc parce que c'est un lieu où les petites dames âgées peuvent faire leur promenade de santé quotidienne tout en surveillant le terrain de kickball, mais Julie Dubois est une petite dame âgée qui a autre chose en tête pour sa santé.

On est assises côte à côte et elle se roule un pétard avec méticulosité. Elle l'allume, s'attarde sur une longue bouffée, puis me le tend. J'aspire un petit coup et le lui rends. Je deviens influençable quand mes défenses sont en berne.

— J'ai un cancer, m'annonce-t-elle.

Elle me regarde fermer brièvement les yeux face au vertige immédiat du joint.

— Il remonte à quand, votre dernier spliff ?

— Une vingtaine d'années.

Je crois. Mes pistons ne fonctionnent pas tous, ce matin, même sans l'intervention de l'herbe. J'ai passé une seconde nuit dans un hôtel bon marché du centre de Detroit – pas le même que la nuit d'avant. J'ai dormi plus de huit heures, mais c'est dur de se sentir reposée quand on est en cavale.

— Elle est bonne, hein ? Tombe malade et ils te filent une ordonnance. Je l'ai aux nichons.

— Pardon ?

— Le cancer, lance-t-elle comme si j'étais un peu attardée. C'est aux nichons que je l'ai. Et moi qui m'estimais vernie côté poitrine.

Elle ajuste son soutien-gorge en le remontant par les bretelles.

— T'aurais dû me voir à ma grande époque. Petite de partout sauf des seins. Genre, j'avais tiré le gros lot génétique, quoi. Et maintenant, regarde-moi ça. Tout le contraire.

— Je vous trouve très bien, réponds-je, décidée à ne pas lui donner ce qu'elle veut, c'est-à-dire que j'émette un avis sur ses seins uniquement pour qu'elle s'amuse à le dégommer.

Ces derniers mois avec Seb m'ont entraînée à éviter ces sujets-là avec les malades en phase terminale. Le cancer a changé leur corps, ostensiblement. Ils en ont conscience, mais ils ont besoin de réaffirmer leur image corporelle. Le problème, c'est qu'ils ne peuvent pas l'accepter non plus. Ils savent que c'est un mensonge. Et ça les rend furieux, amers ou pire encore. Tristes.

— Parce que j'ai des prothèses externes. T'en as déjà vu ?

De sa main libre, elle tire sur le col de son chemisier. Avec ce haut fleuri, son jogging noir et son long trench-coat rose, elle me rappelle le type du bord de l'eau, sauf qu'il était mieux coordonné. Julie Dubois, elle, donne l'impression d'avoir enfilé les premiers trucs qui traînaient par terre avant de venir me retrouver. C'est sans doute pour ça qu'elle m'a plu toute de suite. Exactement mon genre de femme.

— C'est bon. Merci.

— T'as raison, lâche-t-elle dans un soupir pesant avant de revenir à son joint. Ce truc fait des merveilles. Tu devrais essayer d'avoir une prescription. J'ai attendu d'avoir un cancer pour m'y mettre, mais toi, t'es pas obligée.

Elle me repropose le pétard. Là, je décline. La première taffe m'a suffi pour remettre en cause les raisons de ma présence ici, souffrir de l'absence de Whisper vu que je profite du bon air, et m'interroger sur le sens de mon existence en général. Je ne suis pas sûre de supporter les conséquences d'une deuxième.

— J'habite à Vancouver. On peut obtenir une ordonnance dans la rue, là-bas.

N'importe qui peut entrer dans un dispensaire de cannabis, remplir un formulaire indiquant qu'il a des crises de panique et boum : accéder à de la marijuana pas trop chère ainsi qu'à divers produits dérivés. Je le sais parce que Seb avait une ordonnance pour sa maladie et que je l'accompagnais souvent pour ses renouvellements.

— Veinarde. Bon, alors, qu'est-ce que tu veux savoir ? Comme je te l'ai dit au téléphone, je n'ai peut-être plus beaucoup de temps. On m'a enlevé les nichons, mais pas le cancer. C'est quand même dingue, ça. Il s'est métastasé – quel mot ! *Métastase.* T'as déjà entendu l'expression « se répandre comme un cancer » ? Eh ben, qu'est-ce qui se passe quand c'est *ton* cancer qui se répand ? Tu perds davantage que tes nichons.

Elle me scrute intensément en attendant que je m'explique.

— Quand vous étiez à Beyrouth, est-ce que vous avez connu un photographe américain appelé Ryan Russo ?

Elle réagit au quart de tour. Quel que soit l'état de son corps, et même sous l'effet d'une herbe dont j'ai moi-même constaté la puissance, son esprit reste vif comme l'éclair.

— Inconnu au bataillon. Il y était quand ?

— Dans les années 70. Il y est allé pour écrire un bouquin, mais il faisait peut-être aussi des piges.

Elle secoue la tête.

— J'étais correspondante pour l'Associated Press en 82, juste avant les massacres de Sabra et Chatila, les camps palestiniens. Jamais rien vu d'aussi horrible, tous ces morts dans les rues. Aujourd'hui, on a une crise mondiale des réfugiés avec la Syrie, la Jordanie, la Somalie. J'ai visité pas mal de camps dans ma carrière, mais traverser Chatila après cette boucherie... Sans doute le pire jour de toute mon existence.

Elle pompe longuement sur son pétard et fixe un couple qui promène un énorme pitbull. Ils lui font les gros yeux en passant mais elle s'en fout royalement.

Il paraît que, contre toute attente, certaines choses s'améliorent avec l'âge, parmi lesquelles la capacité à s'affirmer face à des gens dont on n'a rien à cirer sans craindre de représailles. Julie Dubois en est la preuve incarnée lorsqu'elle leur adresse un doigt d'honneur bien senti.

Quand ils sont assez éloignés, elle se retourne vers moi.

— D'abord, il faut que je te dise que j'ai quitté Beyrouth beaucoup plus désorientée que quand j'y ai débarqué. On m'a demandé d'écrire un livre de témoignage sur mon expérience là-bas quand l'affaire des otages a pris de l'ampleur. En vérité, je suis partie parce que je ne pouvais plus raconter la souffrance humaine de manière dépassionnée. Pour rester à Beyrouth, il aurait fallu que je fasse comme les Libanais et que je m'adapte en permanence. Que je me joue des petits tours de passe-passe psychologiques afin que les morts et la destruction ne comptent pas plus que ça. Que je continue à avancer sans jamais me retourner, sans trop regarder autour de moi non plus. Seulement je ne voulais plus. Peut-être que ton Ryan Russo a eu la même réaction, parce que j'ai passé deux ans à Beyrouth ouest, là où vivaient tous les correspondants étrangers, et je n'en ai jamais entendu parler. S'il était dans le milieu, je l'aurais forcément croisé. On traînait tous à l'hôtel Commodore. Ça te dit quelque chose ?

Je secoue la tête, ce qui me donne le tournis.

— Non ? C'était le grand point de ralliement des reporters et des espions. Et de quelques hommes d'affaires honnêtes, aussi, même si je ne comprends pas comment ils pouvaient rester au milieu de tout ce bordel.

— Des espions ?

Ça me rappelle brusquement un des propos de Kovaks. Il y a des gens qui sont obsédés par les théories du complot, mais là, c'est la deuxième fois que ça fait surface au sujet de Beyrouth.

Elle louche vers moi et écrase son joint.

— C'était la guerre froide. Et là-dessus, il y avait la guerre civile et l'invasion syrienne. Plus l'invasion israélienne. Ça conspirait tellement dans tous les sens que les gens mettaient le moindre truc sur le dos de tel ou tel complot. C'était ça, Beyrouth. Il y avait des complots et des contre-complots partout. Dans chaque groupe, tu trouvais cent versions différentes du même événement. C'était de la folie furieuse. Le passe-temps national.

— D'accord.

Ce point avait aussi paru important à Kovaks, pourtant Dania Nasri n'avait jamais évoqué l'espionnage, elle. Peut-être ne s'adonnait-elle plus au passe-temps national. En revanche, ça avait marqué Dubois, manifestement.

— Désolée de ne pas pouvoir t'aider plus que ça, mais je te souhaite bonne chance dans ta quête.

Elle me sourit et m'informe tacitement que c'est moi qui suis censée me lever et partir. Ce que je fais, bien contente qu'elle ne m'ait pas adressé le regard qu'elle a décoché au couple au pitbull.

Je ne devrais pas m'étonner qu'elle m'ait parlé d'intrigues et d'espionnage. Je suis née de gens qui attirent les secrets.

Qui, telles les ailes soyeuses d'un papillon de nuit, les enveloppent, les retiennent, les défient de s'approcher davantage de la lumière. Si une partie de moi vient de ça… eh bien, ça explique beaucoup de choses.

43.

Le trajet en car jusqu'à Chicago prend quatre heures, peut-être cinq. Je devrais compter, mais ça fait quatre heures que je suis en pilotage automatique. Peut-être cinq. L'important, c'est la femme que je trouve au bout du chemin. J'ai quand même besoin de m'occuper d'une manière ou d'une autre. J'ai essayé de lire *Catch 22*, que j'ai acheté dans une librairie d'occasion à côté de la gare routière, mais je n'y pige rien.

J'appelle Lorelei pour lui raconter ce que je crois qu'il s'est passé il y a quarante ans. Notre mère a émigré à Montréal et elle s'est complètement lâchée. À la fac, elle s'est fait des copines, a baissé sa garde. Elle est allée à côté de Detroit à un mariage où elle a rencontré un homme. Elle est tombée amoureuse, a pris le nom de Sabrina Watts, s'est mariée, a eu des enfants… et a fini par remettre les voiles.

Je ne précise pas que je la soupçonne d'avoir été pourchassée. Malgré tout, Lorelei refuse d'en croire un traître mot. Elle me raccroche au nez.

Je la rappelle. Elle ne décroche pas. J'attends dix minutes avant de recommencer. J'ai plein de temps à tuer. À ma troisième tentative, elle est tellement énervée qu'elle répond. Il faut croire qu'il ne lui est pas venu à l'idée d'éteindre son portable.

— Elle était arabe, je reprends direct. C'était une Palestinienne réfugiée au Liban avant de venir s'installer au Canada. Tu devrais ajouter ça au paragraphe « origines métissées » de ta bio en ligne.

— Pauvre conne, crache-t-elle.

Tout ça pour ne pas montrer qu'elle est surprise que j'aie consulté le site de son association écolo. Comme si les coalitions anti-pipeline ne m'intéressaient pas aussi. La description de ses origines métissées est un joyau nouvellement exposé sur son profil public. Avant cette année, Lorelei n'osait pas afficher d'hypothèses sur notre ascendance, surtout paternelle. En privé, elle rêvassait sans cesse à l'endroit d'où il aurait pu venir, mais en public, elle n'était guère encline à évoquer son désarroi.

À défaut de pouvoir satisfaire sa curiosité à l'égard de Sam Watts, j'ai découvert l'identité de notre mère. On y avait renoncé il y a des années, sauf que maintenant, on a quelques informations. Peut-être que ça signifiera quelque chose pour Lorelei. Et j'espère qu'elle pourra m'apprendre ce que ça signifie pour moi.

— Elle s'appelait Sabrina Awad. Tu te souviens qu'on se demandait d'où elle venait ? Avant d'épouser papa, elle a changé de nom pour prendre celui de Watts. Voilà pourquoi son nom de jeune fille ne figure pas sur nos actes de naissance. C'est le seul moyen pour qu'il n'apparaisse pas. Mais elle était Palestinienne.

J'emploie le passé parce que c'est tout ce que je connais d'elle. Son passé.

— Palestinienne ? répète lentement Lorelei.

— Du Liban.

— Mais… pourquoi elle aurait changé de nom avant de se marier ?

Parce qu'elle fuyait quelque chose – ou quelqu'un. J'ai envie de le lui dire, seulement son ton sceptique me rend méfiante. Je devine, malgré les milliers de kilomètres qui nous séparent, qu'elle n'a pas confiance dans mes révélations. Ne serait-ce que parce qu'elles émanent de moi. Du coup, je réponds :

— Peut-être pour éprouver le système judiciaire canadien. Pour déconner.

— Mouais...

Je la sens réfléchir à l'autre bout de la ligne. S'adoucir, même.

— Elle avait un grand rire retentissant, je poursuis tout bas, en repensant aux accents pleins d'amour de Dania Nasri. Quand elle allait sortir une énormité, elle...

— Il faut que j'y aille, Nora.

Sa voix est fluette. Je ne me rappelle pas la dernière fois que je l'ai entendue aussi hésitante. Je n'ai pas le temps de m'acclimater que déjà, elle se remémore qui elle est et n'est plus hésitante sur rien.

— C'est pas le moment, là.

— Attends. Tu te souviens de l'ancien militaire à qui tu as parlé ? Il est dangereux. Je suis sérieuse. Si jamais il tente de te recontacter...

Clic. Elle a raccroché.

Je dois, quelques instants, examiner les motivations qui m'ont poussée à parler de notre mère à Lorelei. Elles ne sont pas des plus transcendantes. J'imagine que je veux toujours, après toutes ces années, la tenir au courant de ce qui m'arrive. Si un jour je devais moi aussi lui être utile pour sa bio en ligne, j'aimerais autant qu'elle n'écrive pas n'importe quoi.

Je sais, c'est mesquin, mais je ne peux pas m'en empêcher. Penser à Lorelei a toujours fait ressortir le pire en moi. Peut-être parce qu'elle est si limpide dans sa soif d'appartenance, si éhontément transparente dans sa volonté de savoir ce qui coule dans ses veines et ce que ça doit révéler d'elle... Sans doute devrais-je être comme elle, sauf que non.

Si vouloir connaître ses racines ne rend pas faible, ça peut rendre vulnérable. Ça peut vous pousser à désirer éperdument des réponses sur la famille que vous devriez avoir et les lieux qui vous touchent au cœur, réponses que vous n'obtiendrez jamais à des questions que vous n'avez pas le courage de poser.

Ce désir est si profondément enfoui en moi qu'il n'émerge que quand je chante. Ce que je fais maintenant, tout bas et pour moi-même, sur mon siège au fond du bus quasi vide, en route pour aller voir une femme effrayée qui ne m'attend pas. Je fredonne du Amy Winehouse, ce qui trahit bien mon état d'esprit. Il est impossible d'écouter Amy sans une sensation de menace qui plane. J'ai décidé de l'embrasser. De me vautrer dans le sentiment du désastre imminent.

À la gare routière de Chicago, j'utilise une appli de covoiturage pour rejoindre ma destination dans une banlieue chic. Rue bordée d'arbres, villas imposantes et magnifiques. Les habitants du quartier ne sont manifestement pas au courant qu'ils vivent dans un monde en perpétuelle récession planétaire, car ça n'a pas l'air de les déranger de dépenser des sommes folles en décorations d'Halloween extravagantes. Je frappe à la maison qui fait l'angle et patiente entre deux citrouilles diaboliques.

Une charmante dame aux cheveux gris vient m'ouvrir. Elle me regarde, détaille ma tête, ma tenue, mes chaussures. Aucun élément ne passe l'inspection, mais elle est bien trop élégante pour critiquer. Dania Nasri et elle m'auront appris qu'une femme distinguée doit toujours être bien habillée pour répondre à la porte. Allez savoir pourquoi.

— Oui ? dit-elle. Si c'est pour la collecte alimentaire, j'ai mis un sac dehors ce matin. Je pensais que vous l'aviez déjà récupéré.

— Je suis là pour Ryan Russo, Gloria.

Sa réaction est sans équivoque. Gloria Tate s'affaisse sur le chambranle. Un éclair de panique la traverse. Sa peur est vivante, tangible. Son ordonnance de protection a beau remonter à une quarantaine d'années, elle ne s'en est toujours pas remise.

— Quoi ? Qu'est-ce qu'il a fait ? Il est de retour à Chicago ?

— Je peux entrer ?

— Oui, oui, bien sûr.

Elle me conduit dans une pièce juste à côté de l'entrée. Une demi-douzaine de sacs de friandises d'Halloween trônent sur la table basse.

— Excusez le désordre, je suis en pleins préparatifs.

Je me perche au bord d'un fauteuil ivoire, face à un canapé ivoire, tous deux séparés par un tapis ivoire.

— Où est la tour ? je demande.

— Pardon ?

Ses doigts agrippent l'accoudoir du canapé.

Je montre le séjour et m'apprête à expliquer ma plaisanterie quand elle se relève pour tirer les rideaux blancs immaculés. Tout à coup, j'ai une intuition. Il n'y a qu'un type de femme pour vivre dans un décor aussi virginal. Le type qui, bien sûr, cache quelque chose sous la façade. Ma plaisanterie explose en vol.

Elle se tourne vers moi. S'éclaircit la voix.

— Ryan… Il a fait du mal à quelqu'un ?

Rien de surprenant à ce qu'elle pense d'abord à un acte de violence. On ne demande pas une ordonnance de protection sans raison.

— Pas récemment, que je sache.

— Il est à Chicago ?

— Je ne pense pas. Je suis ici parce que je crois qu'il a pu connaître ma mère au Liban. Sabrina Awad. Et j'ai l'impression qu'elle le fuyait, mais j'ignore pourquoi.

Gloria Tate a les mains qui tremblent. Sans un mot, elle file dans la cuisine et reparaît une minute plus tard avec deux verres de blanc. J'accepte celui qu'elle me tend mais prends soin de le poser sur la table. Un verre de vin, pour moi, ce n'est pas pareil qu'une taffe de beuh. C'est une pente savonneuse, au pied de laquelle repose mon amour-propre. Gloria gère la chose autrement. Elle l'avale en quatre longues gorgées. Je pousse mon verre dans sa direction et elle le reçoit avec la grâce d'une dame experte à dissimuler son penchant. Une alcoolique à haut fonctionnement. Je les connais bien, surtout parce que je l'ai moi-même été. Cette fois, elle conserve le verre à la main, le fait tourner. J'ai l'impression qu'elle hésite entre se confier à moi ou pas. Je vois le moment où la peur l'emporte et où elle décide que non. C'est lorsqu'elle repose le verre et se lève.

— Je suis navrée, mais mon mari va bientôt rentrer et j'ai des courses à faire avant son retour.

Je me lève aussi.

— Je vous accompagne.

— Ce n'est pas possible.

— Je pourrais me contenter de vous suivre. Comme Russo en son temps.

Elle agrippe son col de chemise, ses doigts se referment convulsivement sur les boutons. Les signes du traumatisme sont impossibles à ignorer.

— S'il vous plaît, ne plaisantez pas avec ça. Il… Il a fait de ma vie un enfer ! Même après avoir obtenu l'injonction restrictive, j'ai continué à me sentir observée.

Elle se tait, seulement je ne peux pas la laisser s'arrêter là.

— Parlez-moi de lui, je murmure en m'approchant.

Sans la toucher, cependant, parce qu'on n'ose pas effleurer une femme dans cet état. Il me vient à l'esprit que je devrais l'abandonner à sa peur, sauf que j'ai parcouru beaucoup de chemin et que je touche à un but. Je le sens.

— Racontez-moi et je m'en vais.

Ses yeux se plissent, sa voix plane juste au-dessus du murmure.

— Il était obsessionnel, d'accord ? On est sortis ensemble deux ans et demi. J'étais sa kiné. C'est comme ça qu'on s'est connus.

— Pourquoi il était allé au Liban ?

— Sa famille avait des relations dans l'édition et il avait reçu une petite avance pour écrire un bouquin sur son héros, un photojournaliste français mort là-bas, un ami de son père. Un jour, devant son appartement de Beyrouth ouest, deux hommes l'ont poussé dans un véhicule, ils l'ont frappé, volé, puis l'ont largué quelques rues plus loin. Il rentrait chez lui quand une voiture piégée a explosé à trois mètres de lui. Une Mercedes. Il le remettait sur le tapis chaque fois qu'on en croisait une. Ça lui a causé des brûlures au deuxième et au troisième degré sur le côté droit. Le processus de rééducation a été très long.

— Il a été enlevé et dépouillé ? Vous en êtes sûre ?

Aucun de ces détails ne figurait dans l'article qui relatait l'attentat.

— J'ai entendu cette histoire des centaines de fois quand on était ensemble. Alors oui, j'en suis certaine.

— Est-ce qu'il lui arrivait d'évoquer une autre femme ? Quelqu'un en particulier ?

Elle cligne des yeux. Ses cils longs et épais sont retroussés par une délicate couche de mascara, ce qui lui donne un air ébahi.

— Eh bien… Oui, maintenant que vous le dites. Au cours des séances, il m'a parlé d'une femme qu'il avait connue quand il travaillait au Liban. Ils ont été ensemble quelque temps, et puis elle s'est méprise sur son compte et elle a disparu du jour au lendemain.

— Méprise à quel propos ?

— Je n'en sais rien. Il ne me l'a jamais dit. Peut-être qu'elle a cru qu'il la trompait. Il disait qu'il souhaitait simplement clarifier la situation. Lui expliquer qu'il ne désirait que son bien. Elle était Palestinienne, il voulait s'assurer qu'elle ne subisse pas de représailles pour avoir eu une relation avec un Occidental. Il était prêt à la parrainer pour qu'elle puisse venir aux États-Unis. Je trouvais… Je trouvais ça attentionné. Il était si aguerri et si charmant, au début. Je n'avais encore jamais quitté le pays, alors ses aventures me fascinaient.

Elle marque une pause et boit une gorgée de vin pour se calmer les nerfs. Ça l'apaise totalement. Elle est si détendue à présent qu'elle en perd le fil de la conversation.

— Et après ? je relance.

— Après, il n'était plus charmant. Il est devenu accro à la morphine qui lui avait été prescrite pour soulager ses douleurs. Dès qu'il essayait de décrocher, il perdait les pédales. Il me suivait si j'oubliais de lui préciser où j'allais. Il pouvait se montrer violent. Je ne sais pas quel était l'élément déclencheur, mais parfois, on bavardait tranquillement et tout à coup, je disais un truc qui le contrariait et je finissais en sang par terre. Je me réveillais au lit une heure plus tard ; il me tenait la main et me servait du thé… S'il vous plaît, vous voulez bien me laisser ? Je ne peux plus parler de ça.

— D'accord, je comprends. Juste une dernière question. Est-ce qu'il avait l'air d'avoir quelque chose à cacher ?

Une intuition.

Elle fronce les sourcils.

— À part son caractère et sa morphinomanie ? Je ne sais pas. J'ai appris par connaissance interposée qu'il aurait eu un problème de jeu après notre rupture. Je crois me souvenir qu'il aurait fait faillite. C'était un très bon menteur.

— Sans déc.

Je n'y ai vu que du feu, à Vancouver.

— Ryan avait le chic pour vous sortir des mensonges si proches de la vérité que vous vous demandiez si vous étiez folle. Sur des conversations ou des événements auxquels vous aviez assisté. Par moments, j'avais l'impression que ça l'amusait. Que ça lui plaisait de me rendre cinglée. Il était dingue de politique et on avait des débats bizarres. Quelle que soit ma position concernant telle ou telle situation, il revenait dessus en la retournant pour me faire croire que j'avais dit autre chose. Il trouvait ça marrant. Je ne sais pas si ça vous éclaire ? Vous voulez bien partir, maintenant ?

Rien ne justifie d'effrayer quelqu'un comme ça, pas vraiment. À ma décharge, il y a un homme qui gît dans un lit d'hôpital à cause du danger où je me trouve. Je suis sur le point de remercier Gloria de m'avoir reçue, peut-être même de lui présenter mes excuses, quand un monsieur débarque. Il doit avoir dans les soixante-dix balais, mais son âge n'enlève rien à la vitalité qu'il projette dans la pièce. De la vitalité et autre chose, que je ne parviens pas bien à définir.

— Chérie ? dit-il en regardant Gloria, puis moi.

Je le salue d'un petit hochement de tête et gagne la porte.

— Désolée d'avoir interrompu votre après-midi. Je m'en allais. Je suis de la banque alimentaire. Votre femme a fait un don pour la collecte d'Halloween et je suis venue la remercier en personne.

— Ah oui, Gloria est merveilleuse, hein ?

Il m'adresse un large sourire et me serre la main avec poigne.

— Frederick Halpern. Surtout, dites-nous ce dont vous avez besoin. Je devrais pouvoir organiser quelque chose avec mon club.

Il sourit à Gloria jusqu'à ce qu'il voie les deux verres de son côté de la table basse. Son expression se crispe. Celle de Gloria s'illumine en réaction. L'atmosphère est si gênante qu'il n'y a plus qu'une chose à faire.

— Bonne soirée, je lance à la cantonade.

En sortant, je jette un coup d'œil aux photos de famille affichées dans l'entrée. Elles montrent surtout Gloria et Frederick main dans la main dans divers lieux de vacances, mais au-dessus du palmier en pot, j'en repère une qui sort du lot. Elle représente Frederick seul au travail. Maintenant, je sais ce que j'ai eu du mal à cerner. C'est le sentiment d'autorité qui émane de sa personne.

Dehors, je dépasse les deux citrouilles.

Peut-être n'est-ce qu'un effet de mon imagination, mais j'ai l'impression qu'elles me jugent d'avoir poussé dans ses retranchements une femme manifestement angoissée. Ma foi, je n'en suis pas très fière. En m'éloignant, je médite sur ce que j'ai appris. Gloria Tate a conservé son nom de jeune fille, ce qui la rend facile à localiser, comme Simone a pu le vérifier. Pourtant, elle s'est révélée bien plus maligne que je ne l'ai d'abord cru. Pour une femme qui vivait dans la terreur d'un ex, elle a trouvé le moyen de devenir carrément inatteignable. Elle a épousé un homme au statut si élevé et si puissant que ça suffit à garantir sa sécurité tant qu'il est en vie. Frederick Halpern n'est pas simplement au-dessus de la loi. Il est la loi.

Gloria Tate a épousé un juge.

44.

La voiture me suit dans la rue.

Je tourne au coin.

Elle tourne aussi.

Je me baisse pour nouer mes lacets.

Elle ralentit et s'arrête.

Je m'élance au pas de course et débouche sur un cul-de-sac. Un horrible demi-cercle de mort, bordé de maisons de briques impeccables et de petites clôtures blanches. Qui sont ces gens et ne savent-ils pas que les années 50 sont révolues ?

La voiture qui me filait patiente à proximité. Frederick Halpern baisse la vitre conducteur.

— Montez, dit-il.

J'évalue mes possibilités. Un véhicule d'une boîte de sécurité privée s'arrête derrière nous. Halpern sort la tête et fait signe au chauffeur.

— Salut, Joe. Pas de problème, elle est avec moi.

Le dénommé Joe répond par un appel de phares et attend que je grimpe avec Halpern. Je m'exécute. L'autre s'en va. Halpern me sourit.

— Gloria a ses défauts, c'est vrai, mais la duplicité n'en fait pas partie, du moins pas avec moi. Vous vous intéressez à Ryan Russo ?

J'opine, sans voix pour le moment.

— Alors vous êtes venue au bon endroit. J'ai quelque chose à vous montrer.

On roule une vingtaine de minutes. Vu que je ne connais pas Chicago, je suis incapable de dire où on va en regardant au-dehors. En revanche, je savoure les sièges chauffants et la clim bi-zone. La BM d'Halpern est mille fois plus sympa que la Taurus de Sanchez. Finalement, il entre dans un complexe résidentiel en face d'un petit centre commercial. Je n'ai aucune idée de l'endroit où on est, mais ça ressemble à la banlieue. Il me tend une paire de clés.

— La grande est pour la porte d'entrée, la petite, pour l'appartement 309. Je vous attends ici.

Je considère les clés.

— C'est chez qui ?

— Russo. Il y a une dizaine d'années, Gloria a cru l'apercevoir dans un café, mais elle a pris ça pour un caprice de son imagination. J'ai mis un privé de ma connaissance sur le coup. Russo a revendu l'entreprise de presse familiale il y a des lustres et a investi dans l'immobilier. Il possède quelques immeubles en Californie, où il vit la plupart du temps, mais j'ai découvert qu'il gardait un petit appart ici. Alors j'ai demandé à mon détective de faire des copies de ses clés. Je n'ai jamais réussi à le coincer en train d'épier Gloria, je ne peux donc pas le prouver, pourtant je sais qu'il le fait de temps en temps. J'ai pris la liberté d'informer mon détective que vous seriez là. Bonne chasse.

Je descends de voiture sans ajouter un mot. Je suis toujours aussi perplexe tandis que je pénètre dans le petit immeuble endormi. Personne ne m'arrête en chemin. L'ascenseur est en panne, alors je monte à pied. L'appartement 309 se situe juste à côté de la cage d'escalier, impeccable pour quelqu'un qui n'a pas envie de sympathiser avec ses voisins dans des ascenseurs.

J'hésite devant la porte.

Et si Russo était là ? En même temps, si je n'y vais pas, je devrai avouer à Halpern que j'ai eu trop peur. Hors de question. À moins qu'il m'ait organisé une sorte d'embuscade ? Sauf qu'au fond de moi, je sais que ce n'est pas le cas. Il ne pouvait pas deviner que j'allais rendre visite à sa femme, et, même s'il avait voulu élaborer un plan, il n'en a pas eu le temps. Je ne m'interroge pas sur une éventuelle raison pour me tendre un piège parce que, honnêtement, à ce stade, je ne comprends plus rien aux êtres humains. Leurs motivations sont aussi mystérieuses pour moi que pour n'importe qui.

Je me glisse à l'intérieur le plus discrètement possible et j'attends dans le noir, à l'affût de bruits ou de mouvements. Rien. Du coup, j'allume la lumière et je vois davantage de rien, mais en milieu éclairé. J'arpente le petit appartement, qui est vide hormis quelques assiettes et ustensiles dans le placard de la cuisine et un lit une place sous la fenêtre de la chambre. Il y a une petite table de chevet surmontée d'une lampe. J'ouvre le tiroir : rien. Je le retire complètement : rien de scotché en dessous non plus. Je refais le tour des lieux. L'ameublement est minimaliste, pourtant l'endroit ne fait pas abandonné. À quand remonte le dernier passage de Russo ? S'il a traîné à Chicago, il peut très bien avoir des contacts à Detroit, qui n'est pas loin du tout. Et aurait-il pu résister à espionner Gloria pendant qu'il essayait de me faire tuer ?

Sous l'évier de la cuisine, il y a des produits d'entretien et un seau. Dans le seau, un sac plastique noué contenant des serviettes en papier usagées, un cadavre de bouteille de whisky et une enveloppe kraft. C'est une des règles de base de Stevie Warsame : dans le doute, fouille la poubelle. Pas très élégant, mais je ne peux pas contester son instinct. Encore moins maintenant.

Je tire la porte de la salle de bains pendant que j'utilise les toilettes, par habitude, et quand j'en ressors, je découvre un type affalé sur le lit.

— Ne commencez pas à brailler, dit-il en se redressant d'un mouvement lent et souple.

Il tient l'enveloppe kraft de la poubelle à la main.

— Je suis le détective privé de Fred Halpern. Il m'a demandé de vous rejoindre ici parce que vous cherchez Russo. Ça fait des années qu'il attend que ce salopard fasse un faux pas pour qu'on puisse le boucler.

— Dans l'intérêt de Gloria.

Je jette un coup d'œil vers la porte d'entrée. Elle était fermée et les clés qu'Halpern m'a données sont toujours dans ma poche. Donc, ce type doit avoir son propre jeu.

— Il est dingue de cette nana. Mon nom est Jeff Samson. Vous pouvez m'appeler Samson, si vous voulez. C'est ce que font la plupart des gens.

— Nora.

On ne se serre pas la main, il ne me la tend pas. J'aime les hommes qui respectent l'espace des femmes. Je m'adosse au mur, en quête de soutien émotionnel. Il n'en a pas à m'apporter. Je dois être désespérée. Samson et moi, on se jauge quelques instants. Une joute visuelle qui me laisse le temps de bien l'observer. Il paraît aussi blasé que n'importe quel détective de film noir hollywoodien, avec toute la grâce d'un Sidney Poitier épuisé.

— Qu'est-ce que t'as sur Russo, Nora ? lâche-t-il sans détour.

— Pas grand-chose.

Je lui résume ce que j'ai appris jusqu'ici. Sa tête inspire confiance et puisque le mur ne répond pas à mes attentes, il faut bien que je trouve du soutien ailleurs.

— C'est lui tout craché, ça, déclare Samson quand j'ai fini d'étaler mes incertitudes et mes allégations sans fondement.

— Sérieux ?

— Le juge Halpern m'a tiré d'un ou deux mauvais pas à l'époque, et la seule contrepartie qu'il m'ait demandée, c'est de tenir ce mec à l'œil. Ça fait un bail que je le surveille. Depuis le jour où Gloria a parlé de lui à Freddie. Russo est totalement imprévisible, à part sur un aspect. C'est un joueur. Parfois il joue pour de l'argent, parfois pour d'autres choses. Il s'enfonce dans une impasse, se retrouve coincé et ment pour s'en sortir. Toujours le même schéma. Au début, j'ai aussi creusé du côté de Beyrouth. J'ai pas mes dossiers sur moi, mais je peux te les faire parvenir.

— Dis-moi juste ce dont tu te souviens, ça ira, réponds-je en m'efforçant de masquer mon excitation.

— Tu comptes pas t'attarder dans le coin, hein ? Je comprends. Ce que je me rappelle, c'est d'être resté deux heures avec lui à la table de black jack, à le regarder faire mine de pas être accro à la morphine pendant qu'il perdait ce que je gagne en six mois. Je me suis présenté comme un ancien militaire qui avait servi au Vietnam. C'était pas des bobards. Il m'a parlé de Beyrouth. Il a commencé à me raconter les trucs de fou qui se passaient là-bas. Comment tout le monde se retournait contre tout le monde. Comment on pouvait gratter un peu thunes quand on avait les infos qu'il fallait.

— C'était un espion ? je lance, repensant à ce point qui semblait obséder Kovaks et Dubois.

— C'était un connard. Aucun vrai bon agent de renseignement n'aurait bavardé comme ça. J'ai eu une impression qui ne m'a plus lâché. Toute ma vie, j'ai connu des baratineurs comme lui. Je crois qu'il s'est mis dans le pétrin et que quelqu'un avait des billes sur lui. S'en est servi pour lui soutirer un ou deux services, peut-être. Je sais pas combien de temps ça a duré mais pendant un moment, à Beyrouth, les Soviétiques s'abritaient sous une couverture étrangère pour recruter des indics. Ils se prétendaient ressortissants d'autres pays ou induisaient des agents innocents à penser qu'ils travaillaient pour le gouvernement américain. Quand on est en mal de sensations fortes, on devient une cible facile. Ajoute une dette là-dessus et boum, t'as un agent.

— Une dette… de jeu, par exemple ?

— Pour moi, c'est ce qu'il y a de plus probable, Nora. Je m'occupe d'affaires domestiques depuis des lustres, quand un mari ne trompe pas ou ne se came pas, il joue.

— C'est sexiste, ça.

— C'est la vérité. C'est un fléau. Une drogue. Le truc, avec Russo, c'est qu'il s'imagine plus futé que tout le monde, sauf qu'il ne l'est pas. D'après moi, s'il a trempé dans quelque chose et ça s'est mal terminé. Lors de notre conversation, il s'est mis à traiter les Arabes de Beyrouth de tous les noms. Je savais qu'il avait été blessé dans l'explosion d'une voiture piégée, mais j'ai eu le sentiment qu'il y avait autre chose. De personnel.

Personnel, c'est certain – sinon, il n'aurait pas passé tout ce temps à courir après ma mère.

— Donc, il ne t'a pas semblé briller par sa compétence ?

Samson rigole.

— Pas du tout. Selon moi, c'est le genre d'imbécile qui s'amuse à faire peur aux femmes et à jouer les têtes brûlées pour en remontrer à tout le monde uniquement parce qu'au fond de lui, il ne peut pas et n'a jamais pu se contrôler.

— C'est vache.

Il le reconnaît d'un sourire.

— Mais vrai. Ce genre d'attitude ne s'améliore pas avec l'âge, c'est pour ça que je suis là à discuter avec toi. On ne change pas un mec irréfléchi.

Il se lève et me tend l'enveloppe.

— Quand les choses se compliquent, les types comme Russo partent en roue libre. J'ai vu ça des milliers de fois.

Moi aussi. J'ai vu assez de gens craquer pour savoir qu'il suffit d'un rien.

— À la table de jeu, il était à deux doigts de péter les plombs. Gloria m'a dit qu'il avait essayé plusieurs fois d'arrêter la morphine. En le regardant, j'ai vu qu'il était en manque parce que quand il a commencé à perdre, ça l'a sérieusement atteint. Il s'est mis à m'expliquer qu'il bossait pour la CIA. J'ai fait : Ouais, bien sûr, vieux, et je l'ai laissé continuer son délire. J'en croyais pas un mot. S'il s'emballait comme ça devant un parfait inconnu, j'ose pas imaginer ce que ça peut donner avec quelqu'un qu'il connaît bien. J'ai pas forcément besoin d'imaginer, en fait, vu ce que Freddie m'a raconté sur lui et Gloria. Je sais que Freddie espère que cet enfoiré fasse une connerie pour l'envoyer à l'ombre pour de bon, mais je voudrais pas qu'une brave dame comme toi soit prise entre deux feux.

J'ai comme l'impression que la « brave dame » est déjà en plein dedans. Toutefois, je garde cette réflexion pour moi.

— Je t'en remercie. Et donc, tu ne crois pas qu'il était de la CIA ?

— Aucune chance. Et m'est avis qu'il ne le croyait pas non plus. En revanche, il était assez clair qu'il bossait pour quelqu'un. Fais attention à toi, Nora.

Il s'en va. Je comprends maintenant pourquoi je ne l'avais pas entendu arriver. Il pourrait apprendre à un cambrioleur à se déplacer sans bruit. Peut-être l'a-t-il fait, à une époque de sa vie. Il est aussi discret que ça. En un instant, il a disparu, sans laisser la moindre trace de sa présence.

Quand je rejoins la voiture, Halpern est absorbé dans un morceau de musique classique qu'il écoute les yeux fermés. Il pianote en rythme sur le volant. J'ai le sentiment qu'il savait déjà que l'appartement ne m'apprendrait rien. Il me l'a montré pour révéler quoi, exactement ? Je ne lui pose pas la question parce que je me méfie de ses sourires. Ils me rappellent Sanchez. Et Brazuca. Des sourires d'hommes qui connaissent l'exercice du pouvoir.

Je n'ai aucune expérience en la matière.

On roule en silence jusqu'à la gare routière. Il ne me parle même pas de Samson. Chopin occupe le fond sonore. Je sais que c'est Chopin parce que Seb avait du classique sur son ordinateur, qu'il mettait lorsqu'il me croyait endormie. Chopin est le compositeur préféré de Leo.

Halpern s'arrête devant le terminal. Il désigne l'enveloppe kraft dans ma main.

— Samson me l'a déjà montrée. Vous savez ce qu'elle contient ?

— Des résultats d'analyses.

J'y avais jeté un coup d'œil avant que Samson débarque.

— Exact. On les a dupliqués et je les ai montrés à un ami médecin de mon club de golf.

— Et ?

— Elles indiquent qu'au fil du temps, son taux de créatinine augmente. Dangereusement. De potassium aussi.

Un sourire lui fend le visage. La pièce de Chopin se termine. Je sens qu'il attend que je le questionne, seulement je ne suis plus d'humeur à jouer à ses petits jeux, alors je lui rends son sourire sans piper mot. Il ne peut pas s'empêcher de combler le silence, c'est d'ailleurs pour ça qu'il m'a emmenée. Pour me montrer la petite piaule de Russo et m'avoir comme public captif. Il est allé trop loin pour s'arrêter là.

— Ce qui signifie qu'il souffre d'insuffisance rénale et qu'il doit être mis sous dialyse immédiatement. Trois heures par jour, trois jours par semaine, jusqu'à la fin de son existence.

Il rayonne de satisfaction.

— Il croit qu'il peut terroriser ma femme pendant des années et échapper aux conséquences ? Eh bien, la vie a sa propre façon de rendre justice. Peut-être pas dans les tribunaux – la justice s'y exerce si peu, je suis bien placé pour le dire –, mais les circonstances règlent les choses d'elles-mêmes. Russo a mis des années à se remettre de la bombe de Beyrouth. Des années. Et ça ne lui a pas servi de leçon. Alors devinez quoi ? Il va passer le restant de ses jours à souffrir le martyre.

Et Halpern va s'en délecter. Mince, il a déjà l'air de s'en réjouir : il sourit toujours.

J'acquiesce, pour lui signaler que j'ai tout entendu. Je m'apprête à lui dire au revoir mais à son expression, je comprends que ce n'est pas la peine. Il est ailleurs – peut-être encore en train de songer au plaisir qu'il aura à regarder Russo mourir dans d'atroces souffrances ? Où qu'il soit, il m'a déjà oubliée.

Je laisse l'enveloppe sur le siège en descendant.

Un bus part pour Detroit dans une demi-heure, j'achète mon billet et m'assieds sur un banc raide en attendant de pouvoir embarquer.

Quelle étrange soirée…

Si Ryan Russo est un mystère, il sera bientôt un mystère mort. Ça explique son regain d'intérêt pour ma famille après tant d'années. Comme Seb, Russo met ses affaires en ordre parce que d'ici peu, il sera confronté à une maladie invalidante, une maladie qui le maintiendra attaché à un appareil de dialyse jusqu'à la fin de ses jours. Alors forcément, il doit harceler maintenant. Retrouver les femmes qu'il tient pour responsables de sa vie de merde. Assassiner les gens comme moi, qui s'approchent un petit peu trop de certains de ses plus noirs secrets.

La routine, quoi.

45.

Certaines personnes détestent les hôpitaux à cause de leur odeur. D'autres les fuient parce qu'elles ne supportent pas la vue du sang. Ou de la maladie. Ou de la mort. Personnellement, je les évite à cause de l'attente. Comme maintenant. Assise au chevet de Nate à attendre qu'il se réveille pour pouvoir lui dire au revoir. Sauf qu'il dort à poings fermés parce que c'est indispensable pour récupérer. En tout cas, j'espère. Il ne m'a jamais menti et même là, son silence n'est guère encourageant. Il ne promet rien qu'il ne puisse tenir.

Sa chambre est remplie de fleurs, dont une énorme composition dans le coin. Le nom sur la carte prouve bien que ce bluesman qui se produit dans des bars pour gagner de l'argent de poche a des relations dont j'aurais rêvé à l'époque où je tentais de percer dans la chanson.

Des fleurs inodores, dans une explosion de couleurs, veillent sur nous tandis que je lui raconte où j'en suis de mes recherches sur la mort de mon père : de toute évidence ce n'était pas un suicide, mais je ne peux pas le prouver ; c'était en rapport avec ma mère.

J'en ai presque terminé lorsqu'un médecin pénètre dans la chambre. Il regarde Nate. Puis moi.

— Famille ? lance-t-il d'un ton dubitatif, un peu au hasard.

J'ai bien une famille sous la forme de Whisper, à défaut d'autre chose, alors j'acquiesce et tâche d'avoir l'air d'une fiancée ou d'une cousine éloignée.

— Oui. Comment il va ?

Il hésite, me scrute au cas où je ne serais pas capable de supporter la vérité. Puis il vérifie les constantes de Nate.

— Trop tôt pour le dire. Il est très faible, il a perdu beaucoup de sang. Le risque d'infection est élevé et il a toujours une hémorragie interne. Il doit subir une autre intervention pour suturer les vaisseaux restants.

Il s'apprête à partir quand je lève une main.

— Si vous permettez, juste une petite question. J'ai un ami qui a servi en Afghanistan, il a été… une bombe a explosé et la moitié de son corps a été brûlée aux deuxième et troisième degrés. Je dois m'attendre à quoi ?

— À un traumatisme profond. À quelqu'un qui souffre terriblement. Votre ami aura besoin de toute l'aide possible, parce que le rétablissement sera long et difficile. Pas seulement une aide médicale pour ses blessures physiques. Ce type de brûlure peut aussi avoir des conséquences extrêmes sur la santé mentale, surtout quand elles ont été causées par des explosifs. Il peut développer une sensibilité au feu, aux bruits violents qui déclencheraient quelque chose en lui.

— Mais à votre avis, est-ce qu'il peut guérir et redevenir parfaitement rationnel, payer ses impôts, promener son chien, border ses enfants le soir sans qu'on s'inquiète ?

Le docteur a un sourire doux.

— Oui, bien sûr, ment-il.

Je laisse couler pour cette fois.

— Très bien, mais si mon ami était déjà un peu instable avant ? S'il aimait suivre les femmes, par exemple, ce genre de chose ?

Là, le docteur ne sourit plus. Il se détourne, en utilisant le dossier de Nate comme bouclier.

— Dans ce cas, vous devriez sans doute vous trouver un autre ami. Bonne journée.

Puis il se glisse dehors.

Je ne sais pas combien de temps je reste là, assise à côté du lit, à fixer l'article consacré à Ryan Russo sur l'écran de mon téléphone. Je n'ose pas toucher Nate, ni le regarder longtemps. Ça fait trop mal. Un truc que Seb m'a appris commence à percer le brouillard de mon esprit. *Qu'est-ce qu'ils taisent volontairement ? Autour de quoi tournent-ils ? C'est là que tu trouveras la vérité.*

Je pose les yeux sur Nate. Il n'a pas de réponses. J'ai envie de lui exprimer ce que chanter avec lui a représenté pour moi. Ce que lui, il a représenté pour moi. Au final, tout ce que j'arrive à faire, c'est lui déposer un baiser du bout des doigts sur les lèvres et un autre sur le front. Je ne veux pas m'en aller, pourtant il le faut. Seb est parti pour toujours mais Nate est encore là. Ma présence n'améliorera pas ses chances de survie et l'hôpital n'est pas un endroit sûr pour moi. J'envisage d'appeler Sanchez pour lui raconter tout ce que j'ai découvert, confesser mes péchés et ceux des autres. Lui confier mes problèmes, histoire de me soulager un peu.

Je quitte l'hôpital. Comme je ne sais pas trop où aller, je prends un VTC pour le centre-ville. Le chauffeur augmente la musique quand je monte, ce qui sied parfaitement à mon humeur. Je me fais conduire à un casino de Greektown. Les physionomistes me matent, mais ils ne me bloquent pas l'entrée. Ils veulent l'argent de tout le monde, pas seulement de ceux qui ont les moyens de le dilapider. Je musarde autour des tables et regarde les gens perdre plus de fric que je n'en aurai jamais sur mon compte. Il n'y a pas de fenêtres ici. Aucun moyen de connaître le passage du temps si vous refusez de vous détourner de vos cartes.

Une femme en robe rouge me double et fonce droit sur un joueur de black jack. Elle s'arrête à son niveau et lui balance une gifle retentissante. Le type se frotte la joue. Il tente de l'ignorer, elle trouble sa concentration. Elle éclate en sanglots et le tire par le bras. Il la repousse. Un agent de sécurité vient la chercher. Elle hurle après le joueur, l'insulte, l'implore, seulement il a déjà oublié jusqu'à sa présence. Personne ne cille. Chacun continue à jouer comme si la femme et ses larmes n'existaient pas.

Ce qui manque ici, c'est leur humanité.

L'article dit que Russo a été grièvement blessé par une explosion en rentrant chez lui à Beyrouth ouest. Pas qu'il venait d'être kidnappé et dépouillé. Ce n'est pas le genre de détail qu'un journaliste passerait sous silence, à moins que Russo ait choisi de le garder pour lui. Sauf que, étant lui-même un peu journaliste… il connaissait l'intérêt d'ajouter un élément pareil au papier.

Donc, il ne voulait pas que ça s'ébruite.

Un attentat à la voiture piégée était une tragédie quotidienne à Beyrouth pendant la guerre civile. Un enlèvement, en revanche, laisse supposer qu'il était visé. Pourquoi, et par qui ? Et pour quelle raison tenait-il à ce que personne ne le sache ?

Voilà ce qui m'échappe depuis le début.

46.

Brazuca attend que Lam ait terminé sa conférence téléphonique. La conversation, sur haut-parleur, se déroule dans un cantonais débité à la mitraillette. La participation de Lam est réduite à la plus simple expression. Juste un mot çà ou là pour combler les vides.

Brazuca est dans son bureau, dont il contemple le mobilier raffiné tout en s'efforçant de dissimuler son impatience. Voilà deux jours qu'il a découvert que Nora était visée par des tueurs. Il a contacté tous les hôtels de Midtown, sans résultat. Nora ne répond pas à ses appels et son téléphone semble presque toujours éteint. Vu qu'elle n'a jamais été facile à joindre, il ne sait pas si elle l'ignore, tout simplement, ou si ça cache autre chose.

— Désolé, dit Lam en raccrochant enfin. Mon père est sur le sentier de la guerre.

— Qu'est-ce que t'as encore fait ?

Lam passe une main dans son épaisse chevelure brune et se frotte la nuque. Une montre en platine rutile à son poignet.

— Ça n'a rien à voir avec moi, heureusement. Il n'attend plus rien de ma personne maintenant que j'ai épousé la femme qu'il m'a choisie. Il espère beaucoup de ses petits-enfants, en revanche.

— Ta femme est enceinte ?

Brazuca ne connaît même pas son nom. Lam en parle à peine, pas plus qu'il n'explique pourquoi elle n'est jamais là. Où se trouve cette épouse fantôme, c'est une question que Brazuca ne tient pas particulièrement à aborder.

Lam a un sourire amer et secoue la tête.

— Le seul petit-enfant qu'il aurait pu avoir est mort avec Clem. Il faudra qu'il s'y fasse.

Brazuca ne relance pas. La colère de Lam obscurcit toujours sa raison. Brusquement, le détective est fatigué de tout ça, et en particulier de cet homme pour qui il a renoncé à son nouveau départ. Le seul point positif, c'est le fric, qui n'a cependant plus l'attrait de naguère. Il plonge dans sa poche et lui tend une clé USB.

— Mon rapport.

Il a mis deux jours à compiler ses notes, en y insérant les clichés utilisables pris par Warsame et lui. Les différents maillons de la chaîne. Les Triple 9 au Lala Lair. Curtis Parnell au port. La connexion hongkongaise avec les 3 Phoenix – ces mystérieux acteurs qui manifestent un intérêt bizarre pour Nora Watts.

Lam ouvre le fichier sur son ordinateur portable et le parcourt avec attention. Sa lecture finie, il va se servir un verre. Cette fois, il pense à en servir un à Brazuca, seulement il oublie au passage qu'il est alcoolique.

— L'an dernier, quand ta copine est venue au Chalet, là-haut… elle cherchait une gamine disparue. Elle pensait que Ray Zhang, un collègue de mon père, était impliqué dans la disparition.

Brazuca est sidéré que Lam se mette à lui parler de Nora, à laquelle il ne cesse de songer depuis quelques jours. Quand le milliardaire l'a croisée alors qu'elle cherchait Bonnie, ça l'a déstabilisé de rencontrer une femme qui n'était pas amoureuse de son pognon.

— Exact.

Brazuca lorgne le verre de scotch posé devant lui, sans toutefois s'en approcher. C'est toujours aussi dur de résister, il parvient pourtant à garder son sang-froid.

— Ce jour-là, je vous ai dit que les Zhang avaient un garde du corps à qui ils faisaient souvent appel et qui aurait des liens avec les triades.

Brazuca opine du chef.

— C'est ça : Dao. Pendant des années, il a travaillé presque exclusivement pour les Zhang.

Ray Zhang était le patriarche d'une famille fortunée qui avait quelque chose à voir avec Nora et la disparition de sa fille, Bonnie, mais les tenants et les aboutissants de l'affaire restaient flous. Les seules personnes à savoir ce qui s'était réellement passé étaient Nora, Ray Zhang et Dao, la première ayant une mémoire sélective des événements et les deux autres s'étant volatilisés. Difficile d'oublier le merdier spectaculaire dans lequel Nora s'était retrouvée, même si Brazuca avait mis un point d'honneur à ne pas en souffler mot à Lam. Il tenait à préserver la vie privée de Nora. Son histoire personnelle avec les Zhang, le fait que feu Kai Zhang soit le père biologique de Bonnie, elle seule était en droit d'en parler.

Lam poursuit, sans percevoir la soudaine froideur de Brazuca.

— Ray Zhang avait une réputation sulfureuse, mais personne ne l'interrogeait sur Dao de son vivant.

Brazuca écarquille les yeux.

— On n'a pas revu Ray Zhang depuis l'an dernier. Comment tu sais qu'il est mort ?

Lam, naguère un livre ouvert, se fait évasif. Il consulte sa montre. Avale une gorgée de scotch et sourit sans une once de gaîté.

— J'ai entendu des rumeurs.

Il tourne son portable vers Brazuca. À l'écran, un Chinois torse nu exhibe ses tatouages dans son salon. Une photo très célèbre au sein de l'antigang, d'après la documentation de Grace.

— Jimmy Fang. Via les 3 Phoenix, il est relié à l'organisation mère à laquelle Dao est affilié.

La migraine de Brazuca est revenue, maintenant qu'il a toutes les pièces du puzzle. D'un seul coup, il vient de gagner sa liberté financière et de découvrir une connexion alarmante. Il comprend désormais pourquoi Nora est devenue une cible. L'an dernier, lorsqu'elle s'est lancée à la recherche de sa fille disparue, elle s'est fait un puissant ennemi du clan Zhang – et de son chef de la sécurité : Dao.

De toutes les personnes impliquées dans les péripéties de Nora, Dao est le plus dangereux. Un tueur impitoyable, ancien mercenaire présumé.

— C'est bon ? demande Brazuca en se levant. C'est bien la filière que tu cherchais ?

— Oui. Merci, mon vieux. À moi de jouer, maintenant.

Brazuca ouvre la bouche pour s'enquérir de ce qu'il entend par là, puis décide qu'il ne tient pas vraiment à le savoir. Il lui apparaît évident, à présent, que son amitié avec Lam repose sur le fait qu'il est et a toujours été son employé. De confiance, certes, mais employé quand même.

— Ton virement partira demain matin, précise Lam.

Il embraye sur ses projets de vengeance contre son père, les dealers et le monde en général. Brazuca ne l'écoute plus. Les mecs comme Lam peuvent se permettre de parler vendetta et compagnie. Leur fortune les protégera toujours du danger. Les questions de survie ne les ont jamais touchés.

Pour les gens comme Nora, par contre, la tâche apparemment banale consistant à traverser la journée sans que quelqu'un cherche à vous tuer n'est pas si simple. Encore moins maintenant, vu à quoi elle a affaire. La vengeance personnelle d'un homme mille fois plus puissant qu'elle. Un ennemi redoutable, comme celui qu'a désormais Brazuca en la personne de Curtis Parnell, le motard qui a pris la tangente avec une photo de lui dans son téléphone.

Brazuca s'en va sans un mot. Il n'y a rien de plus à dire. Son épuisement ne l'a pas quitté, il s'est simplement transformé en une sorte d'angoisse. Paradoxalement, cette angoisse ne s'est pas fixée sur lui ou la menace que pourrait représenter Parnell – s'il n'a pas déjà fui la ville. Il ne pense pas à sa propre survie. Il met une éternité à regagner sa voiture. D'abord, parce qu'il n'est pas tout à fait remis. D'un coup sur la tête, d'un couperet sous la gorge, d'une course-poursuite après un étudiant, du poids émotionnel de la mort de Crow et de l'incertitude quant à sa propre sécurité.

Ensuite, parce qu'il est complètement déboussolé.

Il a essayé de tourner la page, pas vrai ? Ce à quoi il aspire par-dessus tout, c'est monter dans sa voiture et filer à Whistler. Louer une cabane dans les bois pour quelques jours et tester le télescope qu'il a repéré là-bas. Dormir. Alors pourquoi, à cet instant, voit-il tout ça comme un rêve lointain ?

47.

Règle n° 1 pour fuir le pays : récupérer son passeport.

Il doit exister d'autres règles, mais ce n'est pas comme si je les connaissais. Je demanderais bien à ma mère, sauf qu'elle s'est révélée tellement experte à s'esquiver que personne, pas même son harceleur dédié, n'arrive à la retrouver. De toute façon, la règle n° 1 s'avère déjà assez compliquée comme ça. La maison de Nate est remplie de bons Samaritains. Une réunion bat son plein. Des groupes de gens traînent dehors, vêtus de tee-shirts orange fluo assortis par-dessus leurs manteaux. Je m'avise à présent que j'ai encore perdu toute notion du temps. Ce soir, c'est la veille d'Halloween, et les bons Samaritains se préparent à contrer les débordements de Devil's Night à coups de la coordination chromatique et d'une foi étonnante en l'humanité.

Une grappe de jeunes me mate tandis que je m'attarde un peu trop longtemps dans les parages, à me demander si leur piquer un tee-shirt m'aiderait à me glisser à l'intérieur sans me faire repérer comme étant la nana qui était là quand on a tiré sur Nate.

— Salut, dit une des filles en s'approchant.

Je me crispe. Elle me tend un tee-shirt.

— T'as déjà un groupe ?

Je secoue la tête.

— C'est pas grave. Tu peux te joindre au nôtre si tu veux, propose-t-elle d'un ton enjoué.

— Euh, j'attends un copain, dis-je, tout en enfilant quand même le tee-shirt pour mieux me fondre dans la masse.

— OK, bonne chance pour cette nuit. Le soleil n'est pas encore couché et c'est déjà la pire soirée qu'on ait eue depuis des années. On nous a prévenus de faire hypergaffe. Les gens sont déchaînés et certains veulent tout péter.

Elle m'adresse un sourire sombre et s'éloigne. Je patiente encore une vingtaine de minutes, le temps que la baraque se vide et que plusieurs bataillons décollent. Un jeune cycliste passe avec de la musique à fond. Il porte un tee-shirt fluo mais n'a pas l'air attaché à un groupe en particulier. Je mets plusieurs secondes à reconnaître le morceau. Et encore, uniquement parce que c'est ma propre voix qui jaillit tel du miel noir de ses haut-parleurs. C'est notre chanson. Notre chanson, à Nate et moi. Ça me remue jusqu'aux tréfonds de mon être. La dernière fois que je l'ai écoutée, j'étais dans le sous-sol de cette même maison, dans les bras de l'homme dont la voix s'estompe à présent. Le gars à vélo descend la rue, emportant la musique.

Dans cet état de chaos intérieur, je pénètre dans la bicoque et, à ma grande surprise, y parviens sans être vue.

Mon sac à dos n'est pas dans le studio au sous-sol, dont la porte a été enlevée. Le matériel d'enregistrement et les guitares de Nate ont également disparu, toutefois celui qui les a embarqués a eu la délicatesse de laisser le canapé « galant » au cas où quelqu'un voudrait s'y asseoir pour contempler une pièce vide. Il n'y a pas d'amateurs à part moi.

Une heure s'écoule avant que toutes les voix se soient tues. Pour une raison ou une autre, l'insonorisation de fortune a été démontée, du coup j'entends parfaitement ce qui se passe à l'étage. Lorsque le silence règne, je peux enfin fouiller les lieux comme il faut.

Au bout du couloir du premier, j'arrive à une porte protégée par une serrure que n'importe quel crocheteur amateur ayant accès à des tutos en ligne saurait forcer. Il me faut à peu près une minute pour entrer dans ce que je présume être la chambre de Kev, vu les photos de Malcolm X et Assata Shakur encadrées au mur. Bizarrement, il y a aussi la trilogie du *Seigneur des anneaux* sur le bureau juste à ma droite, à côté du coffret *Game of Thrones* comme antithèse brutale. Je n'ai jamais été très fan de fantasy, moi. J'ai déjà assez de mal avec la réalité.

Je suis tentée de saluer les portraits au mur quand je trouve mon sac dans le placard. Les gens qui ne font pas confiance à la police sont prévisibles. Je le sais, parce que j'en suis. Je me doutais que Kev l'aurait planqué avant l'arrivée des autorités. Malgré tout, je me demande s'il est au courant qu'il a enseveli un lien tangible avec l'attaque de son frère sous une pile de tee-shirts et un jogging rose marqué ANGEL sur les fesses.

Je sors mon passeport du sac et le glisse dans une poche à fermeture Éclair de mon blouson, avec mon portefeuille. Au moment où je m'apprête à partir, je perçois un bruit à l'intérieur de la baraque et recule dans la chambre. Je ne peux pas aller bien loin. Hors de question de me cacher dans un placard : je me plante derrière la porte et tends l'oreille. Je retire le sac de mon épaule et le pose délicatement. Je n'entends que des pas dans l'escalier. Des pas feutrés. Davantage qu'une paire, peut-être deux. J'ai mon portable à la main, alors j'appelle le numéro qui figurait sur la carte de visite de Sanchez, celui que j'ai enregistré en raccourci au cas où. Sans attendre qu'il décroche, je baisse le son et fourre le téléphone dans ma poche.

Puisqu'on ne peut pas percevoir les intentions, je vais supposer le pire.

Quand la porte s'ouvre et qu'un individu encapuchonné apparaît, pistolet au poing, je la repousse violemment vers lui. Il crie et sa main se coince dans l'interstice. Je rouvre et claque de nouveau la porte sur ses doigts jusqu'à ce qu'il hurle de douleur et tombe à la renverse. Je ramasse son flingue et le rejoins dans le couloir où un sérieux coup de pied à l'entrejambe le plie en deux dans un grognement. Une autre silhouette à capuche surgit de la première chambre à côté de l'escalier, arme à la main. Je n'ai qu'une fraction de seconde : je lui agrippe le poignet et le tire vers moi. Il trébuche, s'affale en haut des marches et une bonne poussée l'envoie valdinguer jusqu'en bas. Son flingue dégringole plus vite que lui. Je fonce à mon tour et je récupère le pistolet alors que sa main se resserre sur ma cheville, me faisant basculer.

Je me vrille, braque le pétard sur le mec de l'étage et sors l'autre de ma ceinture. J'ai peut-être le cul par terre, mais c'est moi qui tiens les deux flingues. Je pointe le deuxième sur le mec de l'escalier. Il a encore son pansement sur le nez. C'est mon copain de l'hôtel. Celui qui a tiré sur Nate. Je suis assez furax pour que mon doigt hésite au-dessus de la détente, sauf que là, j'ai besoin de réponses.

— Qui vous a engagés pour me tuer ?

— J'en sais rien, putain, répond-il.

Sa voix est étrangement aiguë et nasillarde. Il a une jambe repliée derrière lui et une expression d'intense douleur lui déforme le visage lorsqu'il tente de la bouger.

— C'est Ryan Russo ?

— Qui c'est, çui-là ?

Vu comme il a l'air de souffrir, il ne peut pas mentir. N'empêche que je dois savoir.

— Dites-moi qui vous a engagés.

Mon regard bondit de l'un à l'autre. Il paraît qu'un coup direct à l'entrejambe est le supplice suprême pour un mec. J'espère bien, et surtout que ça va le laisser à terre un bon moment.

Mon vieux copain de l'escalier grimace.

— C'est pas moi qu'ai reçu l'ordre, sale pute.

— Alors qui ? j'insiste, une fois enfin remise à genoux.

Je m'accroupis à côté de lui et lui colle le canon sur la tempe. Ma main est ferme, comme toujours quand je manie une arme. J'aimais bien les flingues, dans le temps.

Le contrôle des armes à feu, c'est du sérieux, au Canada. Partout sauf chez mon pote Wallace. Wallace avait un père qui non seulement trouvait le prénom de Wallace parfaitement adapté au XXe siècle, mais buvait du whisky du Tennessee, portait un chapeau de cow-boy, disposait d'une vaste collection d'armes à feu enfermée dans sa cave et en confiait la clé à son fils. Après avoir joué au docteur et descendu un peu de whisky, on piochait dans l'arsenal et on sortait s'entraîner au tir. Pendant deux de mes années de lycée, j'ai squatté chez Wallace quand son père partait en déplacement. J'ai aussi beaucoup tiré, parce que Wallace devenait nerveux quand il restait trop longtemps à l'intérieur et que je peux avoir l'esprit de compétition même quand les enjeux sont bas. Je tire très bien. J'ai pas mal pratiqué dans une ancienne vie.

Le jeune mec au bout du canon éclate de rire. Il presse sa tempe encore plus fort contre l'orifice.

— Vas-y. Bute-moi. Y a pas pire enfer que Detroit. Vas-y.

Il est on ne peut plus sérieux. Il ne ment pas et il ne fanfaronne plus du tout, maintenant. Ce gosse au nez et à la jambe cassés n'a pas peur de mourir. Son pote sur le palier se redresse à quatre pattes.

Le désir de vengeance bouillonne en moi. Un homme est étendu sur un lit d'hôpital à cause de ces jeunes prêts à tout. À cause de ce tireur à la noix qui n'aurait jamais dû toucher une arme.

Je vois le visage de mon père. Son sourire tranquille. Et je me rappelle que c'est comme ça qu'il est mort.

Je ne peux pas appuyer sur la détente.

Dania Nasri a parlé d'enfer, elle aussi. Pour décrire son pays d'origine. J'imagine que l'enfer est une question de point de vue.

— J'espère que ça valait quinze mille dollars, connard. Tu bouges pas.

Là-dessus, je file par la porte et cours aussi vite que je peux. Je cours comme si j'étais poursuivie. Ce qui, bien sûr, est le cas. Et pour une somme qui me semble bien dérisoire en vérité. J'ai haussé les épaules quand Sanchez a mentionné combien ça coûte de descendre quelqu'un à Detroit.

Quinze mille dollars, c'est vraiment loin du compte.

48.

Ma batterie est encore en rade. Je ne sais pas ce que Sanchez a capté de ma petite conversation avec les jeunes assassins, mais ça n'a plus d'importance. Ce qui compte, c'est que je me tire d'ici au plus vite.

Je croise un groupe de tee-shirts fluos sans m'arrêter pour les avertir de ce qui se trouve dans la maison.

— Il y a le feu par là ! me crie l'un d'eux, alors je bifurque dans une rue adjacente.

Je sens la fumée de l'incendie et, un court instant, je me demande si je suis de retour à Vancouver. Le croissant de lune qui plane au-dessus de moi m'éclaire davantage que les maigres réverbères. J'aperçois des lueurs intermittentes au loin et j'entends le crissement de véhicules de pompiers ou d'ambulances. Il serait plus logique de me diriger vers eux, vers les gens, alors je ne le fais pas. Un grand fracas secoue l'air. Des feux d'artifice flamboient dans le ciel nocturne. Je ne sais pas trop quoi faire des deux pistolets que j'ai sur moi. J'en ai marre de voir des flingues partout dans cet État où le port d'arme visible est autorisé. Ils font des incursions jusque dans mes rêves.

J'évite les foules qui peuvent être armées ou non, tout comme moi. Je suis lasse des humains et je me languis de Whisper. Seulement elle est occupée avec Leo, à qui je refuse de songer parce qu'alors, je devrais consacrer une pensée ou deux à Seb. Et si les humains me fatiguent, la mort d'un de mes préférés n'arrangera pas les choses.

Le problème, c'est que je n'ai nulle part où aller. Chaque fois que je vois de la fumée ou un tee-shirt fluo, je bifurque – sauf que ce n'est pas terrible, comme plan. Ce n'est pas ma faute, cela dit, puisque je ne connais pas assez la ville pour établir la moindre stratégie. Je fais ce que je fais depuis que je suis arrivée ici : je tourne en rond. Quand il n'y a pas de ronds, il y a des impasses, et l'endroit n'y fait pas exception.

Bientôt, je n'ai plus d'endroit où m'enfuir.

J'atteins le bas de la rue. D'un côté, un champ d'herbes hautes. De l'autre et devant, un entrepôt condamné, l'un des rares bâtiments du coin qui tienne encore debout. Je suis au bout du chemin, et je regrette d'avoir décidé de foncer à l'opposé des bruits de la civilisation. Je me sens vulnérable. Retombée la poussée d'adrénaline que j'ai eue chez Nate, voilà que je frissonne.

Au loin, à l'entrée de l'impasse, j'entrevois une silhouette en ombre chinoise sous un lampadaire. L'ombre s'arrête, regarde dans ma direction. Ce n'est peut-être qu'un passant quelconque, mais après m'être retrouvée face à face avec mes assassins en puissance chez Nate, je ne veux pas prendre le risque. Le besoin d'être à l'intérieur, de m'adosser à un mur, devient pressant. L'édifice à ma droite n'a pas l'air si vieux que ça. Peut-être qu'il n'a été abandonné que récemment et pourrait m'offrir un refuge pour me poser et réfléchir. Pour me terrer, juste le temps de rassembler mes esprits.

Une porte est entrouverte sur le côté. Je m'y glisse en prenant soin de la tirer derrière moi. L'aperçu que j'ai pu avoir des lieux avant de refermer la porte m'a montré une grande salle, sans doute un hall d'entrée, avec deux couloirs de part et d'autre.

Après à peine quelques secondes de silence béni, des bruissements de pas résonnent dans le couloir le plus éloigné de moi. Le bâtiment n'est donc pas abandonné, finalement.

— Qui c'est qu'a fermé la porte ? râle une voix.

Un jeune homme, apparemment, qui s'est fait virer de plusieurs bahuts privés avant de s'installer ici. C'est fou ce qu'on peut percevoir dans un timbre quand on est dans le noir et pété de trouille. Quelqu'un d'un peu moins cohérent lui répond en marmonnant quelque chose sur une autre porte à l'arrière. Je m'élance, espérant atteindre ladite porte avant eux. Maintenant que je sais que l'endroit n'est pas désert, je n'ai plus autant besoin du réconfort de murs autour de moi. Je veux seulement m'échapper. Je fonce dans le corridor le plus proche et m'éloigne. Je n'ai aucune envie de bavarder avec deux étudiants dans un entrepôt désaffecté le soir de Devil's Night. Leur présence ici n'est pas franchement rassurante.

Depuis que Nate m'en a parlé, je me suis renseignée sur cette coutume. Elle prend ses origines dans les émeutes raciales de Detroit, dont trois ont été si dévastatrices qu'il a fallu appeler l'armée pour éteindre les incendies qui ravageaient la ville. Detroit est alors devenu un terrain de jeu pour pyromanes, et la situation n'a fait que s'aggraver dans les années 80, au point de contraindre les autorités à prendre des mesures. Elles ont créé Angel's Night en espérant contrer le pire du vandalisme et de la violence, pourtant les pyros continuent à affluer pour foutre le feu à des trucs. J'ai comme l'impression que ces deux zigotos ne sont pas là dans l'intérêt de la ville. C'est marrant comme fureter la nuit dans un entrepôt abandonné peut donner cette impression.

Un vague relent âcre me chatouille les narines. Une senteur diffuse que je mets un moment à identifier. Bizarre qu'il me faille autant de temps pour repérer l'odeur de l'essence. Je rebrousse chemin direct pour galoper jusqu'à la porte par laquelle je suis entrée. Elle est solidement fermée. L'odeur est plus forte ici, ils ont dû asperger le hall en dernier. Impossible de décoincer la porte. Je tambourine dessus à coups de poing et braille : « À l'aide ! » à me casser la voix. Si je hurle « Au feu », ma foi, c'est justement ce qu'ils veulent, non ? Utiliser le prétexte de Devil's Night pour regarder des choses flamber.

Je ne sais pas si c'est d'avoir crié au loup à l'hôtel l'autre jour, mais ce soir personne ne vient à mon secours. J'arrête de cogner à la porte et m'apprête à reprendre le couloir quand j'entends un mouvement à l'autre bout de la salle. Je me fige.

— Salut, Nora, dit Ryan Russo.

49.

Il y a zéro visibilité dans ce hall. Ça pourrait être une métaphore de ma vie, si j'étais du genre à lire les horoscopes et à croire aux métaphores. Ce qui m'affecte maintenant, ce n'est pas seulement l'absence de lumière. Cette voix dans le noir est lourde, presque plus lourde que l'odeur de l'essence. Je bute sur ce qui semble être un bidon en plastique, qui valse à travers la pièce.

Dans l'obscurité, je sens Russo porter son attention sur moi. Ce n'est pas un hibou, il ne peut pas me voir, et pourtant, je sens son regard. L'un des flingues est glissé dans la ceinture de mon jean, mais je tiens l'autre à la main. J'abaisse le chien. Le *clic* résonne comme un coup de tonnerre dans ce bâtiment vide.

— Oh, je te déconseille de tirer là-dedans, persifle Russo. Je crois que les gamins ont déversé de l'essence partout et mis le feu au sous-sol. Ils visent sans doute la combustion lente, mais je serais toi, je prendrais pas de risque. Va savoir s'ils n'ont pas planqué des bonbonnes de gaz ou autre ici ou là, histoire d'être sûrs que les flammes se propagent. Un simple coup de feu pourrait tout embraser. Alors, si on posait nos armes pour bavarder un peu ?

— Si on sortait d'ici, plutôt ?

J'ignore si ce qu'il dit est vrai, d'après moi c'est de la connerie mais de toute façon je ne vois pas de cible à mettre en joue.

— On devrait aller boire un café, je continue. Vous avez un créneau, genre la semaine prochaine ?

— Moi ? Je suis libre comme l'air.

— Plein de temps pour traquer les nanas, hein ?

Il rigole.

— Tiens, c'est marrant que tu parles de ça. Justement, je pense beaucoup à ta mère, dernièrement.

Il se déplace dans ma direction. Je ne le vois pas, mais je sens toujours son regard. J'entends ses pas lents et mesurés sur le sol.

— C'est dur pour une femme de recommencer une nouvelle vie. Elles sont si émotives… Elles laissent toujours échapper quelque chose.

Je suis frappée par son assurance. De toute évidence, il a beaucoup réfléchi à la question.

— Toutes des tarées, je lâche.

Quelque chose me chiffonne, sans que j'arrive à mettre le doigt dessus.

— Tu n'imagines même pas. Je t'ai vue avec Dania Nasri. Tu as appris qui était ta mère, pas vrai ? Après tant d'années dans le brouillard… Tu sais où elle est, maintenant ? demande-t-il avec une douceur étrange, comme apaisante.

Ça y est, j'ai trouvé : c'est sa voix qui a changé.

La dernière fois qu'on s'est parlé, on était à Vancouver et il paraissait perdu. Apeuré, même. Rien à voir avec son intonation actuelle. Quand il évoque ma mère, son ton prend des accents radicalement différents. Des accents que toute l'onctuosité du monde ne peut masquer. Des accents proches de la haine.

Je suis tellement focalisée là-dessus que je mets un moment à intégrer sa question.

Si je sais où elle est ? La femme qui m'a abandonnée enfant ?

J'ai une révélation stupéfiante. Mon ventre se noue, comme si j'avais pris un coup. J'imagine que c'est ce qu'on ressent quand on comprend qu'on sert d'appât.

À Vancouver, ses propos sur mon père m'ont propulsée jusqu'ici. Ce que je découvre au bout du chemin n'a aucun rapport avec son passage dans l'armée. Pour être honnête, une partie de moi espérait une intrigue du genre thriller, une vaste conspiration militaire qui se serait refermée sur Sam Watts et l'aurait poussé au suicide. Ce n'est pas du tout ce type d'histoire. Sam Watts est simplement tombé amoureux de la mauvaise femme. Voilà. Point à la ligne. Car il n'était rien d'autre que ce qu'il paraissait. Un ancien marine revenu à la vie civile. Retourné au pays de sa naissance pour chercher ses racines – même si, à ma connaissance, il ne les a jamais trouvées. La route était sans doute plus escarpée que je ne l'imagine, mais au moins, il essayait. C'était un mari dévoué. Un père aimant. Le genre d'homme qui se montrait gentil avec les petites vieilles et donnait sa maison à un frère débordant d'affection. Est-il possible qu'il ait été merveilleux et qu'il soit mort quand même ? La vie peut-elle être aussi cruelle ?

Est-il possible que j'aie été aiguillonnée tout ce temps uniquement pour débusquer ma mère ?

— Vous êtes venu à Vancouver parce que vous saviez que je me mettrais en quête de la vérité sur mon père.

Je garde le pistolet dans ma main droite et recule aussi silencieusement que possible, bras gauche tendu vers le mur le plus proche. Je m'en sers pour me guider, à la recherche d'ouvertures invisibles. J'avance lentement car le sol est jonché de débris en tous genres. J'écrase un truc gélatineux tout en refusant de penser à ce que ça pourrait être.

— Non, tu m'as pris par surprise sur ce coup-là. Je voulais juste vous voir, ta sœur et toi, au cas où votre mère aurait repris contact après toutes ces années. Je n'étais pas prêt quand tu m'as apostrophé, alors j'ai improvisé. Mais quand j'ai vu que tu remontais la piste, je me suis dit : Excellent moyen de la pousser à sortir de son trou ! Toi qui te balades en posant des questions. Personne ne refuserait d'apporter des réponses à sa fille si longtemps perdue. Surtout si cette salope est toujours en vie et en relation avec des gens d'ici.

Il y a certaines choses pour lesquelles j'ai perdu patience avec le temps. Chaque fois que j'entends le mot « salope », c'est comme si on me giflait avec un poisson humide. Un poisson à peine sorti de la glace d'un étal de marché ; une carcasse froide et creuse qui frappe là où ça fait mal, destinée à me rappeler que je ne suis qu'un trou béant, un vide au lieu et à la place d'une personne.

Un vide qui, semble-t-il, s'emplit à présent d'incertitude.

Quelque chose cloche.

— Si vous ne tentez pas d'étouffer la mort de mon père, pourquoi vous avez lancé des tueurs à mes trousses ?

Russo marque un temps d'arrêt.

— De quoi tu parles ?

Je ne réponds pas. Il paraît sincèrement dérouté. Mais alors, qui est-ce qui veut ma peau ?

Je ne peux pas m'appesantir sur ce point parce que ça y est, je sens de la fumée. Pas très forte, mais son odeur domine, désormais. Russo avait raison. Il y a le feu quelque part dans l'édifice, probablement observé avec enthousiasme par les étudiants pyromanes qui ont filé dare-dare. À tous les coups, ils sont dehors, assez loin pour contempler le spectacle sans danger. Trop pour m'entendre crier, à supposer qu'ils en aient quelque chose à fiche.

Si Gloria Tate disait vrai et que Russo a été grièvement brûlé dans une explosion, ne devrait-il pas être terrorisé ?

Il profite de mon silence pour se rapprocher. J'ai une idée approximative de sa position, impossible cependant de la déterminer avec précision. J'espère que c'est pareil pour lui. Je devrais rester coite, car ma vie pourrait en dépendre, sauf que je ne peux pas m'empêcher de parler. Je suis trop avancée pour m'arrêter là. Je voulais quitter cette foutue ville et il a réussi à me retrouver, cet homme qui détient les réponses à mes questions sur mes parents.

— Quand j'étais petite, vous êtes venu chez nous à la recherche de ma mère. Quand les médias se sont emparés de l'affaire des otages, vous avez vu la photo du mariage Nasri et vous l'avez reconnue. Dania Nasri vous a donné son adresse. Seulement quand vous avez débarqué à Winnipeg, elle s'était déjà enfuie depuis longtemps. Pourquoi vous avez tellement attendu pour aller la trouver ?

Près d'un an s'était écoulé entre la dernière conversation de ma mère avec Dania Nasri et la mort de mon père. L'explication m'apparaît dans un éclair.

— Parce que vous étiez shooté. Vous ne pouviez pas.

Sa colère fend l'obscurité comme une lame acérée.

— J'étais pas encore remis de l'explosion. Tu sais comment on traitait les grands brûlés, à l'époque ? On les mettait dans une baignoire, on nettoyait les brûlures et on grattait les plaies ouvertes pour éliminer la peau morte et éviter l'infection. J'ai jamais souffert comme ça. Jamais. Alors ouais, j'avais un problème, j'étais pas prêt pour m'occuper de cette salope, mais je savais où elle était. Mon erreur, ç'a été de croire qu'elle bougerait pas.

— Vous pensiez la connaître.

Il pouffe.

— On ne connaît jamais vraiment les femmes.

— Hum, intéressant. Je me demande si votre haine farouche ne serait pas due au fait qu'elle savait que vous étiez joueur et que ça vous a causé des ennuis à Beyrouth.

Il y a un blanc, alors je développe dans le sens de l'intrigue, puisque j'ai fini par comprendre que c'est de ça qu'il s'agit. Je tiens bien de ma mère, finalement. Je me rappelle ce qu'a dit Samson à Chicago, que Russo pouvait être une cible facile.

— Peut-être que vous deviez de l'argent à certaines personnes qui ont exigé quelques services en échange. Et peu importe qui c'était, pourvu que vous ayez le frisson. Ou alors c'était uniquement pour le fric. Pour qui vous bossiez, au Liban ? Les Soviétiques ? C'était la guerre froide.

J'ai l'impression qu'on me racle la gorge de l'intérieur. Comment supporte-t-il de discuter dans cette fumée ? À moins qu'il soit habitué à la souffrance extrême.

— « C'était » ? La guerre froide ne s'est jamais terminée, elle a simplement changé de terrain, réplique-t-il.

Malgré tout, je sais que je l'ai ébranlé. Il perd de son assurance. Au son de sa voix, il ressemble davantage à ce qu'il était à Vancouver. Un pied en arrière. Sur la défensive.

Un silence pesant s'installe tandis que mon intuition change de forme. Sa poursuite acharnée de ma mère n'est sans doute pas le résultat d'une simple querelle d'amoureux. Kovaks m'a dit que Beyrouth était une plaque tournante du renseignement. Russo était connu pour son goût de l'aventure, son désir de vivre au cœur d'une crise internationale ou l'autre.

Aussi échevelé que ce soit, tout s'imbrique. J'espère qu'il y a un peu de vérité dans la théorie selon laquelle même le plus dur des durs à cuire éprouve parfois le besoin de se vanter – ou de soulager sa conscience face à une maladie incurable. Un pan de ma conversation avec Dania Nasri me revient en mémoire. Il y avait eu un homme, mais ma mère avait découvert sa face cachée. Ce n'était peut-être pas qu'une façon de parler.

— Elle a vu quelque chose, c'est ça ? Qu'elle n'était pas censée voir.

Je crois que je vais suffoquer avant qu'il ait répondu. Il ne me fait pas trop mariner. On sait tous les deux qu'on n'en a plus pour longtemps. La fin est là, toute proche. Pour moi, c'est peut-être cet entrepôt. Pour lui, ce sont des résultats d'analyses dans une enveloppe kraft. Un arrêt de mort.

Quelques instants passent, j'ai l'impression qu'il va me rire au nez. Et puis il se met à parler. Avec une sorte d'urgence, comme s'il avait attendu toute sa vie rien que pour ce moment. C'est ça, le problème, avec les secrets. Le conflit intérieur qu'ils provoquent. Il y a toujours une partie de soi qui a envie de les révéler.

— Elle était femme de ménage, lâche-t-il précipitamment, sa voix plus rocailleuse qu'avant. Tu le savais ? Chaque semaine, elle travaillait dans un certain appartement de Beyrouth. Il était loué par un Américain et il… intéressait les Russes. C'était censé être un genre de planque de la CIA. Les Soviétiques voulaient y avoir accès, mais ils ne m'ont pas expliqué pourquoi. Mon officier traitant m'a juste dit qu'elle ouvrirait plus facilement la porte à un jeune Américain. Quand je l'ai rencontrée, ça a changé la donne. Il pensait…

Là, il a une hésitation.

— Quand on s'est connus, je me suis débrouillé pour que ça ait l'air d'un hasard. Il y avait un lien entre nous. Elle voulait progresser en anglais, alors on se voyait à l'appart quand elle y allait. On a eu une aventure, si tu veux savoir. Un jour, mon officier traitant m'a chargé de mettre quelque chose là-bas… J'ai eu le sentiment qu'elle m'avait surpris, mais je n'en ai eu confirmation que plus tard.

J'ai toujours en tête mon entretien avec Dania Nasri. Ma mère demandait qui était à l'écoute puis partait d'un grand rire retentissant. Et elle avait découvert la face cachée d'un homme qui s'était servi d'elle. Je sais que c'est là le nœud de toute l'affaire.

— Mettre quelque chose ? Vous voulez dire un mouchard ?

Mes mains effleurent une surface qui ressemble à du contreplaqué. Il y a peut-être une fenêtre derrière. Si j'arrive à l'arracher, j'aurai peut-être une issue de secours.

Il marque un moment de silence insoutenable.

— Je ne sais pas comment elle a su. Comment elle a compris. Elle était… retorse. Oui, on m'a demandé de poser un micro dans cet appartement et elle m'a vu faire, même si je n'en étais pas certain. J'imagine qu'elle a tout pigé. Ce que je fabriquais dans cet appart au départ. À peu près une semaine plus tard, juste avant qu'on se revoie, je me suis fait braquer en rentrant chez moi.

— Du casino ?

Pure intuition, mais sitôt dit, je sais que c'est vrai. Et lui aussi. Samson m'a expliqué qu'il n'y avait rien de plus prévisible qu'un joueur – peut-être que ma mère le savait aussi.

— Mazette ! fait-il avec une sorte d'admiration perverse. J'avais gagné gros, ce jour-là. Je rentrais à la maison quand je me suis fait kidnapper et voler. Ce n'était pas une coïncidence. La vie ne fonctionne pas comme ça. Ils m'avaient espionné, ceux à qui elle avait parlé de moi. Ils connaissaient mes habitudes. Ils m'ont dépouillé puis ils m'ont jeté de la voiture en marche. J'étais complètement paumé.

— Et vous avez croisé la route d'une voiture piégée.

Je pensais que la visibilité dans la pièce ne pouvait pas être pire, et pourtant, si. Il fait une telle chaleur à présent que j'ai envie de me déshabiller et de semer mes fringues derrière moi dans une course effrénée vers la sortie. N'importe quelle sortie. La seule chose qui me retient, c'est ce qui m'a amenée dans cette ville. Malgré tout ce que j'ai traversé, je veux toujours connaître la vérité. J'ai planté mes doigts dans le pourtour du panneau de contreplaqué et j'ai tiré si fort que je sens mes ongles se briser et du sang s'écouler des échardes qui se sont fichées dans ma peau. La planche ne bouge pas.

— Je l'ai sous-estimée. Personne d'autre n'aurait pu piger à part elle. J'ignore qui étaient ces types, et ça n'avait pas vraiment d'importance. Vous êtes tous les mêmes, les bougnoules. On peut pas vous faire confiance.

Il crache ces mots d'une voix rauque et haletante. Par manque d'oxygène ou autre chose, difficile à dire.

Je me suis déjà fait insulter, mais jamais pour mes origines maternelles. Pas que je sois tellement surprise. On ne peut pas rester vierge toute sa vie.

— Elle a été plus maligne que vous. Et vous avez tué mon père pour vous venger d'elle.

Russo marque un temps d'arrêt. Comme s'il cherchait à se calmer. Je l'entends bouger – pas dans ma direction.

— Écoute, c'était un accident. J'étais venu parler à ta mère. J'estimais qu'elle me devait de l'argent. Au minimum. Il avait un flingue. J'ai voulu le lui arracher et on s'est battus. Le coup est parti.

Subitement, ma colère dépasse ma peur. Dans le noir, seuls demeurent la fumée suffocante et le son de sa voix. J'entends tout avec acuité, y compris ce qu'il n'a pas conscience de me révéler.

Il vient de me mentir.

— Vous l'avez tué avec son propre pistolet et vous avez maquillé ça en suicide.

Quand j'ai sorti que Russo était un genre d'agent secret, c'était surtout du bluff, une théorie plausible étant donné ce que j'avais appris de Mark Kovaks, Julie Dubois et Samson. Avant qu'il la confirme, je n'avais aucune preuve, et rien à perdre à l'avancer. En réalité, je me contrefous des micros, de l'espionnage pendant la guerre froide ou de ses raisons pour pourchasser ma minable de mère jusqu'au bout de la terre. S'il y avait la moindre place pour elle dans mon cœur, elle a disparu le jour où Lorelei et moi avons été placées en famille d'accueil et contraintes de nous débrouiller toutes seules.

Mon père, c'est autre chose. Quelle que soit l'embrouille dans laquelle ma mère s'était fourrée à Beyrouth, ça a conduit à sa mort à lui. Russo a assassiné le seul parent que j'aie vraiment connu et ma sœur et moi, on ne s'en est jamais relevées. Enfin, si, Lorelei peut-être. Dans mon épuisement, consécutif à des jours de sommeil sporadique et de méfiance constante, je m'aperçois qu'elle s'en est remise et qu'elle est passée à autre chose. C'est pour ça qu'elle arrive à me raccrocher au nez avec une telle autorité. J'incarne son passé et pour elle, ça n'a plus d'importance. Moi, je n'ai jamais réussi à lâcher prise.

— Je n'imaginais pas qu'elle abandonnerait sa famille, dit Russo. Ça prouve bien quel genre de femme elle était. Tu sais quelle a longtemps été ma plus grande peur ?

Je respire dans ma manche, à présent. La fumée me pique les yeux. Ils sont réduits à deux fentes que je parviens à peine à maintenir ouvertes.

— Normalement, on est censé avoir compris la vie à l'âge que j'ai. Tu n'es plus toute jeune non plus, tu dois savoir de quoi je parle.

Cette fois, c'est à mon tour de me taire. Il poursuit quand même. Je le sens se rapprocher.

— J'étais terrifié par les flammes. À tel point que je ne pouvais même pas me trouver à côté d'un feu de cheminée en hiver ni entendre craquer une allumette. Mes cicatrices… T'as pas idée.

Il semble calme. Comment peut-il être si calme quand on est sur le point d'être brûlés vifs ?

— Aujourd'hui, je n'éprouve plus que du soulagement. C'est peut-être ça qui aurait dû se passer à Beyrouth.

Un sentiment d'horreur m'envahit. Il n'a aucune intention de sortir d'ici vivant, de finir ses jours dans la douleur et sous dialyse. Il livre sa dernière bataille. La situation aurait peut-être été différente pour lui si j'avais su où était ma mère. Il ne nous aurait peut-être pas piégés tous les deux ici car il aurait encore une vengeance comme raison de vivre. Sauf que je n'ai jamais eu beaucoup de chance et lui non plus, apparemment.

Je le sens se rapprocher encore, seulement je n'y vois plus rien. J'atteins une ouverture et m'élance au travers lorsqu'il m'agrippe par le dos de mon blouson et me fait tomber. Il est plus fort que je ne m'y attendais. Dans ma chute, le flingue m'échappe. Les doigts de Russo me frôlent le bras.

Il écrase un canon sur ma tempe. Comme moi sur celle du mec tout à l'heure chez Nate. Comme Russo sur celle de mon père avant moi.

L'air est plus épais ici. Je peux à peine respirer. Le couloir est complètement enfumé.

— Vous avez dit… risquait d'exploser…

Une violente quinte de toux me secoue le corps. La seule chose qui me maintient en place, c'est le métal frais sur ma peau. Je me fonds presque en lui, tellement c'est agréable. Je ne distingue pas Russo. Il n'est qu'une voix dans le noir, à l'autre bout d'un pistolet.

Une voix qui revient assourdie, comme s'il parlait dans sa manche. Il se penche tout contre mon oreille. Je le sens à présent, je sens sa haine. Elle est dans son souffle, me hérisse la nuque.

— J'ai menti.

Évidemment.

— J'attends toujours que ta mère débarque pour te sauver, murmure-t-il, consommant ce qui doit être la dernière once d'oxygène disponible dans tout le bâtiment. Mais il faut croire qu'elle n'en a rien à foutre.

Je repense aux résultats d'analyses que j'ai découverts dans son appartement de Chicago. Et là, je comprends pourquoi il m'a retenue ici tout ce temps, au péril de sa vie. Lui non plus, il n'en a rien à foutre. Il est prêt à mourir à ses propres conditions, et à m'emporter avec lui. Parce qu'il est allé trop loin pour crever tout seul.

J'éclate de rire. M'étrangle et rééclate de rire.

— T'es un… loser. Co… Comme moi.

Ces derniers mots ne sont qu'un râle arraché à ma gorge juste avant qu'elle se grippe pour de bon, mais il les a entendus. Et il sait aussi bien que moi que c'est vrai.

Il presse la détente. Son pistolet s'enraye. Le bâtiment n'explose pas.

Le flingue que j'avais dans ma ceinture est maintenant dans mon poing. Je l'arme et prends appui sur le mur. Russo chasse ma main au moment où je tire.

Un grand fracas retentit. Une partie du plafond s'écrase sur mes épaules. Je tente de me dégager en rampant, mais je n'arrive pas à inspirer suffisamment d'oxygène. Peut-être qu'il n'y en a plus, tout simplement. Je crois que je suis dans l'encadrement de la porte. J'ignore où se trouve Russo. Quelle importance, après tout ?

Quand Dania Nasri m'a dit avoir entendu *London Bridge* en fond sonore en discutant au téléphone avec mon père, ça a réveillé quelque chose. Le souvenir d'une petite boîte à musique rouge. Mon père la remontait pour moi et ça me rendait heureuse. Ce doit être ça, l'amour.

Un nouveau grondement résonne au-dessus de ma tête et soudain, tout s'effondre.

50.

Brazuca regrette d'avoir bu autant de café. Ç'aurait dû être du kombucha, songe-t-il. Il surveille sa consommation de kombucha parce que c'est hors de prix, même s'il a les moyens désormais. Sauf que maintenant, c'est trop tard, comme toujours. Il a déjà lâché sa routine santé et c'est son estomac qui trinque. En route pour l'aéroport, il appelle encore une fois le numéro de Nora. La communication bascule directement sur messagerie – et sa boîte vocale est pleine. De tous les messages pressants qu'il lui a laissés, sans aucun doute. Il lui a également envoyé des textos, mais là encore, silence radio.

Sur un coup de tête, il bifurque dans un quartier résidentiel de Richmond et se gare devant un pavillon à un étage. Les lumières sont allumées à l'intérieur et des ombres bougent derrière les rideaux. Un homme d'une dizaine d'années de moins que lui répond à la porte. Pantalon à pinces, chemise, cheveux noirs coiffés en arrière.

— Qu'est-ce qui se passe ? demande le type en le voyant.

Brazuca hausse un sourcil.

— Je viens voir Grace. Je suis un ami.

— Oh, j'ai cru que vous étiez flic. Désolé. Vous devez avoir une tête à ça.

Le type le conduit dans le salon voisin.

— Grace ne m'avait pas dit qu'elle avait invité des amis, mais soyez le bienvenu.

Celle-ci leur jette un coup d'œil depuis le canapé. Elle est entourée de quelques personnes, qu'il suppose être des parents puisqu'elle n'a pas invité d'amis comme lui. À sa vue, son sourire disparaît. Elle s'excuse et le rejoint pour l'entraîner dehors. Ce n'est pas très subtil.

— Enchanté ! crie le gars qui était venu ouvrir.

— C'est ton copain ? demande Brazuca lorsqu'ils sont seuls la porte hermétiquement fermée entre eux et les festivités qui se déroulent à l'intérieur.

Elle le foudroie du regard, les mains sur les hanches. Ce soir, elle porte une robe qui lui va bien, quoique pas aussi intéressante ni étincelante que la toilette bleue de sa sœur.

— Tu me traques ?

Il lève les mains.

— Mais non ! Je m'en vais quelques jours et j'avais un truc à te donner.

Il lui tend la clé USB qu'elle lui avait passée.

Elle la prend mécaniquement, la tourne et la retourne entre ses doigts.

— Les recherches de mon ami ?

— Et mon rapport sur la mort de ta sœur. Tout ce que j'ai découvert est là-dedans. Tu disais que tu voulais savoir.

— Oui…

Ses mains se dénouent. Elle s'appuie à la balustrade.

— T'as une tête de déterré.

— Ces derniers jours ont été un peu rudes.

Ce qui est un gros euphémisme.

— Je n'ai pas chômé non plus. J'ai enfin fini de vider l'appartement de Cecily. C'est ma première soirée à la maison depuis sa mort. On fête le nouveau job de mon fiancé. Il est avocat.

— Le mec qui m'a ouvert ?

— Oui, acquiesce-t-elle en tripotant l'anneau de sa main gauche, un anneau qui ne s'y trouvait pas lors de leurs précédentes rencontres.

Il lui prend la main, caresse le métal froid de la pulpe du pouce.

— Pourquoi tu ne le portais pas quand on s'est connus ?

— Je ne l'avais pas encore. Après la mort de ma sœur, on a décidé de faire un break. Il a dû estimer qu'il était temps de passer à la vitesse supérieure. Il m'a annoncé qu'il ne voulait plus être séparé de moi. Il m'a demandée en mariage hier soir.

— Félicitations.

Elle le regarde, surprise.

— Tu es sincère ?

— Absolument.

Elle hésite un instant, puis prend une décision. Elle lui rend la clé USB.

— Tu as mené ton enquête, identifié sa dealeuse, planqué devant ce bar à la con, découvert où cette bonne femme se fournissait et qui était son boss, puis le boss de son boss, et tu sais ce que je me dis ? À quoi bon ? Ma sœur est partie. Elle était malheureuse, elle s'est défoncée et elle est morte. Rien de tout ça n'explique pourquoi elle en est arrivée là, pourquoi elle n'a pas demandé de l'aide pour son addiction.

— Tu l'aurais écoutée ?

Elle se tait un instant.

— Peut-être, peut-être pas. On ne le saura jamais, pas vrai ? Je dois y aller, Jon, mais merci pour…

Elle perd le fil de ses pensées. À moins qu'elle ne trouve rien dont elle ait envie de le remercier.

— OK. Prends soin de toi.

— Toi aussi.

Elle lui claque une bise furtive et disparaît à l'intérieur.

Il reste un moment assis dans sa voiture, à contempler les fenêtres du salon avant de la faire redémarrer pour rejoindre le parking longue durée de l'aéroport. Il n'y a pas de lune ce soir. Pas d'étoiles à observer. Ce n'est pas plus mal. Le Tim Hortons du coin ne propose pas de kombucha, alors c'est reparti pour un café. Un vol pour Atlanta avec correspondance pour Detroit doit décoller dans deux heures. Pourtant, il reste sans bouger dans sa Mini.

Un appel arrive sur son téléphone mains-libres. Un numéro de Toronto. Un immense soulagement l'envahit. Toronto est tout près de Detroit. Peut-être que Nora a réussi à aller jusque-là et se manifeste enfin.

— Allô ? lance une voix de jeune femme quand il décroche.

— Ici Brazuca.

— Euh, je sais pas si vous vous souvenez de moi, je vous ai vu à l'hôpital l'an dernier quand on a retrouvé ma mère… je veux dire, ma mère biologique. Nora. Vous m'aviez donné votre carte pour que je vous contacte s'il me revenait quelque chose à propos de…

— De ton enlèvement, achève Brazuca pour aider Bonnie, la fille perdue de Nora.

— Voilà. Eh ben, je me suis souvenue d'un truc. C'est un tatouage que j'ai vu sur le bras de mon… sur son bras. Mon…

— Je comprends, dit-il avec douceur.

Son propre père qui l'a séquestrée l'année précédente. C'est ce mot qui ne veut pas sortir : *mon père.*

— Kai Zhang.

— Voilà. Ça fait des mois que je dessine ce tatouage sans m'en rendre compte. Je viens juste de percuter que c'était ça, en fait.

— Et il représente quoi, ce tatouage ?

— Des serres d'oiseau. Je peux vous envoyer un croquis, si vous voulez.

— Oui, merci.

Un silence, puis un message s'affiche sur l'écran de Brazuca.

— Ce n'est pas tout, reprend-elle ensuite. L'autre mec, le chauve qui était parfois chargé de me surveiller…

— Il s'appelle Dao.

— Ah, Dao. Eh ben, ça l'a rendu furax quand il l'a vu. Si ça se trouve, mon… Kai, il avait pas le droit de se faire tatouer ça. Ils se sont engueulés là-dessus, même si j'ai rien capté.

— D'accord, c'est bien que tu te sois rappelé tout ça. Merci de m'en avoir informé.

— Ouais, en fait, euh… Je m'inquiète pour Nora. Elle m'a envoyé une photo d'elle. Genre, vraiment d'elle, de sa tête, quoi. Elle a pris un selfie. D'habitude, c'est toujours Whisper, et là… Trop bizarre. J'ai un drôle de pressentiment…

— Je suis sûr qu'elle va très bien, déclare-t-il avec légèreté, même s'il n'imagine pas du tout Nora faisant un selfie pour sauver sa peau.

— Sur votre carte, c'est écrit que vous êtes enquêteur. Vous pouvez la trouver et lui demander de m'appeler ? Elle répond pas au téléphone et j'irais bien la chercher moi-même, sauf que je suis à Toronto.

— J'ai pris ma retraite, ma jolie.

— M'appelez pas comme ça ! piaille-t-elle. Je vous paierai.

L'an dernier, lorsqu'ils s'étaient croisés à l'hôpital, elle se remettait de son propre traumatisme, de sa séquestration par son père biologique – un homme qu'elle n'avait jamais vu avant qu'il la kidnappe. Bonnie venait de rendre visite à Nora, qui oscillait entre conscience et inconscience et divaguait quand elle se réveillait. La gamine était sortie de là dévastée. Enlacée par ses deux parents adoptifs, Lynn et

Everett, elle avait le visage baigné de larmes. Nora ne l'avait pas reconnue. En levant la tête, Bonnie avait croisé le regard de Brazuca, et il lui avait tendu sa carte en marmonnant de le contacter si un détail lui revenait.

Après un silence, elle soupire et lâche, d'un ton exaspéré que seul un ado oserait employer :

— Laissez tomber. Je trouverai quelqu'un d'autre.

Après qu'elle lui a raccroché au nez, Brazuca étudie le croquis qu'elle lui a transmis. Il est fascinant. Des serres sinistres d'où semble goutter du sang.

S'il était du genre à tracer des schémas, il dessinerait un trait reliant les Triple 9 aux motards de Parnell, et un autre reliant les Triple 9 et les motards à l'introuvable Jimmy Fang et à ses 3 Phoenix, basés à Hong Kong. Pour figurer les 3 Phoenix, il y ajouterait trois serres ensanglantées. Comme celles qu'il a vues sur la photo de Jimmy Fang que Lam lui a montrée. Ces trois serres étaient le tatouage le plus important de Fang. Bonnie n'en avait vu qu'une partie, mais ça avait suffi à mettre Dao en rage. Dao, un individu si dangereux que même Bernard Lam semblait prêt à se pisser dessus en l'évoquant. Un individu qui, à l'instar de Jimmy Fang, était capable de disparaître sans laisser de trace. Tellement il avait de relations.

Brazuca ne doute pas que Dao soit toujours en vie, et qu'il garde une rancune tenace contre Nora. C'est quand même la nana qui a tué Kai, le fils de son patron, et été impliquée d'une manière ou d'une autre dans la mort de Jia, la femme de Kai. Si elle a aussi joué un rôle, même indirect, dans le décès de Ray Zhang, est-ce que ça a pu plonger Dao dans une fureur dévastatrice ?

Quand Nora a quitté le pays, se pourrait-il qu'il ne se soit plus satisfait de la tenir à l'œil ? Qu'il y ait vu l'occasion de mettre sa vengeance à exécution, dans une ville si notoirement dangereuse que l'assassinat d'une Canadienne ne ferait sourciller personne ?

Plus Brazuca y réfléchit, plus ça lui paraît dingue.

Alors qu'il suit un avion à l'approche derrière son pare-brise, un nouveau message de Bonnie arrive. Une photo de Nora. Fatiguée, les traits tirés, une mèche de cheveux lui retombant sur le front. Ses lèvres se redressent aux commissures, l'esquisse d'un sourire au niveau de la bouche tandis qu'aucune lueur n'éclaire son regard franc. Comme d'habitude.

Il l'étudie longuement, sans parvenir à déterminer ce qui le dérange tant dans cette image. Et puis il trouve. Ce qui le tourmente, ce qui le fait descendre de voiture et prendre la navette pour l'aéroport, c'est qu'elle ait essayé.

51.

Au loin, une voix de femme demande :

— Elle est vivante ?

Un homme répond :

— Je l'ai trouvée dans l'embrasure de la porte. Le mur s'est écroulé autour d'elle.

— Squatteuse ?

— Non, non, bénévole pour Angel's Night.

J'ai des visions de tee-shirt fluo. Je suis étendue sur le dos, on me pousse sur un brancard. Il avance, non sans mal. Le sol est cahoteux, les roues achoppent sur quelque chose puis refusent de bouger. Pas loin de ma tête, un homme jure.

— Et merde ! Putain de matos pourri.

Je l'entends s'éloigner. Des lumières clignotent derrière mes paupières. Je ne veux pas ouvrir les yeux. Je me rappelle soudain que je suis à Detroit, et apparemment sanglée sur une civière. Des images de frais médicaux prohibitifs flottent dans l'air. Aller à l'hôpital aux États-Unis avec mes moyens n'est pas envisageable. Instinctivement, mes doigts détachent les sangles qui m'enserrent. Je saute du brancard et m'effondre direct sur les genoux. Mes jambes refusent de marcher. Je vois les décombres fumants d'un bâtiment et tout me revient.

Je me demande où est Ryan Russo.

Quand je cligne des paupières pour en chasser la lourdeur, j'ai ma réponse. À ma gauche, un autre brancard accueille un sac mortuaire. L'image des frais médicaux cède la place à des barreaux de prison. Simultanément, je prends conscience que même si Russo est mort, j'ai un ennemi extrêmement puissant dans ce monde. Mon imagination effectue quelques rapprochements qui semblent improbables de prime abord, mais que je n'arrive pas à rejeter. Une sorte de certitude s'épanouit en moi. Depuis le début, j'ai cru qu'on me pourchassait parce que je fouillais dans le passé de mon père, sauf que ça n'a rien à voir avec lui. Tout part de moi et uniquement de moi. Un seul individu pourrait vouloir ma peau au point de mettre un contrat sur ma tête et disposerait des ressources nécessaires pour me retrouver ici, à Detroit. J'ai causé la mort de deux personnes l'an dernier, toutes deux appartenant à la famille immensément riche et puissante pour laquelle il travaillait. Dao. Sauf qu'un mec comme Dao, s'il était dans les parages, s'en chargerait lui-même. Donc, il n'est pas en Amérique du Nord, mais il est toujours vivant. C'est la seule explication que j'aie, aussi insensée qu'elle puisse paraître. Et je la sens juste. Je la sens vraie.

Les phares d'une voiture descendant la rue me rappellent que j'ai contacté Sanchez depuis l'appartement de Nate. En revanche, je ne sais pas où est mon portable.

Je dois me planquer.

Puisque mes jambes sont hors service, je me glisse à quatre pattes jusqu'au bout du terrain en friche où la végétation s'élève à près d'un mètre. Le véhicule banalisé s'arrête et Sanchez descend. Il est au téléphone. De ma cachette, je le vois secouer la tête devant la civière vide et regarder alentour, embarrassé. Il crie quelque chose à un pompier au loin puis s'approche prudemment de l'entrepôt. L'arrière du bâtiment est toujours en flammes.

Tapie dans les hautes herbes, j'observe l'incendie. Ça a quelque chose de tellement affreux et de tellement beau à la fois… La sirène d'un autre camion-citerne gémit dans le lointain.

J'éclate de rire. Un truc vient de se briser en moi.

Pour moi, l'enfer est froid. Ce à quoi j'assiste ici, c'est un grand nettoyage. Bientôt, cet édifice s'écroulera et quelque chose de nouveau prendra sa place. Je ferme les yeux et attends que ça se produise.

52.

La dernière fois que Brazuca est parti à la recherche de Nora, c'était dans la nature sauvage de l'île de Vancouver. Sa jambe le faisait tellement souffrir qu'il pouvait à peine avancer sur les sentiers sans la sentir transpercée par des décharges de douleur. Simone l'avait convaincu d'y aller et Whisper l'avait assisté dans ses recherches. Il n'aurait jamais retrouvé Nora sans elle. Aujourd'hui, il regrette de ne pas avoir pensé à emmener la chienne à Detroit, ne serait-ce que pour lui tenir compagnie. C'est un pur coup de chance qu'il ait eu une piste dès le premier hôtel où il est passé. La réceptionniste bigleuse s'est montrée beaucoup plus bavarde en direct qu'au téléphone. Une carte de visite a conduit Brazuca au lieutenant de police qui a entendu Nora pour une tentative de cambriolage dans sa chambre. Un lieutenant surmené qui, a découvert Brazuca, croit la vie de Nora en danger mais estime également que ça ne le concerne plus.

Assis à côté de Sanchez sur un banc d'hôpital, Brazuca écoute un enregistrement de Nora affrontant deux assaillants armés dans la maison d'un jeune chanteur de blues. L'enregistrement s'achève brutalement sur des pas précipités.

À la fin, Sanchez jette un coup d'œil vers Brazuca.

— C'était hier soir. Au début, on a cru qu'elle était blessée et qu'elle irait chercher de l'aide. On pense que l'incendie du bâtiment où on l'a retrouvée a été provoqué par deux jeunes qu'un témoin a repérés dans le coin, en train de le regarder flamber. Ils ont déversé des litres d'essence, utilisé une bougie pour lancer le feu, et disposé des bidons de diluant à peinture autour pour qu'ils chauffent, finissent par exploser et alimentent les flammes. Rudimentaire, mais ça a marché. Tout l'entrepôt s'est embrasé. Il y avait des gravats partout. Les ambulanciers nous ont dit qu'elle avait eu de la chance de s'en sortir – elle était recroquevillée sous une porte et une partie du plafond s'était écroulé autour d'elle. Ils ont pensé qu'elle finirait par se rendre dans un hôpital.

— Sauf que non, répond Brazuca.

Parce que c'est Nora et que ce n'est pas son genre.

Sanchez hausse les épaules.

— Pas le style à demander de l'aide, j'imagine. On a pu serrer les deux mecs qui ont attaqué Nate Marlowe. L'un des deux a avoué et a dénoncé l'autre comme étant le tireur. Donc, ça, c'est une affaire classée.

— Mais ?

— On ne sait toujours pas qui a mis un contrat sur votre copine. Ces types-là ne balanceront jamais leurs boss. Ils savent qu'ils sont morts, s'ils le font.

Au bout du couloir, il y a un homme entre la vie et la mort à cause de cette sombre histoire. Brazuca n'était pas très chaud quand Sanchez lui a fixé rendez-vous ici alors qu'il est toujours hanté par l'image du corps inerte de Seb Crow. De Krushnik éperdu de chagrin. À présent, il comprend son choix. Sanchez espère sans doute que ça apporte une dose de lucidité à Brazuca sur ce qu'une femme comme Nora peut faire à un homme s'il baisse sa garde. Comme s'il n'était pas déjà au courant.

Le lieutenant de Detroit espère peut-être aussi quelques réponses à des questions en suspens.

Ils regardent passer une infirmière poussant un enfant endormi.

— C'est pas ma copine, finit par déclarer Brazuca, à qui cette simple idée donne des sueurs froides. Pour le contrat, je cherche une relation avec les triades. Vous connaissez les 3 Phoenix ? Installés sur la côte ouest et liés à Hong Kong.

Sanchez secoue la tête.

— Je vois pas. Mais je peux vous dire un truc : ces mecs-là n'étaient pas assez pro pour une triade, surtout une triade internationale. Ils ont manqué Nora à trois reprises. C'était du travail bâclé.

Brazuca lui adresse un mince sourire. Si on en croit les explications de Sanchez, Curtis Parnell a confié l'assassinat aux mauvaises personnes. Et un ratage de cette ampleur, ça risque de se payer très cher.

— Possible, sauf que vous ne connaissez pas Nora.

Ça ne le surprend pas qu'elle ait réussi à s'échapper. Jadis, il l'a qualifiée de survivante. C'est bien ce qu'elle est, seulement ça n'est pas sans conséquences. La preuve de son étonnante capacité à déjouer la mort gît dans un lit d'hôpital à quelques mètres d'eux. Les décombres qu'elle laisse dans son sillage.

— Marlowe va s'en sortir ? demande-t-il à Sanchez.

Le lieutenant semble peser ses mots.

— Je sais pas. C'est pour ça que je suis ici. Je suis même pas censé m'occuper de cette affaire, vous savez. Je bosse aux vols et cambriolages. Tout ça n'est plus de mon ressort.

Il s'arrête, comme en proie à une petite lutte intérieure.

— Alors vous voyez pas où elle pourrait aller, maintenant ?

— Non.

Nora en cavale est une idée à laquelle Brazuca n'a pas envie de penser. Nora effrayée, seule. Avec un ennemi puissant à ses trousses, qui l'a sous-estimée une fois encore. Enfin, au moins, elle est en vie. C'est un élément auquel il peut se raccrocher. Une nouvelle qu'il peut donner à sa fille.

Sur un brusque au revoir, il laisse le lieutenant sur son banc et suit le chemin emprunté par l'infirmière et l'enfant endormi. Évitant soigneusement la chambre où Nate Marlowe repose en soins intensifs avec un poumon perforé. Douloureux rappel qu'une vie est en jeu.

Brazuca ne sait pas très bien quelle était la relation de Marlowe avec Nora, n'a pas jugé utile de poser la question à Sanchez, cependant le fait qu'il se soit pris une balle à cause du passé scabreux de Nora suffit à lui faire presser le pas. S'il était un autre homme, il s'arrêterait pour réfléchir à ce qui le… Il s'arrêterait pour réfléchir, point. Son nouveau départ est tout souillé du café qu'il n'a cessé d'avaler comme si ça avait été un élixir de vie. Et enseveli sous la montagne de calories du cheeseburger qu'il a englouti il y a une heure.

Alors il ne s'arrête pas.

Il sait que s'il le fait, une jeune fille déboussolée risque de perdre sa mère. Il a vu tellement de pertes au cours de son existence que cette idée lui est insupportable.

Il découvre avec surprise que le soleil s'est couché pendant qu'il était dans le couloir avec Sanchez. Le ciel nocturne est si chargé qu'on n'y voit pas une seule étoile. Ce qui paraît assez logique, mais terriblement menaçant. Le bruit des pas de Nora courant sur la chaussée le poursuit jusqu'à Vancouver, où Bonnie a vu un tatouage qu'elle n'était pas censée voir et où la piste des 3 Phoenix tourne court.

53.

Certains détails sont flous. Je me rappelle m'être réveillée par terre juste avant l'aube. Était-ce hier ? Ça me semble remonter à une éternité. Dans la poche de mon blouson, j'ai trouvé mon passeport et mon portefeuille, ainsi qu'une clé en cuivre glissée dedans. J'ai mis une bonne minute à la reconnaître. C'est celle d'une maison quelque part dans un pays lointain. Peut-être qu'elle n'ouvre rien. Je ne sais pas.

Je ne veux pas de cette clé, mais je sais à qui la donner. Je me suis éloignée des décombres à quatre pattes jusqu'à ce que je sente mes forces revenir, alors je me suis levée et j'ai commencé à marcher. J'ai abandonné mon identité dans l'entrepôt fumant. Nora qui ? Cette femme a des ennemis, dont certains lui courent toujours après. Peut-être qu'ils la croiront morte dans l'incendie. Peut-être qu'ils vont renoncer, à présent.

Même s'ils ne renoncent pas, ce n'est pas mon problème pour l'instant. Il faudra qu'ils m'attrapent et maintenant que je sais qu'ils sont à mes trousses, je ne vais pas leur faciliter la tâche. Dao, l'homme dont je suis convaincue qu'il veut ma peau, m'a montré son point faible – car s'il croit que la vengeance est autre chose qu'une faiblesse, il n'a qu'à regarder Ryan Russo.

Pour l'heure, je continue d'avancer, tapie dans l'ombre. Sans me faire remarquer. Je me recharge. La mort me cerne de toutes parts ici, seulement je ne vais pas rester longtemps à Detroit. Ce n'est peut-être qu'un vœu pieux, n'empêche que j'ai une clé à transmettre.

Whisper me manque, comme toujours, mais elle m'accompagne par l'esprit. Je la reverrai bientôt, on ira s'asseoir sur les rochers et contempler l'océan. On pensera à Seb et je mangerai du pad thaï pendant qu'elle rongera un bel os. On deviendra grassouillettes, et peut-être qu'il n'y aura plus de secrets entre Leo et moi.

Dans l'entrepôt en flammes, j'étais prête à ce que ce soit la fin, pourtant c'est encore loin d'être terminé. Je suis comme l'héroïne d'un roman de guerre absurde. Là, dans mon canoë. En train de pagayer pour m'en aller. Sauf que je suis dans une énième rue pouilleuse de Detroit et que j'arrive à peine à mettre un pied devant l'autre.

Il n'y a pas de canoës dans mon avenir, en revanche il y a un beau grand pont. Et quelques heures plus loin, une fille qu'il faut que je voie. Pour lui confier un objet du passé, une relique qui a traversé les continents et survécu au feu. Quelqu'un doit l'avoir, et ce quelqu'un n'est pas moi. À cette fille, je parlerai de mon père, qui était quelqu'un de bien, un être humain respectable tombé amoureux de la mauvaise femme. Je lui parlerai de ma mère aussi, une garce sans cœur qui est partie sans se retourner. À Vancouver, cette fille a une tante qui me déteste. Elle ne la détestera peut-être pas, elle. Ce n'est pas une histoire parfaite, mais c'est la nôtre, si elle en veut.

La clé est tiède. Je la serre au creux de ma main. J'ai besoin d'autant de chaleur que possible pour la route.

J'ai un pont à traverser.

REMERCIEMENTS

Je tiens à remercier Miriam Kriss, Lyssa Keusch, Kate Parkin, Katherine Armstrong et tous les gens merveilleux des éditions William Morrow et Bonnier Zaffre pour leur soutien.

Merci infiniment aux personnes qui m'ont généreusement accordé de leur temps et de leur savoir : Sunni Westbrook, David Pledger, Nadeen El-Kassem, Munir El-Kassem, Jim Compton, Linda L. Richards, Sarah Yu, Aysha Alkusayer, PH, Tiffany Morris, Debra Malandrino et Andrew Mockler.

De nombreux textes ont étayé mes recherches, trop pour les énumérer tous, mais je tiens à en citer trois en particulier : *Sabra and Shatila*, de Bayan Nuwayhed al-Hout, *Spy Handler : Memoir of a KGB Officer*, de Victor Cherkashin et Gregory Feifer, et *Liban, nation martyre*, de Robert Fisk, qui m'a initiée au Complot, tel qu'il s'entend pour ce pays.

Un remerciement spécial à mon consultant policier, Ira Todd, qui m'a indiqué tous les points d'arrêt à Detroit. Mon ami, ce roman n'aurait pas été le même sans toi.

CET OUVRAGE A ÉTÉ COMPOSÉ PAR BELLE PAGE
POUR LE COMPTE DES ÉDITIONS J.-C. LATTÈS
17, RUE JACOB, 75006 PARIS
ET ACHEVÉ D'IMPRIMER
PAR CPI BUSSIÈRE (18200 SAINT-AMAND-MONTROND)
EN MAI 2022

PAPIER À BASE DE FIBRES CERTIFIÉES

JC Lattès s'engage pour l'environnement en réduisant l'empreinte carbone de ses livres. Celle de cet exemplaire est de :
800 g éq. CO_2
Rendez-vous sur www.jclattes-durable.fr

N° d'édition : 8621800/01 – N° d'impression : 2065172
Dépôt légal : juin 2022
Imprimé en France